攝大乘論

中國佛教經典寶藏精選白話版

74

王　健釋譯

星雲大師總監修

佛光山宗務委員會印行

總序

自讀首楞嚴，從此不嚐人間糟糠味；
認識華嚴經，方知己是佛法富貴人。

誠然，佛教三藏十二部經有如暗夜之燈炬、苦海之寶筏，爲人生帶來光明與幸福，古德這首詩偈可說一語道盡行者閱藏慕道、頂戴感恩的心情！可惜佛教經典因爲卷帙浩瀚，古文艱澀，常使忙碌的現代人有義理遠隔、望而生畏之憾，因此多少年來，我一直想編纂一套白話佛典，以使法雨均霑，普利十方。

一九九一年，這個心願總算有了眉目，是年，佛光山在中國大陸廣州市召開「白話佛經編纂會議」，將該套叢書訂名爲《中國佛教經典寶藏》。後來幾經集思廣益，大家決定其所呈現的風格應該具備下列四項要點：

星雲

一、啓發思想：全套《中國佛教經典寶藏》共計百餘册，依大乘、小乘、禪、淨、密等性質編號排序，所選經典均具三點特色：

1歷史意義的深遠性
2中國文化的影響性
3人間佛教的理念性

二、通順易懂：每册書均設有譯文、原典、注釋等單元，其中文句鋪排力求流暢通順，遣詞用字力求深入淺出，期使讀者能一目了然，契入妙諦。

三、文簡義賅：以專章解析每部經的全貌，並且搜羅重要章句，介紹該經的精神所在，俾使讀者對每部經義都能透徹瞭解，並且免於以偏概全之謬誤。

四、雅俗共賞：《中國佛教經典寶藏》雖是白話佛典，但亦兼具通俗文藝與學術價值，以達到雅俗共賞、三根普被的效果，所以每册書均以題解、源流、解說等章節，闡述經文的時代背景、影響價值及在佛教歷史和思想演變上的地位角色。

茲值佛光山開山三十週年，諸方賢聖齊來慶祝，歷經五載、集二百餘人心血結晶的百餘册《中國佛教經典寶藏》也於此時隆重推出，可謂意義非凡，論其成就，則有四點成就可與大家共同分享：

一、佛教史上的開創之舉：民國以來的白話佛經翻譯雖然很多，但都是法師或居士個人的開示講稿或零星的研究心得，由於缺乏整體性的計劃，讀者也不易窺探佛法之堂奧。有鑑於此，《中國佛教經典寶藏》叢書突破窠臼，將古來經律論中之重要著作，作有系統的整理，爲佛典翻譯史寫下新頁！

二、傑出學者的集體創作：《中國佛教經典寶藏》叢書結合中國大陸北京、南京各地名校的百位教授學者通力撰稿，其中博士學位者佔百分之八十，其他均擁有碩士學位，在當今出版界各種讀物中難得一見。

三、兩岸佛學的交流互動：《中國佛教經典寶藏》撰述大部份由大陸飽學能文之教授負責，並搜錄臺灣教界大德和居士們的論著，藉此銜接兩岸佛學，使有互動的因緣。編審部份則由臺灣和大陸學有專精之學者從事，不僅對中國大陸研究佛學風氣具有帶動啓發之作用，對於臺海兩岸佛學交流更是助益良多。

四、白話佛典的精華集粹：《中國佛教經典寶藏》將佛典裏具有思想性、啓發性、教育性、人間性的章節作重點式的集粹整理，有別於坊間一般「照本翻譯」的白話佛典，使讀者能充份享受「深入經藏，智慧如海」的法喜。

今《中國佛教經典寶藏》付梓在即，吾欣然爲之作序，並藉此感謝慈惠、依空等人百忙之中，指導編修；吉廣輿等人奔走兩岸，穿針引線；以及王志遠、賴永海等大陸教授的辛勤撰述；劉國香、陳慧劍等臺灣學者的周詳審核；滿濟、永應等「寶藏小組」人員的匯編印行。由於他們的同心協力，使得這項偉大的事業得以不負衆望，功竟圓成！

《中國佛教經典寶藏》雖說是大家精心擘劃、全力以赴的鉅作，但經義深邈，實難盡備；法海浩瀚，亦恐有遺珠之憾；加以時代之動亂，文化之激盪，學者教授於契合佛心，或有差距之處。凡此失漏必然甚多，星雲謹以愚誠，祈求諸方大德不吝指正，是所至禱。

一九九六年五月十六日於佛光山

編序

敲門處處有人應

《中國佛教經典寶藏》是佛光山繼《佛光大藏經》之後，推展人間佛教的百冊叢書，以將傳統《大藏經》菁華化、白話化、現代化爲宗旨，力求佛經寶藏再現今世，以通俗親切的面貌，溫渥現代人的心靈。

佛光山開山三十年以來，家師星雲上人致力推展人間佛教不遺餘力，各種文化、教育事業蓬勃創辦，全世界弘法度化之道場應機興建，蔚爲中國現代佛教之新氣象。這一套白話菁華大藏經，亦是大師弘教傳法的深心悲願之一。從開始構想、擘劃到廣州會議落實，無不出自大師高瞻遠矚之眼光；從逐年組稿到編輯出版，幸賴大師無限關注支持，乃有這一套現代白話之大藏經問世。

慈惠

這是一套多層次、多角度、全方位反映傳統佛教文化的叢書，取其菁華，捨其艱澀，希望既能將《大藏經》深睿的奧義妙法再現今世，也能爲現代人提供學佛求法的方便舟筏。我們祈望《中國佛教經典寶藏》具有四種功用：

一、是傳統佛典的菁華書——中國佛教典籍汗牛充棟，一套《大藏經》就有九千餘卷，窮年皓首都研讀不完，無從賑濟現代人的枯槁心靈。《寶藏》希望是一滴濃縮的法水，既不失《大藏經》的法味，又能有稍浸即潤的方便，所以選擇了取精用弘的摘引方式，以捨棄龐雜的枝節。由於執筆學者各有不同的取捨角度，其間難免有所缺失，謹請十方仁者鑒諒。

二、是深入淺出的工具書——現代人離古愈遠，愈缺乏解讀古籍的能力，往往視《大藏經》爲艱澀難懂之天書，明知其中有汪洋浩瀚之生命智慧，亦只能望洋興歎，欲渡無舟。《寶藏》希望是一艘現代化的舟筏，以通俗淺顯的白話文字，提供讀者遨遊佛法義海的工具。應邀執筆的學者雖然多具佛學素養，但大陸對白話寫作之領會角度不同，表達方式與臺灣有相當差距，造成編寫過程中對深厚佛學素養與流暢白話語言不易兼顧的困擾，兩全爲難。

三、是學佛入門的指引書——佛教經典有八萬四千法門，門門可以深入，門門是無限寬廣的證悟途徑，可惜缺乏大衆化的入門導覽，不易尋覓捷徑。《寶藏》希望是一支指引方向的路標，協助十方大衆深入經藏，從先賢的智慧中汲取養分，成就無上的人生福澤。然而大陸佛教於「文化大革命」中斷了數十年，迄今未完全擺脫馬列主義之教條框框，《寶藏》在兩岸解禁前即已開展，時勢與環境尚有諸多禁忌，五年來雖然排除萬難，學者對部份教理之闡發仍有不同之認知角度，不易滌除積習，若有未盡中肯之辭，則是編者無奈之咎，至誠祈望碩學大德不吝垂教。

四、是解深入密的參考書——佛陀遺教不僅是亞洲人民的精神皈依，也是世界衆生的心靈寶藏，可惜經文古奧，缺乏現代化傳播，一旦龐大經藏淪爲學術研究之訓詁工具，佛教如何能紮根於民間？如何普濟僧俗兩衆？我們希望《寶藏》是百粒芥子，稍稍顯現一些須彌山的法相，使讀者由淺入深，略窺三昧法要。各書對經藏之解讀詮釋角度或有不足，我們開拓白話經藏的心意卻是虔誠的，若能引領讀者進一步深研三藏教理，則是我們的衷心微願。

在《寶藏》漫長五年的工作過程中，大師發了兩個大願力——一是將文革浩劫斷滅將盡的中國佛教命脈喚醒復甦，一是全力扶持大陸殘存的老、中、青三代佛教學者之生活生機。大師護持中國佛教法脈與種子的深心悲願，印證在《寶藏》五年艱苦歲月和近百位學者身上，是《寶藏》的一個殊勝意義。

謹呈獻這百餘冊《中國佛教經典寶藏》爲　師父上人七十祝壽，亦爲佛光山開山三十週年之紀念。至誠感謝三寶加被、龍天護持，成就了這一椿微妙功德，惟願《寶藏》的功德法水長流五大洲，讓先賢的生命智慧處處敲門有人應，普濟世界人民衆生！

目錄

題解

《攝大乘論》（Mahāyāna-saṃparigraha），是印度佛教瑜伽行派（即唯識派）的重要論著之一，「攝」爲統攝，本論以境、行、果的十殊勝，統攝大乘佛法要義。這十殊勝是：一、所知依，二、所知相，三、入所知相，四、彼入因果，五、彼因果修差別，六、此中增上戒，七、此中增上心，八、此中增上慧，九、彼果斷，十、彼果智。第一和第二說明境的殊勝，第三至第八說明行的殊勝，第九和第十說明果的殊勝。

本論有三個漢譯本：一、元魏・佛陀扇多譯《攝大乘論》二卷，譯於普泰元年（公元五三一年）；二、陳・眞諦譯《攝大乘論》三卷，勘同魏譯《攝論》，翻譯年代不詳；三、《攝大乘論本》三卷，唐・玄奘譯於貞觀二十二年至二十三年（公元六四八——六四九年），勘同魏譯《攝論》，題末「本」字依《開錄》加。

《攝大乘論》有世親、無性兩家釋論，世親是無著的弟弟，又是他的弟子，所以世親的《釋論》是權威著作，此《釋論》有三個漢譯本：一、《攝大乘釋論》十五卷，陳・眞諦譯於天嘉四年（公元五六三年）；二、《攝大乘論釋論》十卷，隋・達摩笈多共行矩等譯於大業五年（公元六〇九年）；三、《攝大乘論釋》十卷，唐・玄奘譯於貞觀二十二至二十三年（公元六四八——六四九年）。無性的《攝大乘論釋》十卷，唐・玄奘譯於貞觀二十一至二十三年（公元六四七——六四九年）。

《攝大乘論》有《磧砂藏》本、《嘉興藏》本、《大正藏》本、《高麗藏》本、《龍藏》本、金陵刻經處本、《藏要》本等。其中《藏要》本最佳，因爲這個版本用《攝論》的三個漢譯本、世親《釋論》的三個漢譯本和無性的《釋論》校勘，還對校過西藏勝友等翻譯的《攝大乘論》，所以《藏要》本的《攝大乘論》，可靠性最大，故本書以《藏要》本的《攝大乘論》本爲底本。

《攝大乘論》的作者無著，是梵文Asanga的意譯，音譯阿僧伽。古印度大乘佛教瑜伽行派（即唯識派）的創始人，生活年代大約是公元四、五世紀，生於北天竺犍陀羅國的布路沙城，屬婆羅門種姓。其父名憍尸迦，母名比鄰持，共生三子：長子無著，次子世親，幼子比鄰跋婆（意爲比鄰持的兒子），亦稱覺師子（Buddhasimha）或師子覺。無著原出家於小乘佛教化地部，相傳後遇賓頭羅羅漢爲其講小乘空觀，無著對其教誨感到不滿足，後從彌勒受《十七地論》（即《瑜伽師地論》），徹底了解其義，對《華嚴經》等大乘經典，都能通達理解。後勸其弟世親也放棄小乘佛教而改學大乘。無著晚年遊化於中天竺的憍賞彌國，死時已經一百多歲，比弟弟世親早逝二十五年。無著的著作很多，除《攝大乘論》以外，還有以下幾種：

一、《顯揚聖教論》二十卷，唐・玄奘譯於貞觀十九年至二十年（公元六四五——六四六年）。

二、《大乘阿毘達磨集論》七卷，唐・玄奘譯於永徽三年（公元六五二年）。

三、《大乘莊嚴經論》十三卷，唐・波羅頗蜜多羅譯於貞觀四年至七年（公元六三〇——六三三年）。

四、《究竟一乘寶性論》四卷，元魏・勒那摩提譯，翻譯年代不詳。

五、《金剛般若波羅蜜經論》二卷，隋・達摩笈多譯於大業九年（公元六一三年）。

六、《能斷金剛般若波羅蜜多經論頌》一卷，唐・義淨譯於景雲二年（公元七一一年）。

七、《六門教授習定論》一卷，唐・義淨譯於長安三年（公元七〇三年）。

八、《順中論》二卷，元魏・瞿曇般若流支譯於武定元年（公元五四三年）。

《攝大乘論》的第一名譯者佛陀扇多（Buddha-sānta），意譯覺定，北天竺僧人，先與菩提流支、勒那摩提於洛陽共譯世親的《十地經論》。後於北魏孝明帝正光六年（公元五二五年）至東魏孝靜帝元象元年（公元五三八年），在洛陽白馬寺和鄴都（今河南省安陽北）金華寺，相繼譯出《如來師子吼經》、《攝大乘論》等共十部佛典。

《攝大乘論》的第二名譯者眞諦（Paramārtha），音譯波羅末陀，亦稱拘那羅陀（Runāratha），中國佛教的四大譯經家之一。西天竺優禪尼人，屬婆羅門種姓。爲了弘揚佛道而至扶南（今柬埔寨）。大同年間（公元五三五——五四五年），眞諦應梁武帝之邀來華，從大同十二年（公元五四六年）八月十五日到達南海（今廣州市），太清二年（公元五四八年）八月至建業（今南京市），本想在此從事佛典翻譯，因值侯景之亂而東行。後到富春，縣令陸元哲招集二十多名法師幫助眞諦翻譯《十七地論》（《瑜伽師地論》的異譯本），剛譯五卷即因世亂而中止。

天保三年（公元五五二年）應侯景之請回到建業。梁元帝即位後，眞諦遷住正觀寺，與願禪法師等二十餘人翻譯《金光明經》，三年後返回豫章（今江西省南昌市）

，又往新吳（今江西省奉新縣）、始興（今廣東省曲江縣）、南康（今江西省贛縣西南），沿途譯經。

陳武帝永定二年（公元五五八年）七月返回豫章，又轉晉安（今福建省晉江縣），後從晉安來到梁安郡（今廣東省惠陽一帶），天嘉三年（公元五六二年）十二月來到廣州，刺史歐陽頠延住製旨寺（即今光孝寺）。陳宣帝太建元年（公元五六九年）正月十一日逝於廣州，時年七十一歲。據《續高僧傳》卷一，眞諦共譯佛教經典六十四部二百七十八卷，未譯梵本二百四十夾。據《歷代三寶紀》，共譯四十八部二百三十二卷。《開元錄》載爲三十八部一百一十八卷。

《攝大乘論》的第三名譯者玄奘（公元六〇〇——六六四年），原姓陳，名褘，玄奘是他的法名，洛州緱氏（今河南省偃師縣緱氏鎭）人。玄奘的哥哥是個和尚，法名長捷，住洛陽淨土寺，玄奘經常跟他去學習佛教經典。玄奘於十三歲出家，出家後曾向景法師學習《涅槃經》，後向嚴法師學習《攝大乘論》。

隋滅唐興，玄奘隨兄長捷由洛陽經長安到四川，住成都空慧寺，向道基、寶暹法師學習《攝大乘論》、《毘曇》等，並向震法師學習《迦延》。唐武德五年（公元六二二年）玄奘二十一歲時在成都受具足戒，並在此學律。後與兄分手，來到荊州天皇寺，在此講《攝大乘論》和《毘曇》各三遍。又到趙州向深法師學《成實論》，貞觀元年（公元六二七年）入長安大覺寺，向岳法師學《俱舍論》。玄奘經過多次學習，聲譽倍增。但他並不以此爲滿足，對各派經論的矛盾說法很不滿意，於唐武德九年（公元六二六年）在長安遇到來自中印度的波頗蜜多羅，他是戒賢的弟子。玄奘聽他說戒賢在那爛陀寺講《瑜伽師地論》，非常嚮往，從此立下西行求法的決心。

玄奘於唐貞觀三年（公元六二九年）出發後一年，經歷千難萬險，終於到達北印的濫波國。展轉來到迦濕彌羅國，玄奘在此向一位年近七十的老法師學《俱舍論》、《順正理論》、因明、聲明等。玄奘在這裏停留兩年，把第四次佛教結集的三十萬經論全部學完，玄奘在北印遊歷了十多個國家，於貞觀五年（公元六三一年）來到中印度，他在此遊歷了三十多個國家，沿途向名僧學習佛教經論。

對玄奘影響最大的是那爛陀寺，他在此拜年過百歲的老住持戒賢爲師，向他學習唯識教義。那爛陀寺是印度佛教界的最高學府，位於今比哈爾邦巴特那東南的巴腊貢村。在此大小乘並舉，以大乘爲主。當時印度第一流的佛教學者都在這裏進行過教學和佛教研究工作，如大乘空宗的月稱，有宗的無著、世親、眞諦、德慧、陳那、商羯羅主、護法、法稱、戒賢、寂護、蓮花生等，除印度本國的學生以外，還有中國、日本、朝鮮等國的留學生。我國的法顯、玄奘都曾在此學習。這裏不僅傳授佛教知識，還傳授《吠陀》、因明、聲明、醫方明等。玄奘留印期間，那爛陀寺能容納一萬名學生和一千五百名教師，其中通二十部經論者共一千餘人；通三十部者，多至五百餘人；通五十部者，稱爲「三藏法師」，包括玄奘在內共十人。

玄奘並不以此爲滿足，他在那爛陀寺學習五年以後，又到處去遊學，遊歷數十個國家，虛心向名師請教。然後又回到那爛陀寺，向他的老師戒賢匯報他的學習情況，受到戒賢的讚賞，以後又向低羅擇迦寺的般若跋陀羅學習兩個月，又去杖林山向勝軍學習唯識、因明兩年。於貞觀十五年（公元六四一年）回到那爛陀寺，戒賢讓他講《攝大乘論》等。

唐貞觀十六年（公元六四二年），戒日王在曲女城舉行了五年一度的無遮大會，請玄奘爲論主，獲得完全勝利。又應戒日王之邀，參加了歷時七十五天的施捨大會以後，就啓程回國了。

唐玄奘於貞觀十九年（公元六四五年）回到長安，他從印度帶回的佛教經典如下：大乘經二百二十四部、大乘論一百九十二部、上座部經律論十五部、大衆部經律論十五部、三彌底耶部經律論十五部、彌沙塞部經律論二十二部、迦葉臂耶部經律論十七部、法藏部經律論四十二夾、說一切有部經律論六十七部、因明論三十六部、聲論十三部，共五百二十夾六百五十七部，用二十四馬馱來。

玄奘回國後的主要任務是譯經，他組織了譯場，從貞觀十九年開始，二十年間先後翻譯《大菩薩藏經》、《瑜伽師地論》、《顯揚聖教論》等大小乘經典共七十五部一千三百三十五卷。玄奘留印期間，爲了辯論的需要，他曾用梵文著《制惡見論》、《會宗論》，可惜已佚。還把《老子》和《大乘起信論》譯成梵文，傳入印度。並把入印路途見聞撰成《大唐西域記》十二卷，成爲研究南亞次大陸歷史、地理、宗教、文化的重要經典文獻。

經
典

1 卷上

總標綱要分第一

譯文

在《阿毘達磨大乘經》中，在薄伽梵面前，已經能夠善於悟入大乘法門的菩薩，爲了顯明大乘佛法本體之大而說。即依據大乘佛法，諸佛世尊有十相殊勝殊勝語：第一、所知依殊勝殊勝語；第二、所知相殊勝殊勝語；第三、入所知相殊勝殊勝語；第四、彼入因果殊勝殊勝語；第五、彼因果修差別殊勝殊勝語；第六、在這修差別中增上戒殊勝殊勝語；第七、就於此中增上心殊勝殊勝語；第八、就於此中增上慧殊勝殊勝語；第九、彼果斷殊勝殊勝語；第十、彼果智殊勝殊勝語。諸佛世尊在佛經所說由此十種殊勝殊勝的各句，說明大乘佛法確實是佛所說。

原典

無著菩薩❶造

唐❷三藏❸法師❹玄奘奉詔譯

總標綱要分第一

《阿毗達磨大乘經》❺中，薄伽梵❻前，已能善入大乘❼菩薩，爲顯大乘體大故說。謂依大乘，諸佛世尊有十相殊勝殊勝語❽：一者、所知依❾殊勝殊勝語；二者、所知相❿殊勝殊勝語；三者、入所知相⓫殊勝殊勝語；四者、彼入因果⓬殊勝殊勝語；五者、彼因果修差別⓭殊勝殊勝語；六者、即於如是修差別中增上戒⓮殊勝殊勝語；七者、即於此中增上心⓯殊勝殊勝語；八者、即於此中增上慧⓰殊勝殊勝語；九者、彼果斷⓱殊勝殊勝語；十者、彼果智⓲殊勝殊勝語。由此所說諸佛世尊⓳契經⓴諸句，顯於大乘眞是佛語。

注釋

❶**菩薩**：梵文Bodhisattva的音譯，菩提薩埵之略，意譯覺有情，僅次於佛的佛教聖

人。大乘論師也被尊稱爲菩薩。

❷唐，《藏要》本校注稱：「此字依明刻加，後卷俱同。」

❸**三藏**：梵文Tripiṭaka的意譯，佛教經典的總稱，分三個部分：一、素怛纜藏（Sūtrapiṭaka），意譯經藏；二、毘奈耶藏（Vinayapiṭaka），意譯律藏；三、阿毘達磨藏（Abhidharmapiṭaka），意譯論藏。通曉三藏的僧人，被尊稱爲三藏法師。

❹**法師**：梵文Dharmācārya的意譯，能夠受持、讀誦、解說、書寫佛經的僧人，被稱爲法師。現在被用作對一般僧人的尊稱。

❺**阿毗達磨大乘經**：古印度的一部大乘佛經，沒有傳譯到中國來。

❻**薄伽梵**：梵文Bhagavat的音譯，意譯世尊，釋迦牟尼佛的一個稱號，意謂佛受到世人的尊稱。

❼**大乘**：梵文Mahāyāna的意譯，音譯摩訶衍那，意謂能夠運載多數人渡過苦海，到達涅槃彼岸。大乘佛教是公元一世紀形成的佛教派別，把以前的部派佛教貶稱爲小乘，意謂只能運載少數人渡過苦海，到達涅槃彼岸。

❽**殊勝殊勝語**：第一個殊勝是所顯示的法，第二個殊勝是能顯的教（見印順法師著《

攝大乘論講記》）。

❾**所知依**：即阿賴耶識的異名之一，因爲阿賴耶識是遍計所執性、依他起性、圓成實性，所知法的所依。

❿**所知相**：即遍計所執性、依他起性、圓成實性。因爲這三性是所知之相，所以稱爲所知相。

⓫**入所知相**：即唯識性。因爲唯識性是行者證入之所，所以稱爲入所知相。

⓬**彼入因果**：即世間、出世間的六波羅蜜多，地前世間的六波羅蜜多稱爲因，地上出世間的六波羅蜜多稱爲果，這是行者修入之所，所以稱爲彼入因果。

⓭**彼因果修差別**：即十地之行法，「修」意謂修習、修行。十地之行法，是行者所適合修行的因果差別，所以稱爲彼因果修差別。

⓮**增上戒**：在十地的修行當中，特別依止持戒，不再造作一切惡業。

⓯**增上心**：在十地的修行當中，特別依止心而學之，由此修行各種禪定。

⓰**增上慧**：在十地的修行當中，特別依止智慧而學之，由此產生無分別智。

⓱**彼果斷**：即斷煩惱、所知二障所證得的無住涅槃，這是修行人斷除二障所得的證果

，所以稱爲彼果斷。

⑱**彼果智**：即法、應、化三身所依的大圓鏡智、平等性智、妙觀察智、成所作智。也指無分別智，十地中的無分別智，有所對治，佛智已離一切煩惱、所知二障，已經究竟解脫一切惑業，這是修行人離一切障。

⑲**世尊**：梵文Bhagavat的意譯，音譯薄伽梵，佛的一個稱號，意譯釋迦牟尼佛受世人尊敬。

⑳**契經**：即佛經，因爲佛教經文契人之機、合法之理，所以稱爲契經。

譯文

而且，什麼是能顯呢？由於佛所說的這十殊勝，在聲聞乘中，從來就沒有見佛說過，只有在大乘當中才處處說到，即阿賴耶識稱爲所知依的本體。三種自性：一、依他起自性，二、遍計所執自性，三、圓成實自性，這稱爲所知相的本體。唯識性，稱爲入所知相的本體。六波羅蜜多，稱爲悟入唯識實性的因果之體。菩薩十地，稱爲彼因果修的差別本體。菩薩律儀，稱爲十地中的增上戒體。首楞伽摩、虛空藏等各種三摩地，稱爲十地中的增上心體。無分別智，稱爲十地中的增上慧體。無住涅槃，稱爲修那三種增上學所得的智、斷二果之本體。三種佛身：一、自性身，二、受用身，三、變化身，稱爲彼果智的本體。

以此所說的十殊勝，說明大乘不同於聲聞乘。又說明大乘在整個佛法中是最殊勝的，佛世尊只爲菩薩宣講。所以應當知道，只有依據大乘，各位佛世尊才有十相殊勝法門。

原典

復次，云何能顯？由此所說十處，於聲聞乘❶曾不見說，唯大乘中處處見說。謂阿賴耶識❷，說名所知依體。三種自性：一、依他起自性❸，二、偏計所執自性❹，三、圓成實自性❺，說名所知相體。唯識❻性，說名入所知相體。六波羅蜜多❼，說名彼入因果體。菩薩十地❽，說名彼因果修差別體。菩薩律儀❾，說名此中增上戒體。首楞伽摩⓫、虛空藏⓬等諸三摩地⓭，說名此中增上心體。無分別智⓮，說名此中增上慧體。無住涅槃⓯，說名彼果斷體。三種佛身：一、自性身⓰，二、受用身⓱，

三、變化身⑱，說名彼果智體。

由此所說十處，顯於大乘異聲聞乘。又顯最勝，世尊但爲菩薩宣說。是故應知但依大乘，諸佛世尊有十相殊勝殊勝語。

注釋

❶**聲聞乘**：屬於小乘佛教，聲聞是梵文Śrāvaka的意譯，原指佛在世時因親自聽聞佛的教誨而覺悟者，後與菩薩乘相對，專指小乘佛教。

❷**阿賴耶識**：梵文Ālaya-vijñāna的音意合譯，是唯識宗所講的第八識。意譯藏識，因爲阿賴耶識中儲藏著變現一切事物的種，成爲一切事物的本源。

❸**依他起自性**：三自性之一，又稱爲依他起性，意謂依賴其他衆緣而得生起的一切現象。唯識派用以說明一切事物都是虛幻不實的，非有而似有。

❹**偏計所執自性**：三自性之一，俗人普遍認爲我、法一切事物實有的錯誤認識。

❺**圓成實自性**：三自性之一，我、法二空所顯示的眞如實性。

❻**唯識**：梵文Vijñānamātravāda的意譯，唯識學派把世間萬物分爲五位百法，這五位

都離不開識，心法是識的自體，心所法是識的相應，色法是識所變，心不相應行法是識的分位，無爲法是識的實性。因爲五位百法都離不開識，所以稱爲唯識。「唯」有簡別之義，簡別識外無法。「識」是了別之義，所謂「唯識」，意謂世界上只有識，除識之外的其他東西，都是識所變。

❼**六波羅蜜多**：波羅蜜多是梵文Pāramitā的音譯，意譯爲「度」。六度是從生死此岸到達涅槃彼岸的六種修行方法或途徑：布施、持戒、忍辱、精進、禪定、般若。

❽**菩薩十地**：菩薩修行的十個階位：㈠歡喜地，初證聖果，生大歡喜；㈡離垢地，身心無垢清淨，永不犯戒；㈢發光地，成就殊勝禪定，發出智慧光芒；㈣焰慧地，慧性增盛；㈤難勝地，使俗智、眞智和合相應，很難做到；㈥現前地，使般若智慧現前；㈦遠行地，遠離世間和聲聞、緣覺二乘；㈧不動地，不爲一切煩惱所動；㈨善慧地，成就四無礙解，能遍行十方說法；㈩法雲地，法身如虛空，智慧如大雲。

❾**律儀**：據《大乘義章》，制伏諸惡之法稱爲律，行依律戒稱爲儀。內調稱爲律，外應眞則稱爲儀。一般來講有三種律儀：別解脫律儀、靜慮生律儀、道生律儀。

❿**戒**：梵文Vināya的意譯，音譯毘奈耶，佛教徒應當遵守的戒律，如五戒、八戒、十

戒、具足戒等。

⓫**首楞伽摩**：梵文Śūraṃgama的音譯，亦稱首楞嚴，菩薩修行的一種禪定名，修此禪定，一切魔都不能破壞。

⓬**虛空藏**：梵文Ākāśagarbha的意譯，菩薩修行的一種禪定名，空慧之庫藏，猶如虛空一樣，所以稱爲虛空藏。

⓭**三摩地**：梵文Samādhi的音譯，另譯三昧、三摩提、三摩帝等，意譯定、等持等，禪定的異名之一。

⓮**無分別智**：是對佛教眞如實理所得的認識，因爲眞如遠離名相等虛妄分別，所以對眞如的認識稱爲無分別智。

⓯**無住涅槃**：又稱爲無住處涅槃，佛爲了利樂有情衆生，既不住於生死、又不住於涅槃的一種常寂境界。

⓰**自性身**：與法界、法性、法身等同義。

⓱**受用身**：分爲自受用身、他受用身二種，自受用身是佛經過累劫修行，所得永恆不滅、自我享受廣大法樂的色身。他受用身是佛使菩薩受用大乘法樂的功德身，與報

身同義。

⑱**變化身**：佛的三身之一，與應身同義，佛爲了度脫有情衆生，隨三界、六道的不同情況和需要而現之身。

譯文

而且，爲什麼佛所說的十相殊勝殊勝語，說明大乘確實是佛所說，並否定聲聞乘是大乘自性呢？因爲所說的十相殊勝殊勝語，在聲聞乘的教典當中，從來就沒見說過，只有在大乘經典中，到處看見這樣說。因爲這十相殊勝殊勝語，最能引發大菩提的因性，很容易成立起來。這十相殊勝殊勝語如來語，能夠隨順大菩提而不違背現行，依此十殊勝修行，便能證得成佛的一切智智。

原典

復次，云何由此十相殊勝殊勝如來❶語故，顯於大乘眞是佛語，遮聲聞乘是大乘性？由此十處於聲聞乘曾不見說，唯大乘中處處見說。謂此十處，是最能引大菩提❷

性，是善成立，隨順無違，爲能證得一切智智❸。

注釋

❶**如來**：梵文Tathāgata的意譯，佛的一個稱號，意謂乘如實道而來。

❷**大菩提**：菩提是梵文Bodhi的音譯，意譯覺悟，大菩提是佛具有的偉大覺悟，具有知曉一切事物的一切種智，已經斷除所知障。

❸**一切智智**：一切智是梵文Sarvajñāna的意譯，音譯薩婆若那，意謂無所不知的智慧，一切智智是佛所具有的智中之智。

譯文

這裏有兩個偈頌：

所知依及所知相、入所知相、彼入因果、彼因果修差別、增上戒、增上心、增上慧、彼果斷和彼果智，屬於大乘，所以是殊勝的。

在大乘中見說，在小乘中不見說。因爲這是最勝菩提之因，所以應當承認大乘確實是佛所說。由於所說的十殊勝，所以是殊勝的。

原典

此中二頌：

所知依及所知相，彼入因果彼修異；三學❶彼果斷及智，最上乘❷攝是殊勝。

此說此餘見不見，由此最勝菩提因；故許大乘真佛語，由說十處故殊勝。

注釋

❶**三學**：即戒、定、慧。「戒」是戒律，防止身、口、意三不淨業；「定」是禪定；「慧」是智慧。可使修持者斷除煩惱，達到解脫。

❷**最上乘**：即大乘，因爲大乘是至極教法。

譯文

而且，爲什麼按照這樣的次第說此十殊勝呢？因爲各位菩薩對於各種事物的因相要先得善巧，然後才應當對於緣起法而得善巧。再往後對於緣所生各種事物之相，應當有個正確的認識，很好地遠離增益、損減二邊的過失。再後，菩薩應當很好地修行正確的知見，通過諸相，悟入所取相非有，使心從煩惱、所知二障獲得解脫。因爲善巧通達所知法的實相以後，首先修行加行位的六波羅蜜多，由此證得圓滿成就的清淨增上意樂的六波羅蜜多。再後，清淨意樂所攝的六波羅蜜多在十地中的菩薩所修的六波羅蜜多，分分差別，應當勤懇修行，須要經過三無數大劫。然後於戒、定、慧三種菩薩所學，應當使之圓滿。圓滿以後，彼果斷的無住涅槃和無上正等菩提，應當實現證得，所以十殊勝按照這樣的次第解說。此中所說，使一切大乘教法都得究竟。

原典

復次，云何如是次第說此十處？謂諸菩薩於諸法因要先善已，方於緣起❶應得善巧❷。次後於緣所生諸法❸，應善其相，善能遠離增益❹、損減❺二邊過故。次後如是善修菩薩應正通達，善所取相，令從諸障❻心得解脫❼。次後通達所知相已，先加行位❽六波羅蜜多，由證得故應更成滿，增上意樂得清淨故。次後清淨意樂所攝六波羅蜜多，於十地中分分差別，應勤修習，謂要經三無數大劫❾。次後於三菩薩所學，應令圓滿。既圓滿已，彼果涅槃❿及與無上正等菩提⓫，應現等證。故說十處如是次第。又此中說一切大乘皆得究竟。

注釋

❶**緣起**：梵文Pratitya-samutpāda的意譯，音譯鉢剌底醫底界參嗢鉢地界。佛教的基礎理論之一，認爲一切事物都處於因果聯繫之中，一切事物都是由於各種緣（條件）聚合而起，正如《雜阿含經》卷十二所說的：「此有故彼有，此起故彼起。」佛教各派對緣起的解釋各不相同，唯識學派主張阿賴耶緣起，即一切事物都是由阿賴耶識種子變現的。

❷**善巧**：善良巧妙之方便。《佛地論》卷七稱：「稱順機宜，故名善巧。」

❸**法**：梵文Dharma的意譯，音譯達磨。一般來說有二解：第一、佛法的「法」；第二、泛指一切事物。此中用第二解。

❹**增益**：一般人的遍計所執性是虛幻不實，没有實體的，如果認爲有實體，就是增益

執。

❺**損減**：聖人智慧悟入的圓成實性是有實體的，如果認爲沒有，就是損減執。

❻**諸障**：即煩惱障和所知障。

❼**解脫**：梵文Mokṣa的意譯，意謂擺脫煩惱業障而得自由自在的境界，擺脫三界束縛而得的解脫稱爲欲纏解脫、色纏解脫、無色纏解脫。

❽**加行位**：唯識五位的第二位，修行「順抉擇分」，消除能取、所取的分別，引發唯識眞見，這是進入見道的前導，包括修習四尋思觀、四如實智所產生的煖、頂、忍、世第一法的四善根位。

❾**三無數大劫**：梵文Asaṃkhyeyakalpa的意譯，另譯無數長時，音、意合譯爲三阿僧祇劫。菩薩成佛的年時有五十位，分爲三期無數長時：十信、十住、十行、十迴向四十位是第一阿僧祇劫；初地至第七，是第二阿僧祇劫；八地至十地是第三阿僧祇劫。

❿**涅槃**：梵文Nirvāṇa的音譯，意譯寂滅，佛教修行追求的最高目的，即解脫生死輪迴的一種解脫境界，是對痛苦煩惱的徹底斷滅。

⓫ **無上正等菩提**：梵文Anuttar a-samyaksambodhi的意、音合譯，意譯無上正等覺、無上正眞道，音譯阿耨多羅三藐三菩提，意爲佛所具有的無所不知的覺悟。

所知依分第二

譯文

在以十處說明大乘法的殊勝當中，首先講所知依，即阿賴耶識。佛世尊在什麼地方說過阿賴耶識的識體稱爲阿賴耶識呢？

薄伽梵在《阿毘達磨大乘經》的偈頌這樣說過：「自無始以來之界，一切事物都依賴它，因此就有了生死流轉的各趣界，和清淨涅槃的證得。」

就在這《阿毘達磨大乘經》中，又有一個偈頌這樣說：「因爲攝藏一切種子識，所以稱爲阿賴耶識，世尊要對這些利根的菩薩開示。」以上已引阿笈摩進行論證，又爲什麼說此識稱爲阿賴耶識呢？因一切有生的有爲諸法即雜染品法，攝藏於阿賴耶識之中，爲阿賴耶識的果性。而且，在這阿賴耶識攝藏一切雜染法的關係中，阿賴耶識是雜染法的因性，所以稱爲阿賴耶識。或者說因爲各類有情衆生執著阿賴耶識爲自我，所以稱爲阿賴耶識。

原典

此中最初且說所知依，即阿賴耶識。世尊何處說阿賴耶識名阿賴耶識？

謂薄伽梵於《阿毗達磨大乘經》伽陀❶中說：「無始時來界❷，一切法等依，由此有諸趣❸，及涅槃證得。」

即於此中復說頌曰：「由攝藏諸法❹，一切種子識❺，故名阿賴耶，勝者我開示。」如是且引阿笈摩❻證，復何緣故此識說名阿賴耶識？一切有生雜染品法❼，於此攝藏為果性故。又即此識，於彼攝藏為因性故，是故說名阿賴耶識。或諸有情攝藏此識為自我❽故，是故說名阿賴耶識。

注釋

❶**伽陀**：梵文Gāthā的音譯，意譯為偈，即佛經中的詩體。

❷**界**：梵文Dhātu的意譯，音譯馱都。有六義：㈠差別義，意謂事物之間，彼此差別而無混濫；㈡性義，意謂事物的體性；㈢因義，意謂產生其他事物的原因；㈣種族

義，此指事物種族，如一山中有金、銀、銅、鐵等族；㈤持義，意謂事物各自維持自己的體相；㈥語根之義，總稱語根、語幹爲界。此中用第三義。

❸**諸趣**：即六趣，又稱爲六道：天、人、阿修羅（Asura，一種惡神）、畜生、餓鬼、地獄。

❹**法**：梵文Dharma的意譯，音譯達磨、達摩等。《成唯識論》卷一稱：「法謂軌持。」《成唯識論述記》卷一本對此解釋如下：「軌謂軌範，可生物解。持謂住持，不捨自相。」一般來說有二解：㈠佛的教法稱爲佛法；㈡一切事物或現象，如色法、心法等。此中用第二解。

❺**一切種子識**：阿賴耶識的異名之一，因爲阿賴耶識含有產生一切事物的種子，所以稱爲一切種子識。

❻**阿笈摩**：梵文Āgama的音譯，意謂口傳。因爲佛的教誨，最初沒有寫成文字，靠師徒口授相傳，所以佛教往往以阿笈摩代稱佛經。

❼**雜染品法**：即蘊、處、界等一切有爲法，因爲它們是惑業所產生的染污法，所以稱爲雜染品法。

❽**我**：梵文Ātman的意譯，音譯阿特曼，大體上相當於起主宰作用的靈魂。佛教主張無我，把承認有我者視爲顛倒錯誤的認識，稱爲外道。

譯文

而且，阿賴耶識又稱爲阿陀那識。此中所提到的阿笈摩，就如《解深密經》所說：「阿陀那識的道理，非常深奧，非常難懂，一切種子就如瀑流那樣連續不斷，我對於凡夫二乘愚者不開示演講這一切種子識，害怕他們虛妄分別而增加我執。」爲什麼說阿賴耶識又稱爲阿陀那識呢？因爲阿賴耶識能夠執受一切有色根，一切有色根的自體都取阿賴耶識爲其所依。爲什麼呢？因爲有色諸根由於阿賴耶識的執受，使之不至於喪失破壞，盡形壽隨從本識的存在而轉起。前一生命結束，這相續的阿陀那識正要產生新生命體的時候，阿陀那識攝取那個生命體，執受名色自體，所以說阿賴耶識又稱爲阿陀那識。

阿賴耶識又稱爲心，如世尊說：「心、意、識三。」這裏所說的「意」有二種：第一、意是給等無間緣作所依止的性，無間滅識能與意識作生的依止；第二、染污的意，永遠與四種煩惱相應而起：一、薩迦耶見，二、我慢，三、我愛，四、無明，這就是識的雜染所依。前六識又由依第一等無間意爲所依止而生，由第二染汚意而成爲雜染。是因有了別境的意思，因爲有平等而無間的意思，又有思量的意思，所以意分爲二種。

原典

復次，此識亦名阿陀那識❶。此中阿笈摩者，如《解深密經》❷說：「阿陀那識甚深細，一切種子❸如瀑流，我於凡愚不開演，恐彼分別執爲我。」何緣此識亦復說名阿陀那識？執受一切有色根❹故，一切自體取所依故。所以者何？有色諸根，由此執受❺，無有失壞，盡壽隨轉。又於相續正結生時，取彼生故，執受自體。是故此識亦復說名阿陀那識。

此亦名心❻，如世尊說：「心、意❼、識❽三。」此中意有二種：第一、與作等無間緣❾所依止❿性，無間滅識能與意識作生依止；第二、染汙⓫意，與四煩惱⓬恆共相應：一者、薩迦耶見⓭，二者、我慢⓮，三者、我愛⓯，四者、無明⓰，此即是識雜

染所依。識復由彼第一依生⑰，第二雜染。了別境義故⑱，等無間義故，思量義故，意成二種。

注釋

❶**阿陀那識**：阿陀那是梵文Ādāna的音譯，意譯執持，即執取維持善、惡之因及有情衆生的身體，使之不被破壞。

❷**解深密經**：梵文Sandhinirmocanavyūnasūtra的意譯，唯識宗所依據的六經之一，唐．玄奘譯，共五卷八品。同本異譯有：南朝宋．求那跋陀羅譯《相續解脫經》一卷、北魏．菩提流支譯《深密解脫經》五卷、南朝陳．眞諦譯《解節經》一卷。

❸**種子**：梵文Bīja的意譯，阿賴耶識中產生各種事物的功能。種子的來源有二：一是本有；二是新熏。能夠變現山河大地等人們共同依存客觀環境的種子，稱爲共相種子；變現個體自性差別的種子，稱爲自相種子。變現煩惱的種子，稱爲有漏種子；不能變現煩惱的種子，稱爲無漏種子。

❹**有色根**：即眼、耳、鼻、舌、身五根，與無色的意根相對應。

❺執受，據《藏要》本校注，藏文本爲執持。

❻**心**：有五義：㈠梵文Citta的意譯，音譯質多、質多耶、質帝等。此指精神現象的心法；㈡阿賴耶識的異名之一，意謂集起，因爲阿賴耶識中聚集著很多種子，所以能夠生起各種事物；㈢與心所法相對的心王；㈣堅實心，又稱爲自性清淨心，是如來藏、眞如的異名，因爲此心堅固眞實，不生不滅，所以稱爲堅實心；㈤肉團心，梵文Hrdaya的意譯，音譯幹栗馱、漢栗太、紇利陀耶等，身中的五臟心。

❼**意**：此指第七識末那識，因爲末那是梵文Manas的音譯，意譯爲意。

❽**識**：梵文Vijñāna的意譯，此指前六識：眼識、耳識、鼻識、舌識、身識、意識。

❾**等無間緣**：前念消滅，後念生起，前念爲後念起開導作用，前念與後念一致相等，中無間隔，所以稱爲等無間緣。

❿**依止**：依賴止住有力有德之處，永不脫離。

⓫**染汙**：煩惱異名，因爲煩惱染汚圓覺眞性，使之不得悟入。

⓬**煩惱**：梵文Kleśa的意譯，又稱爲惑，擾亂有情衆生的身心，使之迷惑苦惱。貪、瞋、癡、慢、疑、惡見，是一切煩惱的根本，所以稱爲根本煩惱。從根本煩惱生起

的煩惱，稱爲隨煩惱。忿、恨、覆、惱、嫉、慳、誑、諂、害、憍是小隨煩惱。無慚、無愧是中隨煩惱。掉舉、昏沈、不信、懈怠、放逸、失念、散亂、不正知是大隨煩惱。

⑬**薩迦耶見**：梵文Satkāyadarśana的音、意合譯，意譯身見、我見。一切錯誤的見解都由此而生，有煩惱則有此見。《大乘廣五蘊論》稱：「云何薩迦耶見？謂於五取蘊隨執爲我，或爲我所，染慧爲性。薩爲敗壞義，迦耶謂和合積聚義……無常、積集，是中無我及我所故。染慧者，謂煩惱俱，一切見品所依爲業。」

⑭**我慢**：梵文Asmimāna的意譯，總以爲自己高超，輕視別人。第六識的我慢粗顯，第七識的我慢微細難知。

⑮**我愛**：六根本煩惱之一，即我貪。對於妄執的我，深爲愛著，這就是所謂的自愛心。第七識常向第八識起此煩惱。《成唯識論》卷四稱：「我愛者，謂我貪，於所執我，深生耽著，故名我愛。」《圓覺經》稱：「有我愛者，亦愛涅槃，伏我愛根，爲涅槃相。」

⑯**無明**：梵文Avidyā的意譯，又稱爲癡。十二因緣之首，三毒之一，根本煩惱之一

，對四諦、三寶、業果輪迴等佛教眞理愚昧無知。一切有情衆生因爲無明，而起虛妄分別，誤認世俗世界實有。

⑰**識復由彼第一依生**：阿賴耶識是前六識雜染法的所依。雜染法包括有漏（有煩惱）法的三性：善性、惡性、無記性（非善非惡）。

⑱**了別境義故**：前六識的功能是了解辨別外境（客觀事物）。

譯文

而且，怎麼知道有染污意第七識末那識呢？假若沒有第七識的話，就不會有不共無明，這就成爲過失了。而且，假若沒有第七識，第六識以五識爲同法喻也不會有，這也會成爲過失。爲什麼呢？因爲前五識必須有眼等五根作爲俱有依。而且，假若沒有第七識，在訓釋名詞時，「心、意、識三」，意就沒有內容了，這就成爲過失。而且，假若沒有第七識，無想定和滅盡定就沒有差別了，這樣就會造成過失。而且，因爲無想定是染意末那識所顯的，而不是滅盡定。如果不是這樣的話，這二種禪定就應沒有區別了。

又，假若沒有我執、我慢，在無想天的一期生命中，應當是沒有染污的意思，這就會造成過失。又，有漏位的有情衆生，在一切時中，不管是善、不善或無記心，都會有我執現行。假若沒有第七識的話，只有不善心生起的時候，才會有那種我執相應，所以有我、我所煩惱現行，並不是善、無記心生起的時候，才有這種我、我所。所以，假若建立了染污末那識，在六識的善心、無記心中，就可以有俱時而有的現行我執，並不是心王，心所相應的現行。這樣，就不會有善、無記心中沒有我執的過失了。

此中有如下偈頌：

如果沒有第七末那識，就不會有不共無明、五同法、訓釋詞「思量」，也就沒有無想定和滅盡定之間的差別，這都會成爲過失。

如果沒有第七識末那識，生於無想天的衆生就不會有我執，這就會造成過失。我執就不會在善、不善、無記心中永遠跟隨追逐衆生。如果沒有第七末那識，就不會有不共無明及「五同法喻」二者的存在。

如果沒有第七末那識，訓釋詞「思量」、無想定及滅盡定之間的差別、生於無想天的衆生還有我執，這三個道理就不能成立，就與聖教相違。如果沒有第七末那識，所有地方的我執都不應該有。

心本來應當領悟佛教眞理，但是經常發生障礙，其障礙在善、不善、無記「一切分」的心中都可以通行，這就是不共無明。

原典

復次，云何得知有染汙意❶？謂此若無，不共無明❷則不得有，成過失故。又五同法亦不得有，成過失故。所以者何？以五識身必有眼等俱有依❸故。又訓釋詞亦不得有，成過失故。又無想定❹與滅盡定❺差別無有，成過失故。謂無想定染意所顯，非滅盡定。若不爾者，此二種定應無差別。

又無想天❻一期生中，應無染汙，成過失故。於中若無我執❼、我慢。又一切時我執現行現可得故，謂善、不善、無記❽心中。若不爾者，唯不善心彼相應故，有我、我所❾煩惱現行，非善、無記。是故若立俱有現行，非相應現行，無此過失。

此中頌曰：

若不共無明，及與五同法，訓詞二定別⑩，無皆成過失。
無想生應無，我執轉成過，我執恆隨逐，一切種無有。
離染意無有，二三成相違，⑪無此一切處，我執不應有。
真義心當生，常能為障礙，俱行一切分，謂不共無明。

注釋

❶**染汙意**：即第七識末那識（Manas-vijñāna），因爲第七識是染污的根本，與我癡、我見、我慢、我愛四煩惱俱起，緣阿賴耶識的見分而生我執。

❷**不共無明**：無明有二，與貪、瞋、癡、慢、疑、惡見共起的無明，是相應無明；無明獨起，稱爲不共無明，亦稱獨頭無明。不共無明分爲二種：恆行不共、獨行不共。只與第七識末那識相應，而不與其他識相應的無明，稱爲恆行不共。與第六識相應，而不與第七識相應的無明，稱爲獨行不共。獨行不共無明又分爲二種：主獨行和非主獨行。與二十隨煩惱不相應的獨行不共無明，稱爲主獨行無明。與二十隨煩惱相應的獨行不共無明，稱爲非主獨行無明。主獨行無明，見道所斷。非主獨行，

修道所斷。

❸**俱有依**：同時有依之義，又稱爲俱有根，《成唯識論》卷四稱：「五識俱有所依，定有四種，謂五色根、六、七、八識。隨闕一種，必不轉故，同境分別染淨根本所依別故，聖教唯說依五根者，以不共故，又必同境近相順故。第六意識俱有所依，唯有二種，謂七、八識，隨闕一種，必不轉故。雖五識俱取境明了，而不定有，故非所依。聖教唯說依第七者，染淨依故，同轉識攝，近相順故。第七意識俱有所依，但有一種，謂第八識，藏識若無，定不轉故。如伽他說，阿賴耶爲依，故有末那轉，依止心及意，餘轉識得生。阿賴耶識俱有所依，亦但一種，謂第七識。彼識若無，定不轉故。論說藏識恒與末那俱時轉故。又說藏識恒依染汚，此即末那。」

❹**無想定**：外道修的一種禪定，誤信色界第四禪無想天之果報爲眞悟境，雖已消滅前六識，仍有染汚。

❺**滅盡定**：又作滅受想定、滅盡三昧。心不相應行法之一。即滅盡心、心所而住於無心位之定。與無想定並稱二無心定，然無想定爲異生凡夫所得，此定則爲佛及俱解脫之阿羅漢遠離定障所得，即以現法涅槃之勝解力而修入者。

❻**無想天**：無想有情衆生所居住的天處，說一切有部和經量部認爲無想天是第四禪的廣果天，上座部認爲廣果天以上是無想天。住在無想天的有情衆生，仍有染污，仍有我執、我慢。

❼**我執**：又稱爲人執、我見等，梵文Ātma-grāha的意譯，即主張有我的見解或主張，由於我執力而產生各種煩惱，使有情衆生在三界輪迴，得不到解脫。

❽**無記**：梵文Avyākṛta的意譯，「記」意謂判斷、斷定之義，不可斷爲善，也不可斷爲惡，非善非惡的屬性是無記性。分爲有覆無記和無覆無記二種。

❾**我所**：我所有之略，自身爲我，身外萬物爲我所有，簡稱爲我所。

❿訓詞二定別，據《藏要》本校注，藏文本中此二語互倒，眞諦譯本與此相同。

⓫以上二句，《藏要》本校注稱：「藏本此二句云：若無染污意，應無二違三。今譯文晦。」

譯文

第七識末那識是染污的，其屬性是有覆無記，經常與薩迦耶見、我愛、我慢、無明四種煩惱相應而起。如色界、無色界這二界所纏繫的煩惱，其屬性是有覆無記，爲奢摩他所攝藏。第七識末那識，四煩惱永遠伴隨追逐它，因爲它的行相微細，四煩惱的行相也就微細了。

倒數第三是心體，假若離開阿賴耶識，沒有別的心體可得。所以，以阿賴耶識爲心體，因爲阿賴耶識可以含藏種子，第七識和前六識都隨之而生起。爲什麼又稱爲心呢？因爲由萬事萬物熏習而成的種子積聚在阿賴耶識之中。

而且，爲什麼在聲聞乘中，不把心稱爲阿賴耶識或阿陀那識呢？因爲阿賴耶識或阿陀那識之境非常深細。爲什麼呢？因爲聲聞乘只求自身的解脫，不希求無所不知的一切境智。所以，對聲聞乘人來說，雖然對他們不說阿賴耶識或阿陀那識，他們仍然可以成就小乘佛教的智慧，可以獲得自身的解脫，所以對聲聞乘人不說阿賴耶識或阿陀那識。假若諸菩薩，他們肯定要希求一切境智，所以佛要對他們講阿賴耶識或阿陀那識。如果沒有這種智慧，就不能證得成佛的一切智智。

原典

此意染汙故，有覆無記❶性，與四煩惱常共相應。如色、無色❷二纏煩惱，是其有覆無記性攝，色、無色纏爲奢摩他❸所攝藏故。此意一切時微細隨逐故。

心體第三，若離阿賴耶識，無別可得。是故成就阿賴耶識以爲心體，由此爲種子，意及識轉。何因緣故亦說名心？由種種法熏習❹種子所積集故。

復次，何故聲聞乘中，不說此心名阿賴耶識，名阿陀那識？由此深細境所攝故。所以者何？由諸聲聞，不於一切境智❺處轉，是故於彼，雖離此說，然智得成，解脫❻成就❼，故不爲說。若諸菩薩，定於一切境智處轉，是故爲說。若離此智，不易證得一切智智❽。

注釋

❶**有覆無記**：隱蔽自心障礙修習佛道的一種無記心。《成唯識論》卷五稱：「障礙聖道，隱蔽自心。」所以稱爲有覆。第七識末那識的屬性是有覆無記，因其性染汙而

非善非惡。

❷**色、無色**：即色界和無色界。色界位於欲界之上，在此居住的有情衆生，已離食、淫二欲，這裏的宮殿和有情衆生仍然離不開色（物質），所以稱爲色界，包括四禪十七天。無色界在色界之上，在此居住的有情衆生已無形色，依衆同分（使衆生得同樣果報之因，相當於共性）和命根（相當於壽命）而得相續。

❸**奢摩他**：梵文Śamatna的音譯，意譯爲止，意謂禪定。

❹**熏習**：前七識現行對阿賴耶識的連續熏染影響作用，形成阿賴耶的種子，能熏前七識和所熏第八識各有四義。所熏四義如下：堅住性、無記性、可熏性、與能熏共和合性。能熏四義如下：有生滅、有勝用、有增減、與所熏和合而轉。

❺**智**：梵文Jñāna的意譯，音譯闍那、若那，意謂對事理的決斷。《大乘義章》卷九稱：「慧心安法，名之爲忍。於智決斷，說之爲智。」

❻**解脫**：梵文Vimukta的意譯，意謂擺脫塵世煩惱業障的繫縛而得自由，已經斷除業報輪迴，與涅槃義相通。《成唯識論述記》卷一稱：「言解脫者，體即圓寂。由煩惱障縛諸有情，恒處生死。證圓寂已，能離彼縛，立解脫名。」

❼以上二句，《藏要》本校注稱：「藏本此語云：由智得成，故解脫成就。陳、隋本同。」

❽**一切智智**：梵文Sarvajñāna的意譯，音譯薩婆若那，意謂一切智，一切智智是佛特有的智中之智。

譯文

而且，在聲聞乘的經典中，也已經以不同的密意說到阿賴耶識，如《增一阿含經》說：「塵世間的有情衆生，愛阿賴耶，樂阿賴耶，欣阿賴耶，憙阿賴耶。」衆生因爲愛、樂、欣、憙阿賴耶識，使之不得解脫。爲了斷除阿賴耶識，佛陀在演說正法的時候，有情衆生都恭恭敬敬地聽取佛的教誨，安住於希求解脫之心，隨順佛的教誨而修行。這樣奇異罕見的正法，只有佛出世以後，才能出現於世間。如在聲聞乘的經典《如來出現四德經》中，佛已經以這種不同的密意方式說明阿賴耶識。在大衆部的阿笈摩中，也已經以各種不同的密意，說阿賴耶識稱爲根本識，就像樹依根一樣。在化地部中，也已經以各種不同的密意，說阿賴耶識稱爲窮生死蘊。有的處所（如無色界）有時（如修練無想定生無想天的時候）可以看到色法和心法的間斷，並不是阿賴耶識中的種子有間斷。

這樣的所知依，據說以阿賴耶識爲性，以阿陀那識爲性，以心爲性，以阿賴耶爲性，以根本識爲性，以窮生死蘊爲性等。由此不同的門類，阿賴耶識成大王路。

原典

復次，聲聞乘中，亦以異門密意，已說阿賴耶識，如彼《增壹阿笈摩》❶說：「世間❷衆生❸，愛阿賴耶，樂阿賴耶，欣阿賴耶，憙阿賴耶。」❹爲斷如是阿賴耶故，說正法❺時，恭敬攝耳，住求解心，法隨法行。如來出世，如是甚奇，希有正法，出現世間。於聲聞乘《如來出現四德經》❻中，由此異門密意，已顯阿賴耶識。於大衆部❼阿笈摩中，亦以異門密意，說此名根本識❽，如樹依根。化地部❾中，亦以異門密意，說此名窮生死蘊❿。有處有時見色⓫、心⓬斷，非阿賴耶識中彼種有斷。

如是所知依，說阿賴耶識爲性，阿陀那識爲性，心爲性，阿賴耶爲性，根本識爲性，窮生死蘊爲性等⓭。由此異門，阿賴耶識成大王路⓮。

注釋

❶**增壹阿笈摩**：梵文Ekottarikāgama的意、音合譯，即《增一阿含經》，北傳佛教的四阿含之一，相當於南傳佛教的《增支部》。苻秦．曇摩難提譯於建元二十一年（公元三八五年）。《開元釋教錄》誤爲東晉．僧伽提婆譯，應當是僧伽提婆修正。共五十一卷，共收四百七十四部經。因爲經文按法數從一法逐一遞增，所以稱爲《增一阿含經》。

❷**世間**：世爲遷流、破壞、覆眞之義。間爲中之義，墮於世中之事物，謂之世間。又有間隔之義，世中事物個個間隔而爲界畔，謂之世間，與世界同義。一般分爲二種：一、有情世間，即有情衆生；二、器世間，即國土。又分爲學者世間和非學世間。佛教各派是學者世間，俗人及外道是非學世間。

❸**衆生**：梵文Sattva的意譯，另譯有情。音譯薩埵、僕呼善那等。衆生有三義：㈠衆人共生之義，《法華文句》卷四稱：「劫初光音天，下生世間，無男女尊卑衆共生世，故言衆生，此據最初也。」㈡衆多之法，因爲人身是色、受、想、行、識五蘊

假和合而生，所以稱爲衆生。《大乘義章》卷六稱：「依於五蘊和合而生，故名衆生。」㈢經衆多之生死，所以稱爲衆生。因爲有情衆生多次生死，所以稱爲衆生。

❹以上四句，現存的《增一阿含經》中没有，世親的《攝大乘論釋》，對這四阿賴耶解釋如下：愛阿賴耶是總，其餘的三阿賴耶是約三世分別而說，欣阿賴耶是對過去世說的，樂阿賴耶是對現在世說的，憙阿賴耶是對未來世說的。

❺**正法**：意謂眞正的道法，理無偏邪稱爲正，即三寶（佛、法、僧）之一的法寶，以教、理、行、果爲體。

❻如來出現四德經，《增一阿含經》中的一部經。

❼**大衆部**：梵文Mahāsaṅghika的意譯，音譯摩訶僧祇部。釋迦牟尼佛入滅後一百年時，從原始佛教分裂出來的一個重要派別，與上座部的思想觀點直接對立，主要分佈在古印度的中部和南部。後從大衆部分裂出一說部、說出世部、雞胤部、多聞部、說假部、制多山部、西山住部、北山住部。

❽**根本識**：大衆部主張有一種常存的根本識，又稱爲細心，其餘六識都依之而生起。

❾**化地部**：梵文Mahīśāsaka的意譯，另譯正地、教地、大不可棄部等，音譯彌沙塞部

。釋迦牟尼佛入滅後三百年時，從說一切有部分裂出來的一個重要派別。據《異部宗輪論述記》，該部創始人原爲國王，爲教化本國人民而出家。認爲過去、未來是無，現在和無爲法是有。認爲僧中有佛，並不是另外有佛，所以對僧進行布施，就可以獲得大果。認爲佛與聲聞、緣覺二乘的修行道路一樣，同樣達到解脫。

❿**窮生死蘊**：又稱爲窮生死陰。化地部主張有三蘊：刹那生滅的一念頃蘊，從生到死的一期生蘊，可以從前世轉至後世的窮生死蘊。窮生死蘊在涅槃前，有生一切心法和色法的功能，這是明顯的種子特徵。

⓫**色**：即色法。色法是梵文Rūpadharma的意譯，有質礙之物稱爲色法，相當於物質現象，共分三類：㈠五根：眼根、耳根、鼻根、舌根、身根；㈡五境：色境、聲境、香境、味境、觸境；㈢無表色。在五位七十五法中，色法領先，因爲色法最能引起貪欲，所以是最主要的對治對象。在五位百法中，色法排在心法、心所法之後，表明色法不能獨立生起，是心法變現的。

⓬**心**：即心法。又稱爲心王，唯識宗區分爲八識：眼識、耳識、鼻識、舌識、身識、意識、末那識、阿賴耶識。

⑬**等**：此中省略說一切有部的有分識性、正量部的果報識性。

⑭**大王路**：由於上述種種理由，阿賴耶識就像世間大王所走的道路一樣寬廣、平坦，毫無阻擋，很容易成立起來。

譯文

又有一類小乘論師認爲：心、意、識三者只是文字不同，其含義並無差別。這種觀點不能成立，意、識二字的含義是有差別的，應當知道，心的含義也應當有區別。還有一類小乘論師認爲：佛所說的愛阿賴耶、樂阿賴耶、欣阿賴耶、憙阿賴耶，是指五取蘊而言，認爲五取蘊是阿賴耶識的體性。又有一類小乘論師認爲：貪與樂受一起，才是阿賴耶識的體性。又有一類小乘論師認爲薩迦耶見才是阿賴耶識。

這些論師，因爲從教理和修證方面，都不懂得阿賴耶識，所以才提出這樣錯誤的主張。按照小乘佛教的觀點，立阿賴耶之名，是不合乎道理的。如果不糊塗的話，按照阿賴耶識之理立阿賴耶之名，是最正確的。爲什麼是最正確的？如果把五取蘊稱之爲阿賴耶識的話，生於惡趣的有情衆生，一直受苦，最厭惡構成人體的五蘊，對它從來就不喜歡，所以以五取蘊爲阿賴耶識的主張不合乎道理，因爲生於惡趣的衆生往往希求趕快拋棄它。如果認爲貪及樂受是阿賴耶識的話，四禪以上的無色界衆生，沒有貪及樂受，但仍有所愛著的阿賴耶識，對貪及樂受往往有厭惡之感。所以認爲貪及樂受是阿賴耶識的意見，是不合乎道理的。

如果認爲薩迦耶見是阿賴耶識的話，相信佛法而又沒有成佛的人，可以斷除我見，但仍有阿賴耶識，對我見往往有厭惡之感，所以認爲薩迦耶見即阿賴耶識的主張，是不合乎道理的。阿賴耶識被衆生誤認爲「我」，生於惡趣的有情衆生，雖然一直受苦，希求擺脫這種痛苦，但因他們往往被「我愛」隨逐纏縛，儘管他們希求擺脫痛苦，但終究不能脫離。某些衆生雖然生於四禪以上的無色界，對貪和樂往往有厭惡之感，但他們仍然把阿賴耶識誤認爲「我」，其「我愛」還是隨逐纏縛他們。某些衆生雖然相信佛法，認爲無我，對於我見有厭惡之感，但對於阿賴耶識的「我愛」仍然隨逐纏縛他們。所以，把阿賴耶識稱之爲阿賴耶，很容易成立起來。

原典

復有一類，謂心、意、識義一文異。是義不成，意、識兩義，差別可得，當知心義亦應有異。復有一類，謂薄伽梵所說衆生愛阿賴耶，乃至廣說，此中五取蘊❶說名阿賴耶。有餘復謂貪❷俱樂受名阿賴耶。有餘復謂❸薩迦耶見名阿賴耶。

此等諸師，由教及證，愚於藏識❹，故作此執❺。如是安立阿賴耶名，隨聲聞乘安立道理，亦不相應❻。若不愚者，取阿賴耶識，安立彼說阿賴耶名，如是安立，則爲最勝。云何最勝？若五取蘊名阿賴耶，生惡趣❼中，一向苦❽處，最可厭逆，衆生一向不起愛樂❾，於中執藏❿，不應道理，以彼常求速捨離故。若貪俱樂受⓫名阿賴耶，第四靜慮⓬以上無有，具彼有情⓭常有厭逆，於中執藏，亦不應理。

若薩迦耶見名阿賴耶，於此正法中，信解⓮無我者，恆有厭逆，於中執藏亦不應理。阿賴耶識內我性攝⓯，雖生惡趣，一向苦處，求離苦蘊⓰，然彼恆於我愛隨縛，未嘗求離。雖生第四靜慮以上，於貪俱樂恆有厭逆，阿賴耶識我愛隨縛。雖於此正法信解無我⓱者，厭逆我見⓲，然於藏識我愛隨縛。是故安立阿賴耶識名阿賴耶，成就最勝。

注釋

❶**五取蘊**：又作五受蘊。即由取（煩惱）而生或能生取之有漏之五蘊。

❷**貪**：即引起煩惱的貪愛、貪欲。《成唯識論》卷六稱：「云何爲貪？於有、有具染著爲性，能障無貪，生苦爲業。」「有」指世俗衆生本身（五取蘊），「有具」指衆生賴以生存的物質條件。

❸謂，《磧砂藏》本原作「有」，《藏要》本根據藏文本和《高麗藏》本改。

❹**愚於藏識**：金陵刻經處本作「愚阿賴耶」。藏識，阿賴耶識的異名之一。「藏」有三義：㈠能藏，阿賴耶識能夠含藏變現各種事物的種子；㈡所藏，阿賴耶識裏的種子是所藏；㈢執藏，謂第八阿賴耶識恆被第七末那識妄執爲實我、實法，所以稱爲執藏。

❺**執**：又稱爲執念、執心。意謂固執事物而不離的妄情。

❻亦不相應，《藏要》本校注稱：「藏本此語云：雖亦相應。意異。」

❼**惡趣**：即六趣中的地獄、餓鬼、畜生。

❽**苦**：梵文Duhkha的意譯，四諦之一，一般講有八苦：生苦（胎兒及出生時的痛苦）、老苦、病苦、死苦、愛別離苦（與親愛的人分離所造成的痛苦）、怨憎會苦（和自己所討厭的人在一起所造成的痛苦）、求不得苦（自己的欲望追求得不到滿足所造成的痛苦）、五陰盛苦（五陰是構成人體的色、受、想、行、識五蘊，五陰盛苦是人身所經受的各種痛苦現象）。

❾**愛樂**：「愛」意謂喜愛，或親愛。「樂」意謂樂欲。信樂世間及出世間善法，意謂愛樂。此中用一般含義：喜歡高興。

❿**執藏**：阿賴耶識的三藏之一，第七識末那識妄執第八識爲實我，所以稱爲執藏。此中用一般含義，即堅持住於其中。

⓫**樂受**：三受（苦受、樂受、不苦不樂的捨受）之一，領受順情之境，使身心適悅。《成唯識論》卷五稱：「領順境相，適悅身心，說名樂受。」

⓬**第四靜慮**：靜慮是梵文Dhyāna的意譯，音譯馱耶演那。分生靜慮、定靜慮二類。生靜慮意謂生於四禪天，定靜慮是修練四種禪定。此中用生靜慮，第四靜慮即第四

禪天，在此定居住者僅有意識，唯有捨受與之相應。有無雲、福生、廣果、無煩、無熱、善見、善現、色究竟八天。

⑬**有情**：梵文Sattva的意譯，音譯薩埵。舊譯衆生，新譯有情。意謂有情識、有愛情。《成唯識論述記》卷一本稱：「梵言薩埵，此言有情，有情識故……又情者愛也，能有愛生故……言衆生者，不善理也，草木衆生。」

⑭**信解**：聞佛說法，最初相信，然後理解。或者說，鈍根者相信，利根者理解，合爲信解。信破除邪見，解破除無明。

⑮阿賴耶識內我性攝，據《藏要》本校注，藏本此句如下：「此熏習能詮之所詮爲何？」元魏・佛陀扇多譯《攝大乘論》、陳・眞諦譯《攝大乘論》、隋・笈多等譯、世親著《攝大乘論釋論》，與此相同。

⑯**苦蘊**：即人身。因人之有情身心乃由三苦、八苦等所集而成，故稱爲苦蘊。

⑰**無我**：梵文Anātman的意譯，又稱爲非我。「我」爲主宰。對人身起主宰作用的靈魂是人我，對事物起主宰作用的是法我，對自己起主宰作用的是自我，對其他人起主宰作用的是他我。佛教認爲：人身是由色、受、想、行、識五蘊和合而成，是無

常的，没有起主宰作用的永恆我體。一切事物都是因緣和合而成，不是永恆的，也没有起主宰作用的永恆我體。以此類推，没有自我，也没有他我，所以是無我。

⑱**我見**：又稱爲身見，把色、受、想、行、識五蘊虛假和合而成的身心，誤認爲有永恆的，而起主宰作用的「我」，此稱我見。《大乘義章》卷六稱：「言身見者，亦名五見，五陰名身，身中見我，取執分別，從其所迷故，名身見；以見我故，從其所立，亦名我見。」

譯文

以上就建立阿賴耶識的不同門類進行了說明。安立阿賴耶識之相，如何可見呢？安立阿賴耶識之相簡略來說有三種：第一、安立自相，第二、安立因相，第三、安立果相。這裏所說安立阿賴耶識的自相問題，一方面依賴一切雜染品法的所有熏習（現熏種），另一方面又是那雜染品法的生因（種生現），這都是由於阿賴耶識能夠攝藏種子並保持種子。關於安立阿賴耶識的因相問題，是說阿賴耶識所儲存的一切種子，時時刻刻都有可能產生現行，種子是現行之因。關於安立阿賴耶識的果相問題，是說從無始以來，雜染品類諸法（包括善性、惡性、無記性）熏習所成的種子，都儲存在阿賴耶識之中，生生世世延續下來，由於前世造業性質的不同，使之得到不同的果報。

而且，什麼是熏習呢？熏習是能詮。什麼是所詮呢？所詮是阿賴耶識依賴那一切雜染品類諸法，熏習與雜染品類諸法的關係是同時生同時滅，阿賴耶識中具有產生雜染品類諸法的因性（種子），這就是熏習所要解釋的問題。就像胡麻中有花熏習一樣，胡麻與花同時生同時滅。久而久之，這些所熏的胡麻，就帶上了能熏的花香，經過熏習的胡麻帶上了生香之因。

又如貪等煩惱很強的人，人心原來並沒有貪、瞋、癡，但經貪等的熏習，使之帶上了貪等，心與貪等同時生同時滅。久而久之，經過貪等熏習的心，就產生了貪等現行之因。一個多聞廣博的人，由於聽聞的熏習，使他產生思惟（作意），多聞與作意同時生同時滅，心產生第二念的時候，就帶上了前念的印記，因爲心能夠攝持這種熏習，所以稱爲持法者。阿賴耶識接受熏習的道理，應當知道，也是這樣。

原典

如是已說阿賴耶識安立異門，安立此相云何可見❶？安立此相略有三種：一者安立自相❷，二者安立因相❸，三者安立果相❹。此中安立阿賴耶識自相者，謂依一切雜染❺品法所有熏習為彼生因❻，由能攝持種子相應。此中安立阿賴耶識因相者，謂即如是一切種子❼阿賴耶識，於一切時與彼雜染品類諸法現前為因。此中安立阿賴耶識果相者，謂即依彼雜染品法，無始時來所有熏習，阿賴耶識相續❽而生。

復次，何等名為熏習？熏習能詮❾。何為所詮？謂依彼法，俱生俱滅，此中有能生彼因性，是謂所詮。如苣蕂中有華熏習❿，苣蕂與華俱生俱滅，是諸苣蕂，帶能生彼，香因而生⓫。

又如所立貪等行者，貪等熏習依彼貪等，俱生俱滅，此心帶彼生因而生。或多聞⓬者，多聞熏習，依聞作意⓭，俱生俱滅，此心帶彼記因⓮而生，由此熏習能攝持故，名持法者。阿賴耶識熏習道理，當知亦爾。

注釋

❶安立此相云何可見，《藏要》本校注稱：「以下陳本第一分內相品第二，隋本第一品內相章第四。」

❷**自相**：各種事物有自、共二相，偈於自體之相，稱爲自相；通於他之相，稱爲共相。如五蘊中的色、受、想、行、識，是自相；空、無我等之理，是共相。

❸**因相**：阿賴耶識的三相（自相、因相、果相）之一，意謂萬事萬物的原因之相。第八識阿賴耶識，攝持一切種子，能夠成爲萬事萬物生起的原因。《成唯識論》卷二稱：「此能執持諸法種子，令不失故，名一切種，離此餘法能遍執持諸法種子不可得故，此即顯示初能變識所有因相。」

❹**果相**：阿賴耶識的三相（自相、因相、果相）之一，即有情衆生的總報之果體，第八識阿賴耶識的異熟識。《成唯識論》卷二稱：「此是能引諸界、趣生，善、不善業異熟果故，說名異熟。離此命根、衆同分等恒時相續，勝異熟果不可得故，此即顯示初能變識所有果相。」

❺**雜染**：一切有漏法的總名，包括善、惡、無記三性。如果只說「染」，則這種煩惱只限於惡性，「雜染」則通善、惡、無記三性。

❻**生因**：意謂生果之因種，如草木之種是草木的生因。

❼一切種子，據《藏要》本校注，藏本爲「一切自種子」。

❽**相續**：因果次第而不斷絶，稱爲相續。據《藏要》本校注，藏本無此「相續」二字，陳、隋本同。

❾熏習能詮，據《藏要》本校注，藏本此句云：「此熏習能詮之所詮爲何？」元魏·佛陀扇多譯本、陳·眞諦譯本、隋·笈多等譯、世親著《攝大乘論釋論》與此相同。

❿熏習，《藏要》本校注稱：「藏本此字作習染，bsgos-pa與熏習bag-chags字異，蓋内外法不同也。」

⓫**是諸苣藤，帶能生彼，香因而生**：苣藤即胡麻。印度人喜歡用香油塗身，香油的製法如下：先將香花和胡麻埋入地下，使之壞爛，然後取出胡麻來壓香油。胡麻本身原來並沒有花香，但經香花的熏習使它帶上了花香，壓出來的油，也就帶有花香了

。經過熏習的胡麻帶上了生香之因。

⓬**多聞**：多聞佛法而受持。

⓭**作意**：梵文Manaskāra的意譯，小乘佛教說一切有部的大地法之一，也是唯識宗的遍行之一。使心警覺以引起活動的精神作用。《大乘廣五蘊論》稱：「云何作意？謂令心發悟為性，令心心法現前警動，是憶念義，任持攀緣心為業。」

⓮記因，據《藏要》本校注，藏本此二字作言說因，元魏與此相同。

譯文

而且，阿賴耶識中所儲存的各種雜染品法的種子，是不同呢？還是相同呢？並不是體相有別的實體種子存在於阿賴耶識之中，也並不是沒有不同。然而，阿賴耶識由於雜染品類諸法的熏習而產生種子，就有能夠產生不同性質現行的功能，所以，阿賴耶識被稱為一切種子識。

而且，阿賴耶識與那雜染諸法同時互為原因，這怎麼見得呢？譬如明燈中的火焰與能生火焰的燈炷，從炷生火焰，火焰燒燈炷，是同時更互為因的。又如一束蘆葦，互相依賴，互相住持，同時不倒。從這些譬喩，我們應該曉得，阿賴耶識與雜染諸法同時互爲因的道理，也是這樣。如阿賴耶識爲雜染諸法的原因，雜染諸法也是阿賴耶識的原因，只是從這種安立因緣的道理，除了這種眞正的因緣，其餘的因緣是根本不可得的。

原典

復次❶，阿賴耶識中諸雜染品法種子，爲別異住？爲無別異？非彼種子有別實物於此中住，亦非不異。然阿賴耶識如是而生，有能生彼功能差別，名一切種子識。

復次❷，阿賴耶識與彼雜染諸法同時更互爲因，云何可見？譬如明燈，焰炷生燒，同時更互。又如蘆束，互相依持，同時不倒。應觀此中更互爲因，道理亦爾。如阿賴耶識❸爲雜染諸法因，雜染諸法亦爲阿賴耶識因，唯就如是安立因緣，所餘因緣不可得故❹。

注釋

❶復次，《藏要》本校注稱：「以下隋本不一不異章第六。」

❷復次，《藏要》本校注稱：「以下隋本第一品内更互爲因果章第七。」

❸識，《磧砂藏》本原無此字，《藏要》本根據藏文本和《高麗藏》本加。

❹**所餘因緣不可得故**：阿賴耶識中的種子是雜染諸法（現行）之因，雜染諸法同時又是阿賴耶識種子之因，只能這樣安立因緣，其餘因緣是没有的。

譯文

阿賴耶識中的熏習，是没有區別、没有不純一的現象，爲什麼能作爲有區別、不純一諸法的原因呢？就像各種織花紋布的器具織所織的衣料一樣，正當織的時候，雖然無有區別、不純一的品類可得，投入染器以後，這時候衣服上便有有區別、不純一品類染色絞絡紋像顯現在衣料上面。阿賴耶識也是這樣，受能熏異雜諸法（如色法、心法、善性、惡性等）的所熏習，當熏習而成種子的時候，雖然還没有異雜的相貌可得，果生現前以後，就好像白色衣料，經過染器的助緣以後，就有有區別、不純一的無量品類諸法的顯現。

大乘佛教中的緣起法，非常深奧細微，不容易理解。而且，簡略來說有二種緣起：第一是分別自性緣起，第二是分別愛非愛緣起。這裏依止阿賴耶識裏性質不同的種子，使世間萬事萬物生起，其自性也有相應的區別，阿賴耶識是諸法生起的原因，所以稱爲分別自性緣起，因它能以分別種種的自性爲它的緣性之故。又有十二因緣，這稱爲分別愛非愛緣起，因爲在善趣惡趣之中，可以分別出愛和非愛，由種種善業和惡業爲其緣性。

原典

云何熏習無異無雜❶，而能與彼有異有雜諸法爲因？如衆纈具纈所纈衣❷，當纈之時，雖復未有異雜非一品類可得，入染器後，爾時衣上便有異雜非一品類染色絞絡文像顯現。阿賴耶識亦復如是，異雜能熏❸之所熏❹習，於熏習時雖復未有異雜可得，果生染器現前已後，便有異雜無量品類諸法顯現。

如是緣起❺，於大乘中極細甚深。又若略說有二緣起：一者分別自性緣起❻；二者分別愛非愛緣起。此中依止阿賴耶識諸法生起，是名分別自性緣起，以能分別種種自性爲緣性故。復有十二支緣起❼，是名分別愛非愛緣起，以於善趣❽、惡趣能分別愛非愛種種自體爲緣性故❾。

注釋

❶云何熏習無異無雜，《藏要》本校注稱：「以下隋本因果別不別章第八。」

❷如衆纈具纈所纈衣，《藏要》本校注稱：「藏本此句云：如以種種果汁染衣。與無性合，今譯隨陳、隋本，意云多縷結衣也。」

❸**能熏**：即前七識，眼識、耳識、鼻識、舌識、身識、意識、末那識。因爲前七識能夠熏習第八識阿賴耶識，能熏必須具備四個條件，即能熏四義：㈠有生滅，不是永恆的，能夠產生和消滅，具有生長習氣的作用；㈡有勝用，有旺盛的生滅功能，能夠引生習氣；㈢有增減，有能增能減的殊勝功用，能夠攝持習氣。並不像佛那樣佛果圓滿，其善法無增無減；㈣與所熏和合而轉，與所熏同處，不即不離，既不等同

，又不乖離。

❹**所熏**：即第八識阿賴耶識，因爲阿賴耶識接受前七識的熏習。所熏必須具備四個條件，即所熏四義：㈠堅住性，始終一類相續，能夠保持習氣；㈡無記性，其屬性是非善非惡的無記性；㈢可熏性，意謂獨立存在，性非堅密，能夠接受習氣；㈣與能熏共和合性。與能熏同時同處，不即不離。

❺**如是緣起**：《藏要》本校注稱：「以下隋本緣生章第九，又藏本此句云：是爲大乘深細緣起。」緣起，梵文Pratītyasamutpāda的意譯，另譯緣生，音譯鉢刺底醫底界三喝鉢地界。認爲一切事均處於因果聯繫之中，依一定的條件生起變化。《雜阿含經》卷十二稱：「此有故彼有，此起故彼起。」

❻分別自性緣起，《藏要》本校注稱：「藏本此句作自性分別緣起，次後釋爲種種性分別之緣性故，隋本同，次分別愛非愛緣起例知。」

❼**十二支緣起**：即十二因緣（Dvādaśāṅgapra-tītyasamutpāda）。無明緣行，行緣識，識緣名色，名色緣六處，六處緣觸，觸緣受，受緣愛，愛緣取，取緣有，有緣生，生緣老死。每兩支之間順序成爲一對因果關係，再配合過去、現在、未來三世，

即成爲三世兩重因果：無明、行，作爲過去世的因；識、名色、六處、觸、受，作爲現在世的果；愛、取、有，作爲現在世的因；生、老死則爲未來世的果。有情生永遠按照這樣的因果律，在三界、六道中輪迴不息，直至涅槃。

❽**善趣**：即六趣中的天、人、阿修羅三趣。

❾**分別愛非愛種種自體爲緣性故**：人的身體（自體）可分爲愛、非愛兩種，生於善趣的身體是可愛的，生於惡趣的身體是不可愛的，善趣、惡趣是由前世造的業決定的，十二支緣起是善趣、惡趣的因緣。所以，把十二支緣起稱爲分別愛非愛緣起。

譯文

關於阿賴耶識的問題，假若不了解阿賴耶識是萬事萬物生起的原因，就會產生下列種種謬誤：或者以不同的自性爲萬物生起的原因，或以不同的宿作爲因，或以大自在天爲因，或以實我爲因，或者認爲無因無緣。

如果不懂得第二分別愛非愛緣起，就會產生下列種種謬誤：或者以不同的「我」爲造作事物者，「我」爲接受果報者。譬如有幾個生下來就瞎眼的盲人，從來就沒有見過象。有一天，有個人牽隻象讓他們去觸摸認識。那些生下來就瞎眼的盲人，有的摸到象鼻子，有的摸到象牙，有的摸到象的耳朵，有的摸到象脚，有的摸到象尾，有的摸到象的脊梁。問他們象是什麼樣子，摸到象鼻的說象如犁柄，摸到象牙的說象如杵，摸到象耳的說象如簸箕，摸到象足的說象如臼，摸到象尾巴的說象如掃帚，摸著象脊梁的說象如石山。

假若不了解這二種緣起，就和那些瞎子一樣犯錯誤：或者認爲自性是萬事萬物生起的原因，或者認爲宿作爲因，或者認爲大自在天爲因，或者認爲眞實存在的「我」是因，或者認爲無因無緣，或者認爲「我」是造作者，「我」爲接受果報者。他們不了解阿賴耶識的自性、因性和果性等，就像那些生下來就瞎眼的盲人不懂得象的自性一樣。

原典

於阿賴耶識中，若愚第一緣起，或有分別自性❶爲因❷，或有分別宿作爲因❸，或有分別自在變化爲因❹，或有分別實我爲因❺，或有分別無因無緣❻。

若愚第二緣起，復有分別我爲作者❼，我爲受者❽。譬如衆多生盲士夫，未曾見象，復有以象說而示之。彼諸生盲，有觸象鼻，有觸其牙，有觸其耳，有觸其足，有觸其尾，有觸脊梁❾。諸有問言，象爲何相？或有說言象如犁柄，或說如杵，或說如箕，或說如臼，或說如帚❿，或有說言象如石山。

若不解了此二緣起，無明生盲亦復如是⓫，或有計執自性爲因，或有計執宿作爲因，或有計執自在爲因，或有計執實我爲因，或有計執無因無緣，或有計執我爲作者，我爲受者。阿賴耶識自性、因性及果性等，如所不了象之自性。

注釋

❶**自性**：梵文Svabhāva的意譯，音譯私婆婆，簡略來說有三義：㈠不依賴於其他任何事物而獨立存在的屬性，稱爲自性。佛教認爲一切事物都是因緣和合而有，所以這種自性是不存在的；㈡事物自己本身的屬性；㈢數論外道主張自性是萬事萬物生起的原因。

❷**或有分別自性爲因**：這是數論外道的主張，數論主張二十五諦，由神我、自性生大

，由大生我慢，然後產生五唯（色、聲、香、味、觸）、五知根（眼、耳、鼻、舌、身）、五作業根（舌、手、足、男女、大遺）、心根、五大（空、風、火、水、地）。

❸**或有分別宿作爲因**：這是宿作外道的主張，認爲一切有情衆生所受苦樂之報，都是因爲宿世本業，如果現世持戒精進，受身心之苦，就能夠破壞本業。本業破壞以後，各種痛苦隨之消滅而得涅槃。和佛教的主要區別如下：佛教認爲現世之業對所受果報也是起作用的，宿作外道否定現世業的功力。

❹**或有分別自在變化爲因**：這是婆羅門教的主張，婆羅門教的濕婆派認爲：大自在天（濕婆）是一切事物的生因。

❺**或有分別實我爲因**：印度的吠檀多哲學，主張梵我是宇宙的本體，通過修行，達到梵我一如，梵即我，我即梵，使小我融合於大我，這就產生了唯我論。

❻**或有分別無因無緣**：這是無因外道的主張，認爲一切事物都是自然而有，既無因，又無緣。

❼**我爲作者**：這是勝論外道的主張，認爲「我」是造作者。

❽**我爲受者**：這是數論外道的主張，根據數論觀點，神我要求什麼東西，自性就根據神我的要求，造作出「大」等二十三諦的事物來，給神我受用。

❾梁，《高麗藏》本和《大正藏》本都寫作「睬」。

❿帍，《高麗藏》本和《大正藏》本都寫作「篅」。

⓫無明生盲亦復如是，據《藏要》本校注，藏本此句以下稱：「不知如象之賴耶自性因果。」

譯文

而且，簡略來說，阿賴耶識以異熟識和一切種子識爲它的自性，能夠攝持三界、六趣一切有情衆生。這裏有五個偈頌：

種子包括外種和內種，外種的屬性是無記性，所以是不明了的。在這兩種種子中，外種只屬於世俗，內種屬於勝義。各類內種子，應當知道有六義。

剎那滅、果俱有、恆隨轉這是應當知道的。還有性決定、待衆緣、唯能引自果。

所熏四義如下：堅住性、無記性、可熏性，與能熏共和合性。所熏不會與此不同，只有這樣，才能稱爲熏習相。

前六識與所熏四義不相符合，所依、能緣、作意這三個方面各不相同，前念與後念並非同時俱有，不能相熏。如果認爲前念識與後念識都是同類，雖然不同時俱有，仍可受熏的話，以此類推，凡是同類，都可受熏，這就會產生極大的過失。

還應當知道，這種外內種子有能生之因和能引之因，枯喪由於能引之因，任運的漸後漸滅。

爲了說明內種和外種的區別，又說兩個偈頌：

外種或有熏習，或無熏習，應當知道，內種並不是這樣。因爲沒有聽聞等的熏習，要產生思惟、記憶等果，是不合乎道理的。

如果不承認內種一定要有熏習，就會產生如下結論：不作可得，作反而失，這與事實相違背，故成過失。外種以內種爲其因緣，由於依那內種的熏習而產生。

原典

又若略說，阿賴耶識用異熟識❶、一切種子爲其自性，能攝三界❷一切自體、一

切趣❸等。此中五頌：

外內❹不明了❺，於二❻唯❼世俗❽，勝義❾諸種子，當知有六種❿。
剎那滅俱有，恆隨轉應知，決定待衆緣，唯能引自果。
堅⓫無記可熏，與能熏相應，所熏⓬非異此，是為熏習相⓭。
六識無相應，三差別相違，二念不俱有，類例餘成失。⓮
此外內種子，能生引⓯應知，枯喪由能引，任運後滅故。

為顯內種非如外種，復說二頌⓰：

外或無熏習，非內種應知；聞等熏習無，果生非道理。
作不作失得，過故成相違；外種內為緣⓱，由依彼熏習。

注釋

❶**異熟識**：梵文Vipākavijñāna的意譯，意謂造業感果的主體，正如《成唯識論》卷二所指出的：「此是能引諸界趣生善、不善業異熟果故，說明異熟。」所以，異熟識說明阿賴耶識的果相。

❷**三界**：即欲界、色界、無色界。

❸**一切趣**：即六趣，天、人、阿修羅、畜生、餓鬼、地獄。

❹**外內**：種子分爲兩類，世間的稻種、麥種等是外種，阿賴耶識的種子是內種。內種是產生各種事物的功能，其道理是從世間外種悟出來的。

❺**不明了**：阿賴耶識的種子不是善性，也不是惡性，所以是不明了的。

❻於二，據《藏要》本校注，藏本此二字作二者，無此於聲，與無性論本合。

❼唯，據《藏要》本校注，藏本無此「唯」字，與無性合。

❽**世俗**：「世」有隱覆眞理之義，可毀壞之義。「俗」有顯現流世之義，顯現順於人情之義。世事即俗法，三界事法，都具備這二種意思，所以稱爲世俗。這裏指外種子。

❾**勝義**：對於世間或世俗而有勝義之說，意謂勝於世間或世俗的深妙道理。這裏指阿賴耶識的種子。

❿**當知有六種**：《成唯識論》對種子六義解釋如下：「一、刹那滅，謂體才生，無間即滅，有勝功力，方成種子；二、果俱有，謂與所生現行果法，俱現和合，方成種

子；三、恒隨轉，謂要長時，一類相續，至究竟位，方成種子；四、性決定，謂隨因力，生善惡等，功能決定，方成種子；五、待衆緣，謂此要待自衆緣合，功能殊勝，方成種子；六、引自果，謂於別色、心等果，各各引生，方成種子。」

⓫堅，據《藏要》本校注，藏本此字作「固定」。

⓬**所熏**：關於所熏四義，《成唯識論》解釋如下：「一、堅住性，若法始終一類相續，能持習氣，乃是所熏；二、無記性，若法平等，無所違逆，能持習氣，乃是所熏；三、可熏性，若法自在，性非堅密，能受習氣，乃是所熏；四、與能熏共和合性，若與能熏同時同處不即不離，乃是所熏。」

⓭**是爲熏習相**：阿賴耶識具備這四個條件以後，才能稱爲熏習相。

⓮這一頌是破除經量部譬喻師的主張，眼、耳、鼻、舌、身、意六識與所熏四義不相符合，所依、所緣、作意這三個方面各不相同，前念與後念並非同時俱有，不能相熏。如果認爲前念識與後念識都是同類，如果是不同時具有仍可受熏的話，以此類推，凡是同類，都可受熏，這就會產生極大的過失。

⓯**生引**：即生因和引因，生因是能生之因，引因是一種延伸的力量，外界植物的枯萎

和一切有情喪命以後，其遺骸仍可保留一段時間，才能逐漸破滅，這就是由於引因的緣故。

⑯二頌，魏本缺此二頌。

⑰**緣**：梵文Pratyaya的意譯，意謂攀緣。人的心識攀緣一切外境，心識是能緣，境界是所緣。一般分爲四緣：因緣、次第緣、所緣緣、增上緣。此中意思是因緣。

譯文

而且，除阿賴耶識以外，其餘七識都是轉識，普遍存在於三界六趣的一切自體。應當知道，前七轉識稱爲能受用者，如《辨中邊論》的偈頌這樣說：第一稱爲緣識，第二稱爲受者識。在第二受者識中有三種心所法：能受用、分別、推。阿賴耶識和轉識就是這樣的又互相爲緣，如《阿毘達磨大乘經》的偈頌這樣說：能緣各種事物的轉識對於種子阿賴耶識的攝藏，阿賴耶識對於現行諸法的熏習，既互爲果性，又常爲因性。假若在第一分別自性的緣起當中，這樣的本、轉二識互爲因緣。在第二愛非愛緣起當中，又是什麼緣呢？是增上緣。這樣的六識是幾緣所生呢？是增上緣、所緣緣、等無間緣。上述三種緣起法，又叫做窮生死、分別愛非愛趣緣起和能受用緣起。綜合起來看，就具有四緣。

原典

復次，其餘轉識❶普於一切自體諸趣。應知說名能受用者❷，如《中邊分別論》❸中說伽陀❹曰：一則名緣識❺，第二名受者❻。此中能受用❼、分別❽、推❾心法。如是二識❿更互爲緣，如《阿毗達磨大乘經》中說伽陀曰：諸法於識藏，識於法⓫亦爾，更互爲果性，亦常爲因性。若於第一緣起中⓬，如是二識互爲因緣⓭，於第二緣起中復是何緣？是增上緣⓮。如是六識⓯幾緣所生？增上、所緣⓰、等無間緣⓱。如是三種緣起，謂窮生死、愛非愛趣，及能受用，具有四緣。

注釋

❶**轉識**：即前七識，唯識宗把第八識阿賴耶識稱之爲本識，把前七識稱爲轉識，因爲前七識是本識所轉生的末識。

❷**能受用者**：前七識生起心識的認識作用，受用苦樂果報，所以稱爲能受用者。有二種：一、前六識叫做受用識，能夠受用色、聲、香、味、觸、法六塵境界；二、所依的身者識，能夠執受六趣的自體。

❸**中邊分別論**：梵文Madhyāntavibhāgaṭikā的意譯，唯識十一論之一，三卷，又稱爲《辨中邊論》、《辯中邊論》、《離僻彰中論》等，世親造，玄奘譯於龍朔元年（公元六六一年）。彌勒著《辯中邊論頌》的釋論，基本內容是闡明大乘中道正行，分爲辯相、辯障、辯眞實、辯對治、辯修分位、辯得果、辯無上乘等七品。現存唯一的注釋書是窺基的《辯中邊論述記》三卷。

❹**伽陀**：梵文Gāthā的音譯，另譯伽他。意譯偈頌，佛經中的詩體。

❺**緣識**：即能夠作爲各種事物生起因緣的阿賴耶識。

❻**受者**：就是能夠受用各趣的轉識。據《莊嚴論》，受者是從本識阿賴耶識現起的能取能受用者。

❼**能受用**：即受蘊。據《莊嚴論》，能受用是前五識，因爲前五識依於五根：眼根、耳根、鼻根、舌根、身根，受用五塵：色塵、聲塵、香塵、味塵、觸塵。

❽**分別**：五蘊中的想蘊，因爲想蘊能夠緣取境界，安立名言。據《莊嚴論》，分別是第六識意識，因爲第六識有自性分別，還有隨念、計度二種分別。

❾**推**：五蘊中的行蘊，特指行蘊中的思心所，因爲思有推動心的力量，所以稱之爲推。據《莊嚴論》，「推」爲第七識末那識，因爲第七識能夠進行推度，妄執第八識阿賴耶識爲我。

❿**識**：梵文Parijñāna的意譯，音譯婆哩惹儞。心的異名，意謂了別，心對外境起了別作用，稱爲識。

⓫**法**：梵文Dharma的意譯，音譯達磨。《成唯識論》卷一稱：「法謂軌持。」《成唯識論述記》卷一本解釋說：「軌謂軌範，可生物解。持謂住持，不捨自相。」一般講有二意：㈠佛法，㈡泛指一切事物或現象，或特指某一事物或現象。此中用第二解。

⓬若於第一緣起中，《藏要》本校注稱：「以下隋本第一品中四緣章第十。」

⓭**因緣**：梵文Hetupratyaya的意譯，有二解：㈠因和緣的合稱，是使事物得以產生的內因和外部條件；㈡四緣之一，具有直接產生自果的功能。

⓮**增上緣**：除因緣、等無間緣、所緣緣以外，各種有助於或無礙於事物或現象產生的條件，都可以稱爲增上緣。

⓯**六識**：即前六識，眼識、耳識、鼻識、舌識、身識、意識。

⓰**所緣**：即所緣緣，四緣之一，是指認識的一切對象。《俱舍論》稱：「所緣緣性，即一切法，望心、心所隨其所應。」

⓱**等無間緣**：四緣（因緣、等無間緣、所緣緣、增上緣）之一，只用於精神現象，前念、後念一致，這就稱爲「等」，中無間隔，此稱「無間」。

譯文

這樣已經安立阿賴耶識的異門及其三相，又怎麼知道這樣的異門和這樣的三相，肯定是只在阿賴耶識，不在其餘的轉識呢？如果離了這樣安立的阿賴耶識，就會有雜染清淨都不能成立的過失。這就使煩惱雜染、或業雜染、或生雜染，都不能成立，世間清淨和出世清淨也不能成立。

原典

如是已安立阿賴耶識異門及相❶，復云何知如是異門及如是相❷，決定唯在阿賴耶識，非於轉識?由若遠離如是安立阿賴耶識，雜染清淨❸皆不得成。謂煩惱❹雜染，若業❺雜染、若生❻雜染，皆不成故。世間清淨、出世❼清淨亦不成故。

注釋

❶如是已安立阿賴耶識異門及相，《藏要》本校注稱：「以下陳本第一分內引證品第三，隋本煩惱染章第十一，又藏本此句云：已由異門及相安立賴耶，陳本同。」

❷**如是相**：即阿賴耶識的三相，自相、因相、果相。

❸**清淨**：没有惡行的過失，没有煩惱的垢染，所以稱爲清淨。一般來説有三種清淨：身業清淨、語業清淨、意業清淨。

❹**煩惱**：梵文Kleśa的意譯，另譯爲惑，擾亂有情衆生的身心，使之迷惑、苦惱。《成唯識論述記》卷一稱：「煩是擾義，惱是亂義，擾亂有情，故名煩惱。」

❺**業**：梵文Karma的意譯，音譯羯磨，意謂行爲。一般分爲三業：身業（行動）、意業（思想活動）、語業（又稱爲口業，即言語）。

❻**生**：梵文Jāti的意譯，音譯惹多，有爲法的生起稱爲生。《俱舍光記》卷五稱：「於法能起彼用，令入現在境，名爲生。」

❼**出世**：即出世間。一切生死之法稱爲世間，涅槃法是出世間。苦諦和集諦是世間，滅諦和道諦是出世間。

譯文

爲什麼說沒有阿賴耶識，煩惱雜染就不能成立呢？因爲六根本煩惱和隨煩惱熏習所形成的那些種子體，攝藏於六識身，這是不合乎道理的。爲什麼呢？假若認爲眼識與貪等煩惱及隨煩惱同時生同時滅，這眼識由於那種熏習形成的煩惱種子，並不是其餘的耳識等。這受熏的眼識，假若已經謝滅，就會被其餘的識所間隔，這樣，熏習的種子和熏習所依的眼識，都不可得。如果說從這先前已經滅去了的，被其餘識所間隔了的，現在並沒有眼識的實體，所以認爲眼識與那些貪等同時生，是不合道理的，因爲那種眼識已經過去，現在並無實體。譬如說已經過去，現在沒有體的業力，而能引生異熟果，是不合乎道理的。

而且，這眼識與貪等同時生，所有熏習也不能成就。這種熏習當然不住於貪中，因爲那種貪欲是能依的，是不堅住的，也不能說眼識的熏習住於其餘的識中，因爲其餘各識所依不同，又不肯定是同時生同時滅。眼識的熏習，也不能住於眼識自體當中，因爲那種自體，肯定沒有同時生同時滅。所以說眼識被貪等根本煩惱和隨煩惱所熏習，是不合道理的。而且，這眼識不是眼等識所熏習的，如所說的眼識那樣，其餘的轉識也是如此。如其相應的道理，應當知道。

原典

云何煩惱雜染不成？以諸煩惱❶及隨煩惱❷熏習所作彼種子❸體，於六識❹身不應理故。所以者何？若立眼識貪❺等煩惱及隨煩惱俱生俱滅，此由彼熏成種非餘。即此眼識❻若已謝滅，餘識所間，如是熏習，熏習所依皆不可得。從此先滅餘識所間，現無有體，眼識與彼貪等俱生❼，不應道理，以彼過去現無體故。如從過去現無體業，異熟果❽生，不應道理。

又此眼識貪等俱生，所有熏習亦不成就。然此熏習不住貪中，由彼貪欲是能依故，不堅住故。亦不得住所餘識中，以彼諸識所依別故，又無決定俱生滅故。亦復不得住自體中，由彼自體決定無有俱生滅故。是故眼識貪等煩惱及隨煩惱之所熏習，不應道理。又復此識非識所熏，如說眼識，所餘轉識亦復如是，如應當知。

注釋

❶**諸煩惱**：此指根本煩惱（Mūlakleśa），又稱為本惑，共六種：貪、瞋、癡、慢、疑、惡見。

❷**隨煩惱**：梵文Upakleśa的意譯，又稱為隨惑，共有二十種，分為小、中、大三種。小隨煩惱有十種：忿、恨、覆、惱、嫉、慳、誑、諂、害、憍。中隨煩惱有二種：無慚、無愧。大隨煩惱八種：掉舉、昏沈、不信、懈怠、放逸、失念、散亂、不正知。

❸**種子**：梵文Bīja的意譯，唯識宗以植物種子能生相應結果作為譬喻，把阿賴耶識中

儲存的能夠產生各種事物的功能，稱爲種子。種子必須具備六個條件，這就是種子六義：刹那滅、果俱有、恆隨轉、性決定、待衆緣、引自果。

❹**六識**：即前六識，眼識、耳識、鼻識、舌識、身識、意識，分別緣取色、聲、香、味、觸、法六塵。

❺**貪**：梵文Rāga的意譯，唯識宗的根本煩惱之一，三毒（貪、瞋、癡）之一，意謂貪愛、貪欲。《成唯識論》卷六稱：「云何爲貪？於有、有具染著爲性，能障無貪，生苦爲業。」「有」指世俗衆生本身，即五取蘊。「有具」指衆生賴以生存的物質條件。

❻**眼識**：六識（眼識、耳識、鼻識、舌識、身識、意識）之一，以眼根爲所依而生，了別色境，隨能生眼根而立眼識之名。

❼俱生，《藏要》本校注稱：「藏本此二字作俱起，意謂眼識現起爲因，乃有貪等，故云與貪等俱起，與前云俱生俱滅意異，今譯不明。」

❽**異熟果**：梵文Vipākaphala的意譯，五果（異熟果、等流果、離繫果、士用果、增上果）之一，前生善惡之行爲所得苦樂之果報，因爲是異熟因所得之果報，所以稱

爲異熟果。

譯文

而且，從無想天等上界各地死後，來投生於欲界。這時候，被欲界煩惱及隨煩惱所染屬於欲界的初識，此識產生的時候，應當是沒有種子，因爲欲界染識熏習所依止的六識及煩惱熏習，都已經過去，現在沒有自體。

而且，對治煩惱的識假若已經生起，一切世間的有漏餘識，都已經滅除。這時候，假若沒有阿賴耶識，所餘的煩惱及隨煩惱種子，在此對治識中，是不合道理的。這種對治識的自性是解脫的，與其餘的煩惱及隨煩惱不能同時生滅。又在以後，世間識還要生起，這時候，假若沒有阿賴耶識，那些世間識的各種熏習和所依止的六識，已經過去很久了，現在沒有體性，這就應當是沒有種而得再生。所以說，假若沒有阿賴耶識，煩惱雜染都不能成立。

原典

復次，從無想❶等上諸地沒來生此間❷，爾時❸煩惱及隨煩惱所染初識，此識生時應無種子，由所依止及彼熏習並已過去，現無體故。

復次，對治煩惱識❹若已生，一切世間餘識已滅。爾時若離阿賴耶識，所餘煩惱及隨煩惱種子在此對治識中，不應道理。此對治識自性解脫故，與餘煩惱及隨煩惱不俱生滅故。復於後時世間識生，爾時若離阿賴耶識，彼諸熏習及所依止❺久已過去，現無體故，應無種子而更得生。是故若離阿賴耶識，煩惱雜染皆不得成。

注釋

❶**無想**：即無想天或無想果（Asamjnika），修無想定，死後生入無想天的一種果報，在此心法和心所法都已滅除，所以稱為無想。《大乘廣五蘊論》稱：「云何無想天？謂無想定所得之果，生彼天已，所有不恒行，心心法滅為性。」

❷**此間**：此指欲界，即有食欲、淫欲有情眾生所居住的處所，包括五道中的地獄、畜

生、餓鬼、六欲天和人，以及他們所居住的處所，即是器世間。如人所居住的四洲等。

❸爾時，《藏要》本校注稱：「藏本此二句云：識由煩惱隨煩惱成染者，最初生時應無種子而生，彼熏習及所依並已過去，無有故。」

❹**對治煩惱識**：即最初生起的無漏心，小乘佛教認爲在初果預流果，大乘認爲在初地歡喜地。

❺**依止**：意謂依存而止住，或以某事物爲所依而止住或執著。一般的含義是依賴於有力、有德之處而不離。《大乘莊嚴經論》卷一〈種性品〉列舉菩薩種性的四種依止：無量善根依止、無量智慧依止、一切煩惱障智障得清淨依止、一切神通變化依止。

譯文

爲什麼業雜染不能成立呢？因爲假若沒有阿賴耶識，十二因緣中的行緣識就不能成立，取緣有也不能成立。

為什麼是生雜染不成呢？如果沒有阿賴耶識，結生相續就不能成立。假若衆生在這非等引地的欲界死去以後，仍在此欲界受生的時候，依中有位的意根生起染污意識，而作結生相續的活動。這染污意識在這中有中刹那生滅後，在母胎當中識與羯羅藍再相和合，假若說這是意識與那羯羅藍和合。既然已經和合，又依止這意識，在母胎中又有意識生起，這樣，就有二個意識在母胎中同時而有了。而且，把這與羯羅藍和合的識，說成是意識性，是不合乎道理的。因為所依是染污的，是沒有間斷的，意識所緣不可得故。假設認為這和合識就是意識，這和合就是一切種子識呢？還是依止此識所生的其餘意識是一切種子識呢？假若說這和合識是一切種子識，這和合識就是阿賴耶識，您只是以異名立為意識罷了。假若認為能依止識是一切種子識，那所依止的和合因識就不是一切種子識了，把能依果識稱為一切種子識，這是不合乎道理的。所以，就成立和合識不是意識，而是異熟識，是一切種子識。

原典

云何為業雜染不成？行❶為緣識不相應故。此若無者，取❷為緣有❸亦不相應。

云何爲生雜染不成？結相續時不相應故。若有於此非等引地❹沒已生時，依中有❺位意起染汙意識，結生❻相續。此染汙意識於中有中滅，於母胎中識羯羅藍❼更相和合。若即意識與彼和合，既和合已，依止此識，於母胎中有意識轉。若爾，即應有二意識於母胎中同時而轉。又即與彼和合之識是意識性，不應道理。依染汙故❽，時無斷故，意識所緣不可得故。設和合識即是意識，爲此和合意識即是一切種子識？爲依止此識所生餘意識是一切種子識？若此和合識是一切種子識，即是阿賴耶識，汝以異名立爲意識。若能依止識是一切種子識，是則所依因識非一切種子識，能依果識是一切種子識，不應道理。是故成就此和合識非是意識，但是異熟識，是一切種子識。

注釋

❶**行**：即行爲，又稱爲業。分爲身行、語行、意行。身行是運動，語行是言語，意行是心理活動。

❷**取**：意謂貪愛執取等思想行爲。

❸**有**：意謂生存的環境，分爲三有，又稱爲三界，即欲界、色界、無色界。

❹**等引地**：等引是梵文Samāhita的意譯，音譯三摩呬多，色界和無色界的一種禪定名，通於有心和無心，在定心專注之性稱爲等引，遠離昏沈和掉舉。「等」意謂身心之安和平等，人若修定，則依定力而生此等，所以稱爲等引。等引地就是色界和無色界，非等引地是指欲界。

❺**中有**：梵文Antarābhāva的意譯，又稱爲中陰。指人死後至轉生前的中間狀態。《大乘義章》卷八稱：「命報終謝，名爲死有；生後死前，名爲本有。對死及中故說爲本。兩身之間，所受陰形，名爲中有。」

❻**結生**：意謂中有没後而托生於母胎。

❼**羯羅藍**：梵文Kalala的音譯，另譯羯邏藍、歌羅邏、羯剌藍、羯邏羅等，意譯凝滑、雜穢等。父精母血，最初和合時的凝結，自受生之初至七日間之位，胎內五位之一。《玄應音義》卷二十三稱：「羯邏藍，舊言歌羅邏，此云和合，又云凝滑。父母不淨和合，和蜜和酪，泯然成一。於受生七日中，凝滑如酪上凝膏，漸結有肥滑也。」

❽依染污故，《藏要》本校注稱：「藏本合二句爲一云：於恒久時爲染污依故，隋本

同。」

譯文

而且，結生相續以後，假若離開異熟識，執受色根是根本不可能的。因爲其餘諸識各有所依，是不堅住的，所以各種色根不應該離開識。

假若沒有異熟識，識與名色再互相依賴，就像一束束的蘆葦那樣相互依存，這也不能成立。

假若沒有異熟識，已生的有情衆生，其識食就不能成立。爲什麼呢？因爲前六識中的任何一識，把它作爲生於三界中有情衆生的食事，都是不可能的。

有情衆生，假若從此非等引地的欲界死，又正在於等引地的色界、無色界受生的時候，一定由非等引的染汚意識去結生相續，這種非等引的染汚之心，是被那等引地所攝的，假若沒有異熟識，以其餘的識作爲種子體，是肯定不可能的。

原典

復次，結生相續已，若離異熟識，執受色根❶亦不可得。其餘諸識各別依故，不堅住故，是諸色根不應離識。

若離異熟識，識與名色❷更互相依，譬如蘆束相依而轉，此亦不成。

若離異熟識，已生有情識食❸不成。何以故？以六識中隨取一識，於三界中已生有情能作食事，不可得故。

若從此沒，於等引地正受生時，由非等引染汙意識結生相續，此非等引染汙之心❹，彼地所攝，離異熟識，餘種子體定不可得。

注釋

❶**色根**：即眼根、耳根、鼻根、舌根、身根、意根。因爲這些根屬於色法，所以稱爲色根。由於阿陀那識的執取力量，這些色根從生到死，在一期生命中不爛不壞。

❷**名色**：十二緣起之一，梵文Nāmarūpa的意譯，名與色的合稱，一般作爲概括一切

精神與物質的總稱。名指心的方面，色指物的方面。「名」相當於五蘊中的受、想、行、識四蘊，「色」相當於五蘊中的色蘊。

❸**識食**：四食（段食、觸食、思食、識食）之一，地獄衆生及無色界諸天，都没有段食、觸食、思食，只能以識維持身體，所以稱爲識食。《傳心法要》卷上稱：「有識食，有智食，四大之身，飢瘡爲患，隨順給養，不生貪著，謂之智食。恣情取味，妄生分別，唯求適口，不生厭離，謂之識食。」由於有漏阿賴耶識的執受，一期生命才能相續而住，不死不壞。所以，識有維持有情衆生生命資養有情根身的作用，所以也稱爲識食。

❹**心**：梵文Citta的意譯，音譯質多、質多耶、質帝等。有五義：㈠泛指一切精神現象，如三界唯心、一心三觀等；㈡唯識宗第八識阿賴耶識的異名；㈢與心所法相對，指心王；㈣堅實心，此指自性清淨心，與眞如、如來藏等同義；㈤肉團心，梵文Hṛdaya的意譯，音譯幹栗多、汗栗太、乾栗馱、紇利陀耶等。

譯文

而且，生無色界的有情衆生，假若沒有含攝一切種子的異熟識，染污善心應當是沒有種子，染污善心應當是沒有依持。

而且，就在那無色界天上的有情衆生，假若出世心正出現在面前的時候，其餘的一切世間心，都滅除乾淨了，這時候，就應該滅除遠離無色界之趣。假若生於非想非非想處，當這無所有處出世間心出現在面前的時候，就應當是二趣都滅除遠離。這出世之識不以非想非非想處爲所依趣，也不應當以無所有處爲所依趣，也不是以涅槃爲所依趣。

而且，有情的生命將告結束的死沒時，因爲造善或造惡，而有或下或上的所依漸冷不同。如果不相信有阿賴耶識，這些現象都不能成立。所以說，假若沒有存放一切種子的阿賴耶識，這種生雜染也不能成立。

原典

復次，生無色界，若離一切種子異熟識，染汙❶善心❷應無種子，染汙善心應無依持。

又即於彼若出世心正現在前，餘世間心皆滅盡故，爾時便應滅離彼趣。若生非想非非想處❸，無所有處❹出世間心現在前時，即應二趣悉皆滅離。此出世識不以非想非非想處爲所依趣，亦不應以無所有處爲所依趣，亦非涅槃爲所依趣。

又將沒時，造善造惡，或下或上❺所依漸冷，若不信有阿賴耶識，皆不得成。是故若離一切種子異熟識者，此生雜染亦不得成。

注釋

❶**染汙**：即煩惱，煩惱是染污眞性。《俱舍頌疏》卷一稱：「煩惱不淨，名爲染汙。」

❷**善心**：以慚、愧、無貪、無瞋、無癡爲依持，相應而起的一切心法和心所法，都是

善心。

❸**非想非非想處**：無色界的第四天，諸天之最勝。「非想」意思是已無粗想；「非非想」意思是尚有細想。又是可享有非想非非想天的禪定，與非有想非無想同。《楞嚴經》稱：「識性不動，以滅窮研，於無盡中，發實盡性，如存不存，若盡非盡，如是一類，名非想非非想處。」

❹**無所有處**：無色四處的第三處，修禪定者，初觀空爲無邊，破空之人，今厭識之無邊，觀所緣皆無所有，爲無所有之解，依此行力所生之處，稱爲無所有處，從加行之禪定而立其名。

❺**或下或上**：如果有情衆生生前是行善的，他所依的身體，從下而上漸漸冷到心。如果生前是造惡的，自上而下逐漸冷到心。冷到心窩，全部身體徹底冷透。

譯文

爲什麼說沒有阿賴耶識，世間清淨就不能成立呢？意謂尚未離開欲界所纏繫的貪愛，還沒有得到色界所纏繫的定心，因爲想要出離欲界所纏繫的貪，所以要以欲纏善心勤修加行。這種欲纏的加行心，與色界纏繫的定心，不是同時生同時滅，這種欲纏的加行心，不是色界纏繫的定心所熏，說它是色界纏繫定心的種子，是不合乎道理的。而且，色界纏繫定心已經過去了，或者過去多生了，被其餘的心所間隔，就不應當成爲現在定心的種子，因爲它肯定沒有自體。所以說，可以成就色界纏繫的定心，是因爲含攝一切種子的異熟果識。展轉傳過來，成爲現在色界定心生起的親因緣。欲界的加行善心，只是引發色界纏繫定心的增上緣。所以說，在一切沒有貪欲之地中，也應當如此知道。這樣說來，世間清淨，假若沒有含攝一切種子的阿賴耶識，從道理上來講，不能成立。

爲什麼說，沒有阿賴耶識，出世清淨就不能成立呢？因爲佛世尊說，聽聞正法，依據所聞的教法，作自己心內各別的如理思惟，由此爲因緣，出世正見才能夠生起。這是由於聽聞教法而引起的如理思惟，是熏耳識呢？還是熏意識呢？還是熏耳識和意識呢？不能說是熏於耳識，它聽法以後，假若對於所聽之法進行如理思惟，那時的耳識尚且還沒有生起，也不能說熏於意識，意識被各種各樣散動的其餘五識所間隔。但在後來與如理思惟相應的意識生起的時候，曾受聞所熏的意識，與那種熏習已經謝滅過去很久了，現在肯定沒有自體，這怎麼能又成爲種子能生以後與那如理思惟相應之心呢？這種與如理思惟相應的意識是世間心，那種與出世正見相應的意識是出世心，它們從來就不曾有同時生同時滅，所以世間心不是被那種出世心所熏習。既然不是被熏習，說它是那種正見心生起的種子，是不合乎道理的。所以說，假若沒有含攝一切種子的阿賴耶識，出世清淨也不能成立，因爲在這有漏意識中，對於正聞熏習，沒有攝受那種出世清淨的種子，因爲二者不相應的緣故。

原典

云何世間清淨不成？謂未離欲纏貪，未得色纏心者，即以欲纏善心爲離欲纏貪，故勤修加行❶。此欲纏加行心，與色纏心不俱生滅故，非彼所熏，爲彼種子不應道理。又色纏心過去多生，餘心間隔，不應爲今定❷心種子，唯無有故❸。是故成就色纏定心一切種子異熟果識，展轉傳來爲今因緣，加行善心爲增上緣。如是一切離欲地中，如應當知。如是世間清淨，若離一切種子異熟識，理不得成。

云何出世清淨不成？謂世尊說依他言音及內各別如理作意，由此爲因正見❹得生

。此他言音，如理作意，爲熏耳識❺？爲熏意識❻？爲兩俱熏？若於彼法如理思惟，爾時耳識且不得起，意識亦爲種種散動餘識所閒。若與如理作意相應生時，此聞所熏意識與彼熏習久滅過去，定無有體，云何復爲種子能生後時，如理作意相應之心？又此如理作意相應是世閒心，彼正見相應是出世心，曾未有時俱生俱滅，是故此心非彼所熏。既不被熏，爲彼種子不應道理。是故出世清淨，若離一切種子異熟果識，亦不得成。此中聞熏習攝受彼種子不相應故❼。

注釋

❶**加行**：入於正位之前的準備，加一段力而修行，如加行道、加行位等。舊譯方便，恐怕與佛果善巧方便相混，所以新譯爲加行。《成唯識論述記》卷九末稱：「舊言方便道，今言加行，顯與佛果善巧差別。」

❷**定**：定止心於一境，不使散動，此稱爲定，這是心性的作用。有二類：第一是生得之散定，第二是修得之禪定。生得之散定是欲界有情所生，與心相應而起，專注於所對之境，《俱舍論》稱之爲三摩地，屬於大地法之一。唯識譯爲定，屬於五別境

之一。修得之禪定，是色界和無色界的心地作用，必須勤加修行才能得到，如三學中的定學、六度中的禪定波羅蜜等。

❸唯無有故，《藏要》本校注稱：「藏本此下云：如是一切離欲種子，如應當知。」

❹**正見**：梵文Samyak-dṛṣṭi的意譯，八正道之一，對四諦等佛教眞理的正確見解。

❺**耳識**：依耳根所生之識，所緣的對象是聲塵。

❻**意識**：依意根所生之識，所緣的對象是法塵。

❼此中聞熏習攝受彼種子不相應故，《藏要》本稱：「藏本此句云：此中由聞熏習與攝持種子不相應故。今譯攝受即上云攝持也。」

譯文

而且，既然這含攝一切種子的異熟果識是雜染之因，又怎麼能夠成爲出世，能夠對治那種雜染的淨心種子呢？而且，出世心過去從來就沒有受過熏習，所以說它熏習，肯定是沒有的。既然沒有熏習，種子從何而生呢？所以應當這樣答覆：從最淸淨的法界等流正聞熏習種子所生。

這種聞熏習，是阿賴耶識自性呢？還是非阿賴耶識自性呢？假若說是阿賴耶識自性，那怎麼是那阿賴耶識能對治者的種子呢？假若說不是阿賴耶識自性，這種聞熏習種子的所依，又如何可見呢？乃至於證得各種成佛的覺悟，這種聞熏習隨便在任何一種所依轉處，它總是寄存在異熟識中，與那種和合同時發揮作用，猶如水乳一般。然而，這種聞熏習不是阿賴耶識的自性，反而是那種能對治道的種子性。

原典

復次，云何一切種子異熟果識為雜染因，復為出世能對治❶彼淨心種子？又出世心昔未曾習，故彼熏習決定應無，既無熏習，從何種生？是故應答：從最清淨法界❷等流❸正聞❹熏習種子所生。

此聞熏習，為是阿賴耶識自性？為非阿賴耶識自性？若是阿賴耶識自性，云何是彼對治種子？若非阿賴耶識自性，此聞熏習種子所依云何可見？乃至證得諸佛菩提❺，此聞熏習隨在一種所依轉處，寄在異熟識中❻，與彼和合俱轉，猶如水乳。然非阿賴耶識，是彼對治種子性故。

注釋

❶**對治**：意謂斷除煩惱。有四種：㈠厭患對治，即加行道，在見道以前，緣苦、集二諦，產生很深的厭患念頭；㈡斷對治，即無間道，因爲在無間道緣四諦而正斷煩惱；㈢持對治，即解脱道，無間道以後，生起解脱道，更緣四諦，攝持那種無間道所得擇滅之得，以使所斷煩惱不再生起；㈣遠分對治，即勝進道，解脱道以後，入於勝進道，再緣四諦，使所斷煩惱離得更遠。這裏是一般用法。

❷**法界**：梵文Dharmadhātu的意譯，音譯達摩馱多。意謂一切事物的本質或本源，與眞如、空性、實際、無相、實相等概念的性質相同。《辨中邊論》卷上稱：「此中說所知空性，由無變義說爲眞如；眞性常如，無轉易故；由無倒義說爲實際，非諸顛倒，依緣事故；由相滅義說爲無相，此中永絶一切相故；由聖智境義說爲勝義性，是最勝智所行義故；由聖法因義說爲法界，以一切聖法緣此生故。此中界者，即是因義。」

❸**等流**：「等」意謂等同，「流」意謂流類。由因流出果，由本流出末，因果本末相

類似。

❹**正聞**：意謂聽聞正法。

❺**菩提**：梵文Bodhi的音譯，意譯覺悟，特指對四諦等佛教眞理的覺悟。《成唯識論述記》卷一稱：「梵云菩提，此翻爲覺，覺法性故。」

❻寄在異熟識中，《藏要》本校注稱：「藏本此句云：以和合相於異熟識中轉。無『寄』字。三本（元魏．佛陀扇多譯本、陳．眞諦譯本、隋．笈多等譯本）並同，今譯取意增文。」

譯文

此中依據下品熏習而成中品熏習，依據中品熏習而成上品熏習。這三品是依聞、思、修多分的修作，才能獲得從下至中，從中至上的相應。

而且，這種正聞熏習種子的下、中、上品，應當知道，它也是法身種子，與阿賴耶識相違逆，不是阿賴耶識所攝藏，因其屬性是出世間最淸淨法界等流，雖然是在世間，但其心種子性卻是出世的。而且，出世心雖然還沒有產生的時候，已經能夠對治各種煩惱纏繫，已經能夠對治各種險惡趣，已經作過所有一切惡業的朽壞對治，又能夠逢事隨順所有的一切佛和菩薩。雖然是世間，應當知道，最初修業菩薩所得的聞熏習，也是法身所攝取。聲聞、獨覺所得的聞熏習，只是解脫身所攝取。而且，這種熏習不是阿賴耶識，是由法身和解脫身所攝取。如是這樣展轉的熏習，按照由下品至中品，由中品至上品的次第，逐漸增加，異熟果識就按照這樣這樣的次第，逐漸減少，就轉爲清淨法身，而成清淨的所依法身了。即含攝一切種子的阿賴耶識，雜染法的所依轉變了，異熟果識（果相）和一切種子識（因相），沒有雜染種子要轉了，一切種類的染法，就徹底地永遠斷絕了。

原典

此中依下品熏習成中品熏習，依中品熏習成上品熏習，依聞、思、修❶多分修作，得相應故❷。

又此正聞熏習種子下中上品，應知亦是法身❸種子，與阿賴耶識相違❹，非阿賴耶識所攝，是出世間最淨法界等流性故，雖是世間，而是出世心種子性。又出世心雖未生時，已能對治諸煩惱纏❺，已能對治諸嶮惡趣❻，已作一切所有惡業❼朽壞對治，又能隨順逢事一切諸佛❽、菩薩。雖是世間，應知初修業菩薩所得亦法身攝。聲聞❾、獨覺❿所得，唯解脫身⓫攝。又此熏習非阿賴耶識，是法身解脫身攝。如如熏習，下中上品次第漸增，如是如是異熟果識次第漸減，即轉所依。既一切種所依轉已，即異熟果識及一切種子無種子而轉⓬，一切種永斷。

注釋

❶**聞、思、修**：即三慧，聞慧是由於聽聞經教所產生的智慧，思慧是由於思惟道理所產生的智慧，修慧是由於修練禪定所產生的智慧。

❷得相應故，《藏要》本校注稱：「藏本此語云：多時所作相應故。」

❸**法身**：梵文Dharmakāya的意譯，又稱爲佛身，意謂以佛法成身，或身具一切佛法，所以法身無相。小乘佛教把戒、定、慧三學稱爲法身，大乘中觀學派把第一義空稱爲法身，大乘唯識把眞如實相稱爲法身。

❹與阿賴耶識相違，《藏要》本校注稱：「藏本此句云：由是阿賴耶識對治故，非阿

賴耶識自性，陳本同。」

❺**纏**：煩惱的異名，因爲煩惱能夠使人的身心不自在，所以稱之爲纏。一般來講有八纏：無慚、無愧、嫉、慳、悔、眠、掉舉、惛沈。這裏用一般含義：纏繫。

❻**諸嶮惡趣**：即三惡趣，地獄、餓鬼、畜生。

❼**惡業**：與佛教眞理相違背，稱爲惡。身、口、意的行爲稱爲業。惡業的根源是貪、瞋、癡三毒。具體講，惡業即十惡五逆。十惡如下：殺生、偷盜、邪淫、妄語、兩舌、惡口、綺語、貪欲、邪見、瞋恚。五逆如下：殺父、殺母、殺阿羅漢、出佛身血、破和合僧。

❽**佛**：梵文Buddha的音譯，佛陀之略，意譯爲覺。「覺」有三義：自覺、覺他、覺行圓滿。凡夫缺此三項，聲聞、緣覺缺後二項，只有佛才三項俱全。

❾**聲聞**：梵文Śrāvaka的意譯，意爲聽聞佛陀言教的覺悟者。原指佛在世時的弟子，後與緣覺、菩薩二乘相對，爲三乘之一。指只能遵照佛的說教修行，並唯以達到自身解脫爲目的出家者。以修學四諦爲主，最高果位是阿羅漢，最終目的達到「灰身滅智」的無餘涅槃。

❿**獨覺**：梵文Pratyekabuddha的意譯，又譯爲緣覺，音譯辟支迦佛陀，略稱爲辟支佛。與聲聞合稱爲二乘，與聲聞、菩薩合稱爲三乘。出生於無佛之世，自覺觀悟十二因緣之理而得道者。

⓫**解脫身**：即佛身，因爲佛身已經解脫煩惱障，所以稱爲解脫身。

⓬即異熟果識及一切種子無種子而轉，《藏要》本校注稱：「藏本此二句云：即異熟識之一切種子成無種子，而一切類皆斷。陳、隋本同。今譯一切類亦作一切種，因之又晦。」

譯文

而且，爲什麼說猶如水乳呢？並不是阿賴耶識自性的聞熏習，與阿賴耶識在同一處所同時發揮作用，爲什麼是阿賴耶識中一切雜染種子都滅除乾淨，並不是阿賴耶識中一切清淨種中增加呢？譬如說水乳雖然交融在一起，鵝於水中所飲的只是乳，而不是水。又如世間衆生，得離欲界的時候，非等引地的熏習逐漸減少，上界等引地的熏習逐漸增加，最後得到轉依。而且，在修入滅盡定的時候，識仍然不離其身，這是聖人佛陀說的。此中應該成立異熟識就是不離身的識，並不是為了對治這異熟識而引生滅盡定。而且，並不是出定以後，這異熟識又產生，異熟識既然已經間斷，離開結生相續，是不可能再重生了。

而且，假若有人主張因為有意識，才說修滅盡定的時候有心，這種心不能成立，因為這種禪定不應成立，因其所緣行相是不可得的。因為滅盡定是善的，就應當有善根心所與之相應，那就有下面所說的有心所的過失了。不善、無記都是不合道理的，應當有想、受現行，這就成為過失了。也該有觸可得，因為在三摩地中有觸的功能，這就有只是滅想的過失，那定中也就應有其思、信等善根現行的過失，拔除那種能依的心所，使之離開所依，這是不合道理的。這也有譬喻，如身行不是遍行的意義，這種受想的意行中是沒有的。而且，在滅盡定中，因為有意識而執著有心，這心是善、不善、無記性，都不能成立，所以說是不合道理的。

原典

復次，云何猶如水乳？非阿賴耶識與阿賴耶識同處俱轉，而阿賴耶識一切種盡，

非阿賴耶識一切種增❶？譬如於水，鵝所飲乳。又如世間得離欲時，非等引地熏習漸減，其等引地熏習漸增而得轉依。又入滅定❷識不離身，聖所說故。此中異熟識應成不離身，非爲治此滅定生故。又非出定此識復生，由異熟識既間斷已，離結相續無重生故。

又若有執以意識故滅定有心❸，此心不成，定不應成故，所緣行相❹不可得故，應有善根❺相應過故，不善、無記不應理故，應有想❻、受❼現行❽過故，觸❾可得故，於三摩地❿有功能故，應有唯滅想過失故，應有其思⓫、信⓬等善根現行過故，拔彼能依令離所依，不應理故，有譬喻故⓭，如非偏行⓮此不有故。又此定中⓯，由意識⓰故執有心者，此心是善⓱、不善⓲、無記⓳皆不得成，故不應理。

注釋

❶非阿賴耶識一切種增，《藏要》本校注稱：「藏本缺此語。」

❷**滅定**：全稱滅盡定，梵文Nirodhasamāpatti的意譯，又稱爲滅受想定。小乘佛教說一切有部和大乘唯識宗的心不相應行法之一，意謂克制思想使之停止活動的一種禪

定，修練此種禪定，既滅除心法，又滅除心所法。

❸又若有執以意識故滅定有心，《藏要》本校注稱：「魏本缺此一大段，但有次下『又此定中由意識故』一段。」

❹**行相**：心識以各自的性能，遊行於境相之上，又行於所對境之相狀，所以稱爲行相。心識緣外境時，必現其影像於心內，猶如鏡中像。《成唯識論述記》卷三本稱：「相者體也，即謂境相，行於境相，名爲行相。或相謂相狀，行境之相狀，名爲行相，或行境之行解相貌。然本但是行於相義，非是行解義。」

❺**善根**：身、口、意三業之善，堅固而不可拔除，所以稱之爲根。善能生妙果，能夠產生其餘的善，所以稱之爲根。一般講有三善根：不貪、不瞋、不癡。

❻**想**：梵文Saṃjñā的意譯，心所法之一，五蘊之一。指認識直接反映的影相，以及據此能形成的種種名言概念，相當於感覺、知覺、表象、概念等。《俱舍論》卷一稱：「想蘊，謂能取相爲體，即能執取青黃、長短、男女、怨親、苦樂等相。」

❼**受**：梵文Vedanā的意譯，五蘊之一，十二因緣之一，心所法之一，意謂感受，共分爲三種：苦受、樂受、不苦不樂的捨受。《俱舍論》卷一稱：「受蘊，謂三領納

隨觸，即樂及苦、不苦不樂。此復分別成六識身，謂眼觸所生受，乃至意觸所生受。」

❽**現行**：由阿賴耶識種子，所生色、心一切萬法，稱爲現行。

❾**觸**：梵文Sparśa的意譯，根、境、識三位和合所產生的觸覺，分爲眼觸、耳觸、鼻觸、舌觸、身觸、意觸。由於觸而生受、想、思等心理活動。

❿**三摩地**：梵文Samādhi的音譯，意譯禪定。心專注一境而不散亂。

⓫**思**：梵文Cetanā或Cint的意譯，唯識宗的遍行法之一，意謂思想、意志等，能夠造作身、口、意三業。《大乘廣五蘊論》稱：「云何思?謂於功德過失，及以俱非，令心造作意業爲性。此性若有，識攀緣用即現在前，猶如磁石引鐵令動，能推善、不善、無記心爲業。」

⓬**信**：梵文Śraddhā的意譯，唯識宗的善法之一，意謂對四諦等佛教眞理堅信不疑。《俱舍論》卷四稱：「信者，令心澄淨。有說，於諦、實、業、果中現前忍許，故名爲信。」

⓭**有譬喻故**：心王心所，無始以來，互不相離。如無想定，離開能依的心所，所依之

心就隨之而滅。小乘佛教經量部不同意，它也有譬喻，如出入息是身行，四禪以上的有情衆生，出入息的呼吸滅了，其身仍在。受想是心行，受想滅，意識仍在。論主認爲：不能用身行作比喻，因爲身、口、意三行有遍不遍的區別，遍行的滅了，其法必定隨之而滅；不是遍行的滅了，其法仍存。

⑭**偏行**：梵文Sarvatraga的意譯，唯識宗的心所法之一，與別境相對。是指任何認識發生時，都會生起的心理活動。因爲帶有普遍性，所以稱爲遍行，包括觸、受、思、想、作意五類。《大乘廣五蘊論》稱：「此遍一切善、不善、無記心，故名遍行。」

⑮又此定中，《藏要》本校注稱：「藏本缺此一句，陳、隋本並缺此一段。勘世親釋云：今當略顯第二頌（誦）義，即引此文詳釋，可證此是別傳之論本，故魏本有此段，即無前段，陳、隋本有前段，即無此段，皆不並行。今譯殆依晚出之本，故二誦俱出，藏本亦同。」

⑯**意識**：六識之一，依意根所生之識，其功能是了別法境。有四種：㈠獨頭意識，不與前五識共同生起，自己單獨生起的一種意識；㈡五同緣意識，意識與前五識同時

生起，同緣一境；㈢五俱意識，與五識同時生起，緣五境，傍緣十八界的意識；㈣五後意識，生於五俱意識之後念。

⓱**善**：隨順佛教道理者，稱爲善。違逆佛教道理者，稱爲惡。

⓲**不善**：與善相對，違逆佛教眞理，損害現世及來世，即五逆十惡。現世損害自己和他人，來世感苦果而害自己的身心。《成唯識論》卷五稱：「能爲此世他世違損，故名不善。惡趣苦果，雖於此世能爲違損，非於他世，故非不善。」

⓳**無記**：梵文Avyākṛta的意譯，記，意謂判斷、斷定等意，不可斷爲善，也不可斷爲惡，非善非惡的屬性是無記性。一般分爲有覆無記和無覆無記兩種。

譯文

假若有人主張色法和心法的無間生，是各種事物的種子，這不能成立，如前破二念不俱有等，已經說過它沒有熏習的可能了。又從無色界、無想天死沒以後，或從滅盡定等而出，是不合乎道理的。而且，阿羅漢的最後心也不能成立，只可容許有等無間緣。

如此看來，假若沒有含攝一切種子的阿賴耶識，雜染、清淨都不能成立，所以成就如前所說具有三相的阿賴耶識，肯定是有的。這裏有三個偈頌：

菩薩當出世清淨無漏心出現在面前的時候，一定要遠離於眼識等，其餘的有漏善或無記的意識，也不會生起。如果沒有阿賴耶識，您如何解釋染心的轉依呢？

假若說對治就是轉依，並不是永斷雜染種子，所以說對治即轉依不能成立。假若認爲對治就是轉依，原因和結果就沒有差別了。所以這種主張，對於永斷染種的轉依正義，成爲很大的過失。

假若不立阿賴耶識，無種是轉依呢？還是無體是轉依呢？假若認爲無種、無體二者是轉依，既然沒有把無種、無體二者滅無的意思稱爲轉依，這肯定是不合乎道理的。

原典

若復有執色、心無閒生是諸法種子，此不得成，如前已說。又從無色、無想天沒，滅定等出，不應道理。又阿羅漢❶後心不成，唯可容有等無閒緣。

如是若離一切種子異熟果識，雜染、清淨皆不得成，是故成就如前所說相阿賴耶識，決定是有。此中三頌：

菩薩於淨心，遠離於五識❷，無餘心轉依❸，云何汝當作？
若對治轉依，非斷故不成。果❹因❺無差別，於永斷成過。
無種或無體，若許為轉依，無彼二無故❻，轉依不應理。

注釋

❶**阿羅漢**：梵文Arhat的音譯，另譯阿羅訶，略稱羅漢。阿羅漢果又稱爲無極果、無學果，這是斷盡三界見、修二惑所達到的果位，已達修學的頂端。有三義：㈠殺賊，意謂殺盡一切煩惱之賊；㈡應供，意謂應受天、人的供養；㈢不生或無生，進入涅槃，不再生死輪迴。

❷**五識**：即前五識，眼識、耳識、鼻識、舌識、身識。

❸**轉依**：唯識宗修行的最高目標，即轉捨我執和法執，轉捨煩惱障和所知障，轉得涅槃和菩提，轉捨依他起性中的遍計所執性，轉得依他起性中的圓成實性。《成唯識

論》卷九稱：「依謂所依，即依他起，與染、淨法爲所依故。染謂虛妄遍計所執，淨謂眞實圓成實性，轉謂二分：轉捨、轉得。由數修習無分別智，斷本識中二障粗重，故能轉捨依他起上遍計所執，及能轉得依他起中圓成實性。由轉煩惱障得大涅槃，轉所知障證無上覺。」

❹**果**：梵文Phala的意譯，音譯頗羅。對於因而言，有爲法前後相續，前法爲因，後法爲果。

❺**因**：對於果而言，意謂事物產生的原因。《瑜伽師地論》卷五認爲有十因：隨說因、觀待因、牽引因、生起因、攝受因、引發因、定異因、同事因、相違因、不相違因。

❻無彼二無故，《藏要》本校注稱：「藏本云：於彼無無二，陳本同，又與無性合。」

譯文

而且，這種阿賴耶識的差別是怎樣的呢？簡略來說，應當知道，或者三種，或者四種。這裏所說的三種，是指三種熏習差別：一、名言熏習差別，二、我見熏習差別，三、有支熏習差別。這裏所說的四種，是指：一、引發差別，二、異熟差別，三、緣相差別，四、相貌差別。

這裏所說的引發差別，就是新熏而起的熏習。假若沒有這新起的熏習，十二因緣的行緣識，取緣有，就不應當成立。

這裏所說的異熟差別，即「行」作爲「有」的緣，也就是有情衆生在諸趣中的異熟差別。假若這緣起的阿賴耶識，沒有異熟差別的功能，就沒有種子，以後有的各種事物生起的事實，就不應當成立。

這裏所說的緣相差別，就是染污意中的我執緣相。假若沒有緣相差別，染污意中的我執所緣，就應當是不能成立。

這裏所說的相貌差別，是說阿賴耶識有共相種子，有不共相種子，有無受生種子相，有受生種子相等。共相種子，即器世間的種子；不共相種子，就是個別內六根的種子。共相種子，就是無受生種子；不共相種子，就是有受生種子。當對治道產生的時候，只有不共相是所對治的對象，逐漸滅除。共相爲他沒有現起無漏有情的分別所持，只是見到清淨的世間，如瑜伽師，他在一個事物當中，能夠得到種種不同的勝解，種種所見的異相，都可以成立。這裏有兩個偈頌：

難以斷除，又難以普遍知道的，應當知道，這就稱爲共結。修瑜伽的人們，隨觀心而生異見，因爲這種外相非常廣大。

出世的清淨者，雖然不能把它滅除掉，但於共相中見的，只是清淨世界。而且，清淨佛土，是由於佛見而清淨。

原典

復次，此阿賴耶識差別云何？略說應知或三種，或四種。此中三種者，謂三種熏習差別故：一、名言❶熏習差別；二、我見❷熏習差別；三、有支❸熏習差別。四種者：一、引發差別，二、異熟差別，三、緣相差別，四、相貌差別。

此中引發差別者，謂新起熏習。此若無者，行❹爲緣識，取❺爲緣有，應不得成。

此中異熟差別者，謂行有爲緣，於諸趣❻中異熟差別。此若無者，則無種子，後有諸法生應不成。

此中緣相差別者，謂即意❼中我執❽緣相。此若無者，染汙意中我執所緣，應不得成。

此中相貌差別者，謂即此識有共相，有不共相，無受生種子相，有受生種子相等❾。共相者，謂器世間❿種子；不共相者，謂各別內處⓫種子。共相即是無受生種子⓬，不共相即是有受生種子。對治生時，唯不共相所對治滅。共相爲他分別所持，但見清淨，如瑜伽師⓭於一物中種種勝解⓮，種種所見皆得成立。此中二頌：

難斷難徧知，應知名共結⓯。瑜伽者心異，由外相大故。

淨者雖不滅，而於中見淨。又清淨佛土⓰，由佛見清淨。

注釋

❶**名言**：名字與言語的合稱。名言有二：㈠顯境名言，在心識上能夠覺知各種各樣的能解行相，包括表象、概念等；㈡表義名言，覺了以後，以種種言語表達出來，即稱表義名言。

❷**我見**：即主張有「我」的見解，又稱爲身，音譯薩迦耶見（Satkāyadarśaṇa）。

❸**有支**：即十二因緣的有支，即三有：欲有、色有、無色有，又稱爲三界：欲界、色界、無色界。

❹**行**：即行爲，包括身行、口行和意行三種。身行是行爲，口行是言語，意行是思想活動。

❺**取**：意謂追求和執取。

❻**諸趣**：即六趣，天、人、阿修羅、畜生、餓鬼、地獄。

❼**意**：即染污的末那識，末那是梵文Manas的音譯，意譯爲「意」。

❽**我執**：梵文Ātma-grāha的意譯，又稱爲人執。是一切煩惱的根源，是三界輪迴的總根源。《成唯識論述記》卷一本：「煩惱障品類衆生，我執爲根，生諸煩惱，若不執我，無煩惱故。」《俱舍論》卷二十九稱：「由我執力，諸煩惱生，三有輪迴，無容解脱。」

❾等，此中省略粗重相和輕安相。

❿**器世間**：指一切衆生所居之國土世界，相當於依正二報中之依報。即指衆生世間或

有情世間而言，與「國土世間」、「住處世間」同義。以國土世界形如器物，能容受衆生，可變可壞，故稱器世間。

⓫**內處**：即六內處，眼內處、耳內處、鼻內處、舌內處、身內處、意內處。六內處又稱爲六根，眼根、耳根、鼻根、舌根、身根、意根。

⓬共相即是無受生種子，《藏要》本校注稱：「藏本此句在此二頌下始出，文義更順，魏、隋本同。」

⓭**瑜伽師**：瑜伽是梵文yoga的音譯，意譯相應，有五種相應：與境相應、與行相應、與理相應、與果相應、與機相應。瑜伽師是觀行的總稱。多取第二行瑜伽，觀行即禪定相應之人，名爲瑜伽師。

⓮**勝解**：梵文Adhimokṣa的意譯，唯識宗的別境之一，對所緣的外境作出確定判斷。《大乘廣五蘊論》稱：「云何勝解？謂於決定境，如所了知，印可爲性。……言決定者，即印持義，餘無引轉爲業。」

⓯**共結**：一切有情衆生共同結使，所起的共相，如山河大地等。

⓰**佛土**：佛所住的國土，佛所教化的領土，有淨土、穢土、報土、法性土之別。《成

唯識論》卷十以自性身、自受用身、他受用身、變化身爲四佛身。佛土也有四種：法性土、自受用土、他受用土、變化土。法性土是無色無相的理土，自受用土是實佛自託之報土，他受用土是對初地以上菩薩所示現的淨土，變化土是示現於地前菩薩及二乘凡夫的佛土。

譯文

又有別的偈頌，對於前文所引的各種勝解，種種所見，都可以成立。各位瑜伽師對於同一事物，其勝解各不相同，種種所見都可以成立，由此可知，頌中所取只有識的道理。

如上所說的共相種和不共相種的差別相，假若沒有的話，各種器世間和有情世間生起的種種差別，都不應當成立。

又有粗重相和輕安相。粗重相是指根本煩惱和隨煩惱種子。輕安相是有漏善法種子。假若沒有這二相差別，衆生所感異熟果報的無所堪能、有所堪能的所依差別，就應當是不得成立。

又有有受盡相、無受盡相。有受盡相，是已經成熟的感受異熟果的善、不善種子。無受盡相，是名言熏習種子，從無始以來，有種種戲論的熏習，成爲流轉中的種子。假若沒有受盡相，已作善、已作惡二業，業種與果受用有盡，應當不能成立。如果沒有無受盡相，新名言熏習的生起，應當是不得成立。

原典

復有別頌❶，對前所引種種勝解，種種所見，皆得成立。

諸瑜伽師於一物，種種勝解各不同，
種種所見皆得成，故知所取唯有識。

此若無者，諸器世間、有情世間❷生起差別，應不得成。

復有麤重相及輕安❸相。麤重相者，謂煩惱、隨煩惱種子。輕安相者，謂有漏善法❹種子。此若無者，所感異熟無所堪能、有所堪能所依差別，應不得成。

復有有受盡相、無受盡相。有受盡相者，謂已成熟異熟果善、不善種子。無受盡相者，謂名言熏習種子，無始時來種種戲論❺流轉種子❻故。此若無者，已作已作善、惡二業與果受盡，應不得成。又新名言熏習生起，應不得成。

注釋

❶復有別頌，《藏要》本校注稱：「藏本缺此句並次頌，魏本同，疑此別頌，亦是別傳之論本也，但陳、隋本有文，僅缺對前所引至『皆得成立』一句。」

❷**有情世間**：又作假名世間、衆生世間、衆生世。爲三種世間之一。指能居之正報，亦即指五陰所成之一切衆生，亦指一切有情衆生。

❸**輕安**：梵文Praśrabdhi的意譯，唯識宗的善法之一，使身心輕適安穩的精神作用。《成唯識論》卷六稱：「安謂輕安，遠離粗重，調暢身心，堪任爲性，對治惛沈，轉依爲業。謂此伏除能障定法，令所依止轉安適故。」

❹**善法**：五戒、十善是世間善法，三學、六度是出世間善法，深淺雖然不同，都是順理益己之法，所以稱爲善法。

❺**戲論**：梵文Prapañca的意譯，佛教把錯誤無益的言論，稱爲戲論。《中觀論疏》卷一本，把戲論分爲二種：㈠愛論，由貪愛心引起的種種言論；㈡見論，對一切事

物的固執見解。

❻流轉種子，《藏要》本校注稱：「藏本此語作所起種子，陳、隋本同。」

譯文

又有譬喻相，說這種阿賴耶識，以幻、焰、夢、翳爲譬喻。假若沒有這種譬喻相，由不眞實的遍計所執種子而現起的顚倒緣相，應當是不得成立。

又有具足相、不具足相。各種具縛的凡夫，稱爲具足相。世間離欲的外道，稱爲損減相。有學的聲聞和見道的諸菩薩，稱爲一分永拔相。阿羅漢、獨覺和諸如來，稱爲煩惱障全永拔相，和煩惱、所知二障全永拔相，與其相應。假若沒有這種具足相、不具足相，有情的雜染，次第到還滅的階段，就不應當成立。

由於什麼因緣，善、不善法能感異熟？異熟果識爲什麼是無覆無記呢？因爲異熟果體是無覆無記，與善、不善互不違逆，善與不善是互相違逆的。假若異熟果是善的，雜染就不能成立。假若異熟果是不善的，清淨還滅也不能成立，所以異熟識只是無覆無記性。

原典

復有譬喻相，謂此阿賴耶識，幻❶、焰❷、夢❸、翳❹爲譬喻故。此若無者，由不實徧計❺種子故，顛倒❻緣相應不得成。

復有具足相、不具足相。謂諸具縛者，名具足相。世間離欲❼者，名損減相。有學❽聲聞及諸菩薩，名一分永拔相。阿羅漢、獨覺及諸如來，名煩惱障❾全永拔相，及煩惱、所知障❿全永拔相，如其所應。此若無者，如是次第雜染還滅應不得成。

何因緣故善不善法能感異熟？其異熟果無覆無記⓫？由異熟果無覆無記，與善不善互不相違，善與不善互相違故。若異熟果善不善性，雜染還滅應不得成。是故異熟識唯無覆無記。

注釋

❶**幻**：空法十喻之一，幻喻有二種：譬喻所現似有非實的東西，或者譬喻能幻者，如幻師能積草木，幻化爲象、馬等。《演密鈔》卷四稱：「幻者化也，無而忽有之謂

也。先無形質，假因緣有，名爲幻化。又幻者詐也，或以不實事惑人眼目，故曰幻也。」

❷**焰**：空法十喻之一，即陽焰，渴鹿見陽焰以爲是水，譬喻虛假不實。

❸**夢**：空法十喻之一，說明世間萬物如夢中物一般，是虛幻不實的。

❹**翳**：即眼翳，空法十喻之一，因爲眼有眚翳，妄見髮毛、火輪、空花等。

❺**徧計**：即遍計所執性，又稱遍計所執自性、普觀察性等，人們普遍認爲客觀世界實有，佛教認爲：這是不眞實的，這種認識是謬誤的。

❻**顚倒**：以無常爲常、以苦爲樂等錯誤的認識。《瑜伽師地論》卷八認爲有七顚倒：想倒、見倒、心倒、於無常常倒、於苦樂倒、於不淨淨倒、於無我我倒。

❼**欲**：梵文Rajas的意譯，音譯刺者。意謂希求塵境。《成唯識論》卷五稱：「云何爲欲？於所樂境希望爲性，勤依爲業。」

❽**有學**：梵文Śikṣa的意譯，小乘佛教四果的聖者當中，前三果稱爲有學，第四果稱爲無學，因爲前三果還有可修學之道。《法華玄贊》卷一稱：「戒、定、慧三，正爲學體，進趣修學，名爲有學；進趣圓滿，止息修習，名爲無學。」

❾**煩惱障**：二障之一，對於所知障而言，一百二十八種根本煩惱和隨煩惱，惱亂有情衆生的身心，能障涅槃，所以稱爲煩惱障。《成唯識論》卷九稱：「煩惱障者，謂執遍計所執實我，薩迦耶見而爲上首，百二十八根本煩惱，及彼等流諸隨煩惱。此皆擾惱有情身心，能障涅槃，名煩惱障。」

❿**所知障**：二障之一，一切貪、瞋、癡等諸惑，是愚癡迷闇，不能了知各種事物的實相，所以稱爲智障，又稱爲所知障。

⓫**無覆無記**：與有覆無記相對，是無所謂染淨的無記性，如阿賴耶識及內五根、山河草木等。其中又分爲四種：㈠異熟無記，由前世業因決定的身心果報；㈡威儀無記，發起行、住、坐、臥等威儀之心；㈢工巧無記，從事圖畫雕刻等工巧事業之心；㈣通果無記，發起神通變化時之心。

2卷中

所知相分第三

譯文

所知法的依止，已經講過了，所知相又如何可見呢？這簡略來說有三種：一、依他起相，二、遍計所執相，三、圓成實相。

此中什麼是依他起相呢？其因緣是阿賴耶爲種子，其自性是虛妄分別所攝，其別相是各個識。這是爲什麼呢？即身識、身者識、受者識、彼所受識、彼能受識、世識、數識、處識、言說識、自他差別識、善趣惡趣死生識。這裏所說的身識、身者識、受者識、彼所受識、彼能受識、世識、數識、處識、言說識，這些都是由名言熏習種子現起的。假若是自他差別識，這是由我見熏習種子現起的。假若是善趣惡趣死生識，這是由有支熏習種子現起的。由於這些各種識，一切三界、六趣雜染所攝的依他起相的虛妄分別，都可以顯現出來。這些各類識，都屬於虛妄分別，以唯識爲其屬性，是無所有的，是非眞實意義顯現所依的，這就稱爲依他起相。

這裏什麼是遍計所執相呢？在這唯識無境當中，有各種各樣似是而非的分別相在顯現。

這裏什麼是圓成實相呢？在那依他起相上，由於那種似是而非的東西，永遠沒有自性。

原典

所知相分第三[1]

已說所知依[2]，所知相復云何應觀[3]？此略有三種：一、依他起相，二、偏計所執相，三、圓成實相。

此中何者依他起相？謂阿賴耶識爲種子，虛妄分別所攝諸識。此復云何？謂身[4]、身者[5]、受者識[6]、彼所受識[7]、彼能受識[8]、世識[9]、數識[10]、處識[11]、言說識[12]、自他差別識⓭、善趣惡趣死生識⓮。此中若身、身者、受者識、彼所受識、彼能受識、世識、數識、處識、言說識，此由名言熏習種子⓯。若自他差別識，此由我見熏習種子。若善趣惡趣死生識，此由有支熏習種子。由此諸識，一切界、趣雜染所攝依他起相虛妄分別，皆得顯現。如此諸識，皆是虛妄分別所攝，唯識⓰爲性，是無所有非眞實義顯現所依，如是名爲依他起相。

此中何者偏計所執相？謂於無義唯有識中似義顯現。

此中何者圓成實相？謂即於彼依他起相，由似義相永無有性。

注釋

❶所知相分第三，《藏要》本校注稱：「以下魏本不分品，陳本作應知勝相第二；隋本作應知勝相勝語第二，又分四章，此相章第一。」

❷已說所知依，《藏要》本校注稱：「以下藏本第二卷，末題所知相品第二，但前後文皆不分品，獨題此品，未詳何以。」

❸觀，《藏要》本根據藏文本、無性釋、世親釋改爲見。

❹**身**：即身識，包括五色根，眼根、耳根、鼻根、舌根、身根。

❺**身者**：即身者識，相當於染污末那識。

❻**受者識**：即無間滅意，是六識生起所依的無間滅意根。

❼**彼所受識**：即所取的六塵，色塵、聲塵、香塵、味塵、觸塵、法塵。

❽**彼能受識**：即能取的六識，眼識、耳識、鼻識、舌識、身識、意識。

❾**世識**：即相續不斷的時間。

❿**數識**：即數目。

⓫**處識**：意謂有情衆生的住處。

⓬**言說識**：即依據見、聞、覺、知而起的語言。

⓭**自他差別識**：有情衆生之間的自他差別。

⓮**善趣惡趣死生識**：善趣是六趣中的天、人、阿修羅，惡趣是六趣中的畜生、餓鬼、地獄。善趣惡趣死生識是有情衆生在善趣惡趣中的生死流轉。

⓯此由名言熏習種子，《藏要》本校注稱：「藏本此語云種子而生故。三本均同，次二句例知。」這裏的三本是指：元魏・佛陀扇多譯本、陳・眞諦譯本和隋・笈多等

翻譯的世親著《攝大乘論釋論》。

⑯**唯識**：意謂世界上只有識，除識以外，別無其他。世間一切都是識變現的，心法是識的自體，心所法是識的相應，色法是識所變，心不相應行法是識的分位，無爲法是識的實性。

譯文

這裏所說的身識、身者識、受者識，應當知道，這些就是眼等六內界。彼所受識，應當知道，這就是色塵等六外界。彼能受識，應當知道，這就是眼識等六識界。世識等其餘各識，應當知道，只是這身識等各識的差別之相。

而且，上述各個識，都是只有識，都是無境義的。這裏以什麼譬喻來說明這個問題呢？應當知道，以夢等譬喻來說明這個問題。因爲夢中境界，是無其義而唯有識的，在夢中雖然見到各種各樣的色、聲、香、味、觸，以及房舍、樹林、大地、高山，似乎是有義相影現，而於此中都沒有境義。由這夢喻的顯示，應當隨即了知一切時、一切處都是只有識。由於上述夢喻等言說，應當知道還有幻誑、鹿愛、翳眩等譬喻。

假若在覺的時候，一切時、一切處都如夢中物等一樣，只有識，如果從夢中覺醒過來，便會覺得夢中都只有識，何故現在覺的時候，不能轉生這樣的認識呢？生起眞實智覺的時候，也能轉起這樣的認識。如果在夢中不能轉生這樣的認識，從夢中覺醒的時候，這種覺悟就可以轉起。這樣，在還沒有得到眞智覺的時候，這種覺悟不能轉起，得到眞智覺的時候，這種覺悟才能轉起。

原典

此中身、身者、受者識，應知即是眼等六內界❶。彼所受識，應知即是色等六外界❷。彼能受識，應知即是眼等六識界❸。其餘諸識，應知是此諸識差別。

又此諸識皆唯有識❹，都無義故。此中以何爲喻顯示？應知夢等爲喻顯示。謂如夢中都無其義，獨唯有識，雖種種色❺、聲❻、香❼、味❽、觸，舍、林、地、山，似義影現，而於此中都無有義。由此喻顯，應隨了知一切時、處皆唯有識。由此等言，應知復有幻誑、鹿愛❾、翳眩等喻。

若於覺時，一切時、處皆如夢等，唯有識者，如從夢覺，便覺夢中皆唯有識，覺時何故不如是轉？真智❿覺時亦如是轉。如在夢中此覺不轉，從夢覺時此覺乃轉。如是未得眞智覺時，此覺不轉，得眞智覺此覺乃轉。

注釋

❶**六內界**：即眼內界、耳內界、鼻內界、舌內界、身內界、意內界。六內界又稱爲六根。

❷**六外界**：即色外界、聲外界、香外界、味外界、觸外界、法外界。六外界又稱爲六塵或六境。

❸**六識界**：即眼識界、耳識界、鼻識界、舌識界、身識界、意識界。

❹又此諸識皆唯有識，《藏要》本校注稱：「藏本此語文倒云：無義故唯識者。」

❺**色**：梵文Rūpa的意譯，廣義的色是物質的總稱，相當於五蘊中的色蘊，有質礙、變化等義。狹義的色是眼識所緣的色境，此中用狹義的色。

❻**聲**：五塵之一，四大所造，屬於色法，耳識所緣的外境。聲大體上可以分爲兩種：有情感的有執受大種聲和無情感的無執受大種聲。

❼**香**：梵文Gandha的意譯，音譯健達。五塵之一，鼻識所緣的外境。一般分為四種：好香、惡香、等香、不等香。

❽**味**：五塵之一，舌識所緣的外境。《品類足論》卷一把味分為可意、不可意、順捨等三種。

❾**鹿愛**：即陽焰，因受渴鹿深深愛著，所以稱為鹿愛。

❿**眞智**：又稱為聖智。緣眞如實相的智慧。

譯文

還沒有得到眞智覺悟的人們，對於唯識道理怎樣通過推理而知呢？應當通過聖教和理論的推理而知。

這裏所說的聖教，如《十地經》中，佛世尊這樣說：「這樣的三界，都只有心。」又在《解深密經》中，佛世尊也這樣說，在這部經中，彌勒菩薩問世尊說：「各種禪定中的所行影像，它與能緣心，應當說是有差別呢？還是應當說是沒有差別呢？」佛告訴彌勒菩薩說：「應當說是沒有差別，為什麼呢？因為那種影像只是識的緣故。

我說是識所緣，只是識所顯現。」彌勒菩薩問：「世尊啊！假若禪定所行影像，與這個心沒有差別的話，爲什麼這個心還能緣取這個心呢？」世尊說：「彌勒菩薩！沒有少法能夠緣取少法，然而就在這心這樣生起的時候，就有這樣的影像顯現。如依止自己的面目等本質爲緣，在水鏡中還能見到自己面目的本質，認爲我現在見到影像，並認爲離開本質另有所見的影像顯現。此心也是這樣，在它這樣生起的時候，所取的義相，似乎是有區別於心所見的影像在顯現。」

原典

其有未得眞智覺者，於唯識中云何比知？由教及理應可比知。

此中教者，如《十地經》❶薄伽梵說：「如是三界，皆唯有心。」又薄伽梵《解深密經》❷亦如是說，謂彼經中慈氏❸菩薩問世尊言：「諸三摩地所行影像，彼與此心當言有異？當言無異？」佛告慈氏：「當言無異，何以故？由彼影像唯是識故。我說識所緣，唯識所現故。」「世尊！若三摩地所行影像，即與此心無有異者，云何此心還取此心？」「慈氏！無有少法能取少法，然即此心如是生時，即有如是影像顯現。如質爲緣還見本質，而謂我今見於影像，及謂離質別有所見影像顯現。此心亦爾，如是生時，相似有異所見影現。」

注釋

❶**十地經**：梵文Daśabhūmika的意譯，唐代尸羅達摩譯，九卷。異議本是後秦·鳩摩羅什翻譯的《十住經》六卷、西晉·竺法護譯《漸備一切智德經》五卷，是《華嚴經·十地品》的別譯。本經釋論是世親的《十地經論》十二卷、龍樹的《十住毘婆沙論》十七卷。

❷**解深密經**：梵文Sandhinirmocanavyūhasūtra的意譯，唯識宗所依據的六經之一，唐·玄奘譯，五卷。異譯本有三種：南朝宋·求那跋陀羅譯《相續解脱經》一卷、北魏·菩提流支譯《深密解脱經》五卷、南朝陳·眞諦譯《解節經》一卷。

❸**慈氏**：梵文Maitreya的意譯，音譯彌勒，即未來佛彌勒菩薩。出生於婆羅門家庭，後爲佛弟子，先佛入滅，上生於兜率天內院，經四千歲（相當於人間五十六億七千萬年）應當下生人間，於華林園龍華樹下成佛，廣傳佛法。中國寺廟裏供奉的笑口

常開胖彌勒，是五代名叫契此的和尚，因爲傳說是彌勒的化身，所以後人塑像作爲彌勒供奉。

譯文

由於上文所引的聖教，在理論上也可以明顯出來。爲什麼呢？在禪定心中，隨所觀見的種種青瘀等所知影像，實際上所知見的一切，並無心外別物的青瘀等事，只是見到自心。由於這樣的道理，菩薩對於一切識中，應當通過推理知道，都只是有識，沒有離心的境界。而且，在這樣的青瘀等之中，並不是憶持識見到所緣的外境，現前安住於心中。聞、思所成的二憶持識，也以過去爲所緣，所現的影像，就可以成立唯識理論。由於這樣的推理，菩薩雖然還沒有得到眞智覺悟，在唯識理論中應當通過推理而知。

原典

即由此教，理亦顯現。所以者何？於定❶心中，隨所觀見諸青瘀等所知影像，一

切無別青瘀等事，但見自心。由此道理，菩薩於其一切識中，應可比❷知皆唯有識，無有境界。又於如是青瘀等中，非憶持識見所緣境，現前住故。聞、思所成二憶持識，亦以過去爲所緣故，所現影像得成唯識。由此比量，菩薩雖未得眞智覺，於唯識中應可比知。

注釋

❶**定**：禪定之略，心專注一境而不散亂。

❷**比**：比量之略，因明術語，即以現量爲基礎的推理活動。

譯文

就這樣已經說過各種各樣的識，如夢等譬喻，就在這裏所講的眼識等六識，可以成立唯識理論，眼等六識既然是有色法，也只是有識，怎麼見得呢？這也像前文所引的聖教及比量道理。

假若這根塵各識，其體性也是識的話，爲什麼是似於色性的狀態而顯現呢？爲什麼是一類堅住，相續而轉呢？這是爲顛倒等各種雜染法爲所依處的。假若不是這樣的話，在非義中生起義的顛倒，應該是不存在的。這假若沒有的話，煩惱、所知二障的雜染就應當是不會有。這假若是沒有的話，各種清淨法也應當是沒有。所以根、塵各識應當這樣轉起。這裏有這樣一個偈頌：

亂相和亂體，應當承認是色識和非色識，假若沒有色識的亂相，其餘非色識的亂體也沒有。

爲什麼身識、身者識、受者識、所受識、能受識，在一切身中同時具有和合而轉呢？因爲圓滿受生，由受用所顯現。爲什麼說世識等各識差別而轉呢？因爲從無始以來，生死流轉沒有斷絕的緣故，各個有情界無數無量的緣故，各種器世界無數無量的緣故，各種所作事展轉言說無數無量的緣故，各別攝取各自的根身，受用境界的差別無數無量的緣故，各種愛非愛業果異熟，受用苦樂的差別無數無量的緣故，所受種種生死差別，無數無量的緣故。

原典

如是已說種種諸識，如夢等喻，即於此中眼識❶等識可成唯識，眼等諸識既是有色，亦唯有識，云何可見？此亦如前由教及理。

若此諸識亦體是識，何故乃似色性顯現？一類堅住，相續而轉？❷與顛倒等諸雜染法為依處故。若不爾者，於非義中起義顛倒，應不得有。此若無者，煩惱、所知二障雜染應不得有。此若無者，諸清淨法亦應無有。是故諸識應如是轉。此中有頌：

> 亂相❸及亂體，應許為色識，及與非色識，若無❹餘亦無。

何故身、身者、受者識、所受識、能受識，於一切身中俱有和合轉？能圓滿生受用所顯故。❺何故如說世等諸識差別而轉？無始時來生死流轉❻無斷絕故，諸有情界無數量故，諸器世界無數量故，諸所作事展轉言說無數量故，各別攝取受用差別無數量故，諸愛非愛業果異熟受用差別無數量故，所受死生種種差別無數量故。

注釋

❶識，《藏要》本校注稱：「藏本此字亦作識，下等識之識則作了別，後文眼識識身識識等，均同此例。」

❷上述內容是外人提出的疑問。

❸相，《藏要》本校注稱：「藏本此句作因，陳、隋本同。」

❹若無，《藏要》本校注稱：「藏本此二字作色無，陳本同，與二釋合。」

❺關於上述內容，《藏要》本校注稱：「以下隋本第二品內差別章第二，魏本缺此問答二句。」

❻**流轉**：梵文Saṃsāra的意譯，「流」意謂相續，「轉」意謂生起。有情衆生作善業、惡業，得苦樂果報，在六趣輪迴不息。《瑜伽師地論》卷五十二稱：「諸行因果相續不斷性，是謂流轉。」

譯文

再者，如何安立這樣的各識而成唯識性呢？簡略來說，由三相成立唯識性：一、由於唯識理論，而無境義；二、由於相識、見識二性，有相、有見二識之別；三、由於多種多樣，有種種行相生起。爲什麼呢？這一切諸識沒有實義，所以能夠成立唯識道理。因爲有相、見同時現前，所以能夠成立二種，假若眼等前五識，以色等識爲相，以眼識識爲見，乃至以身識識爲見。假若是意識，以一切法，從最初的眼，到最後的法，以十二識爲相，以意識識爲見。因爲這意識有分別作用，好像是一切識都生起了。這裏有這樣一個偈頌：

唯識、二性、種種的三相，觀行人由觀察唯識、二性、種種的三相之意而能悟入唯心，那種虛妄分別心的依他相，也能壓伏本心，離卻法執。

原典

復次，云何安立如是諸識成唯識性？略由三相：一、由唯識，無有義故；二、由

二性，有相、有見二識別故；三、由種種，種種行相而生起故。所以者何？此一切識無有義故，得成唯識❶。有相、見故，得成二種，若眼等識，以色等識爲相，以眼識識爲見，乃至以身識識爲見。若意識，以一切眼爲最初，法爲最後，諸識爲相，以意識識爲見。由此意識有分別故，似❷一切識而生起故。此中有頌：

唯識二種種，觀者意能入，由悟入唯心，彼亦能伏離。

注釋

❶唯識，《藏要》本校注稱：「藏本此二字作唯彼，魏、隋本同，於義更順，今譯改文，次下各段例知。」

❷似，《磧砂藏》本原作「以」，《藏要》本根據藏本和《高麗藏》本改。

譯文

而且，在於此中，有一類論師說只有一個意識，由於彼彼眼等爲所依而轉起時，就得彼彼眼識等名字，如意思業，稱爲身語業。而且，於一切所依轉的時候，有現似種種相的能取、所取的二種影像而轉，這二種影像就是唯義影像和分別影像。而且，在欲界、色界的一切處中，也似現所觸的影像而轉，在有色界中，就是這個意識要依止身根，就像其餘的色根依止身一樣。這裏有這樣一個偈頌：

不管是遠行、獨行，還是無身，都寐於窟內（身體），調伏這難以調伏的心，我說這才是眞正的梵志。

又如經中這樣說：這樣的五根所行境界，意能各個各個領受，意又是那五根的所依。又如佛經中所說的十二處，說六識身都稱爲意處。

原典

又於此中，有一類師❶說一意識，彼彼依轉得彼彼名，如意思業名身語業。又於一切所依轉時，似種種相二影像轉，謂唯義影像，及分別影像。又一切處亦似所觸影像而轉，有色界❷中，即此意識依止身故，如餘色根依止於身。此中有頌：

若遠行❸獨行❹，無身❺寐於窟，調此難調心，我說真梵志❻。

又如經言：如是五根❼所行境界，意各能受，意爲彼依。又如所說十二處❽中，說六識身❾皆名意處。

注釋

❶**一類師**：此指一意識師，主張只有一個意識，其餘各識沒有別體。前五識不能離開意識單獨成立，只是意識多方面活動而已。

❷**有色界**：即欲界和色界，因爲這二界不同於無色界，都有物質。

❸**遠行**：因爲在一切時、一切處，沒有不隨心而至的，所以把心稱爲遠行。

❹**獨行**：每個有情，只有一個意識，所以又把心稱爲獨行。

❺**無身**：因爲心沒有質礙的色法，所以心又稱爲無身。

❻**梵志**：梵文Brāhmacārin的意譯，婆羅門四期之一。志求梵天之法者稱爲梵志。

❼**五根**：即眼根、耳根、鼻根、舌根、身根。

❽**十二處**：即眼、耳、鼻、舌、身、意六根和色、聲、香、味、觸、法六塵，合稱十二處。

❾**六識身**：即眼、耳、鼻、舌、身、意六識。

譯文

假若這裏安立阿賴耶識識爲義境之識，應當知道，這裏其餘的一切識，是阿賴耶識的相識，假若意識識及所依止的染汚意，是阿賴耶識的見識，因爲由那種相識，是這見識生起的所緣相，當似義現起的時候，能作見識生起的依止事。這就稱爲安立諸識成唯識性。

原典

若處安立阿賴耶識識爲義識❶，應知此中餘一切識是其相識，若意識識及所依止是其見識，由彼相識是此見識生緣相故，似義現時，能作見識生依止事。如是名爲安立諸識成唯識性。

注釋

❶義識，《藏要》本校注稱：「勘藏本此是境義，魏本作塵識是也，無性解作因義。」

」

譯文

各種境義現前，分明顯示出來，並非是有，這怎麼見得呢？如世尊說：假若諸菩薩成就四法，能夠隨之悟入一切唯識，都無境義。一者成就相違識相智，如餓鬼、傍生，及諸天神和人，在同一事物上，各有所見，他們所認識的，大有差別；二者成就無所緣識現可得智，如過去、未來的境界、夢中物、水中月影，在這些所緣中，能夠有所認識，有境界可得；三者成就應離功用無顛倒智，如果說一切境義都是實有，人們能緣的義識就應當是沒有顛倒的，可以不由功用而知眞實；四者成就三種勝智隨轉妙智。有哪三種呢？一、已經獲得心自在的一切菩薩和得靜慮的聲聞、緣覺，隨從勝解力，使各種境義顯現；二、得了奢摩他修法觀者，在他才作意的時候，使各種境義顯現；三、已經獲得無分別智者，當無分別智現前的時候，所有的一切各種境義都不顯現。由此所說的三種勝智隨轉妙智，以及前面所說的三種因緣，各種義境實無的道理，就能夠成立起來。

原典

諸義現前，分明顯現，而非是有，云何可知？如世尊言：若諸菩薩成就四法，能隨悟入一切唯識都無有義。一者、成就相違識相智，如餓鬼❶、傍生❷及諸天❸、人，同於一事，見彼所識有差別故；二者、成就無所緣識現可得智，如過去、未來、夢、影緣中有所得故；三者、成就應離功用無顚倒智，如有義中能緣義識應無顚倒，不由功用智眞實故；四者、成就三種勝智隨轉妙智。何等爲三？一、得心自在一切菩薩，得靜慮❹者，隨勝解力，諸義顯現；二、得奢摩他修法觀者，纔作意時諸義顯現；三、已得無分別智❺者，無分別智現在前時，一切諸義皆不顯現。由此所說三種勝智隨轉妙智，及前所說三種因緣，諸義無義道理成就。

注釋

❶**餓鬼**：梵文Preta的意譯，音譯薜荔多、閉麗多等，佛教六趣之一，種類很多，經常挨餓，其中有的腹大如鼓，咽喉似針，没人給他們舉行祭祀，使之常受飢餓。居

於閻魔王的地下宮殿，也居住於人間墳地、黑山洞等處。

❷**傍生**：梵文Tiryagyoni的意譯，音譯吉利藥住尼，即畜生。六趣之一。

❸**天**：梵文Deva或Sura 的意譯，光明之義，自然之義，清淨之義，自在之義，最勝之義，受人間以上的勝妙果報之所，一分在須彌山中，一分遠在蒼空，總稱爲天趣，六趣之一。

❹**靜慮**：梵文Dhyāna的意譯，音譯馱耶演那，爲生於色界四禪天所修的一種禪定。

❺**無分別智**：對眞如所得的認識，眞如遠離名相概念等虛妄分別的認識，對眞如的認識能夠如實而無分別，屬於出世間智和無漏智。

譯文

假若是依他起自性，實際上只有識，這是不眞實的似義顯現所依止，爲什麼成爲依他起呢？由於什麼因緣稱爲依他起呢？是從自類的熏習種子所生的，因爲是依他種子爲緣，所以稱爲依他起。生後剎那即滅，沒有功能自然安住，這就稱爲依他起。假若是遍計所執自性，因爲是依依他起，所以實際上是無所有的，只是似義顯現。

怎麼成爲遍計所執呢？由於什麼因緣成爲遍計所執呢？由於無量行相的意識，顚倒錯誤而生的緣相，所以稱爲遍計所執。自相實際上是沒有的，只有遍計所執可得，所以稱爲遍計所執。

假若是圓成實自性，是遍計所執性的永無有相，爲什麼成爲圓成實呢？由於什麼因緣稱爲圓成實呢？由於沒有變異性，所以稱爲圓成實性。又由於清淨的所緣性，是一切善法的最勝性，由於最勝的意義，所以稱爲圓成實。

原典

若依他起自性，實唯有識，似義顯現之所依止，云何成依他起？何因緣故名依他起？從自熏習種子所生，依他緣起故名依他起。生刹那❶後，無有功能自然住故，名依他起。若偏計所執自性，依依他起，實無所有似義顯現。

云何成偏計所執？何因緣故名偏計所執？無量行相意識偏計顚倒生相，故名偏計所執。自相❷實無，唯有偏計所執可得，是故說名偏計所執。

若圓成實自性，是偏計所執永無有相❸，云何成圓成實？何因緣故名圓成實？由無變異性，故名圓成實。又由清淨所緣性故，一切善法最勝性故，由最勝義名圓成實。

注釋

❶**剎那**：梵文Kṣaṇa的意譯，另譯一念、須臾，音譯乞沙拏。佛教用以表示最短的時間單位，《俱舍論》卷十二稱：「何等名爲一剎那量？衆緣和合去得自體頃，或有動法行度一極微，……如壯士一疾彈指頃，六十五剎那。」

❷**自相**：對共相而言，偈於自體之相，稱爲自相，通於他之相，稱爲共相。例如五蘊中的色、受、想、行、識，稱爲自相。空、無我之理，生、住、異、滅等相，稱爲共相。

❸**有相**：對於無相而言，有相即造作之相，虛假之相。《大日經疏》卷一稱：「可見可現之法，即爲有相。凡有相者，皆是虛妄。」

譯文

再者，有能遍計，有所遍計，遍計所執自性才能成立。這裏什麼是能遍計呢？什麼是所遍計呢？什麼是遍計所執自性呢？應當知道，意識是能遍計，有分別的緣故。爲什麼呢？由於這意識，用自己的名言熏習爲種子，並用一切識的名言熏習爲種子，所以意識的無邊行相分別而轉，普遍於一切事物當中進行分別計度，所以稱爲遍計。而且，依他起自性，稱爲所遍計。而且，假若由於這相，使依他起自性成爲所遍計，這就稱爲遍計所執自性。由於此相，因爲此相是如此的意義。

再者，能遍計度的意識，怎樣遍計呢？緣什麼境界呢？取何相貌呢？由何執著呢？由何起語呢？由何言說呢？何所增益呢？意謂緣名爲境，於依他起自性中，取那相貌，由見而起執著，由尋起語，由見、聞等四種言說而起言說，於無境義中增益它爲實有，由這意識遍計能遍計度。

原典

復次，有能徧計❶，有所徧計，徧計所執自性乃成。此中何者能徧計？何者所徧計？何者徧計所執自性？當知意識是能徧計，有分別❷故。所以者何？由此意識用自名言熏習爲種子，及用一切識名言熏習爲種子，是故意識無邊行相分別而轉，普於一切分別計度，故名徧計。又依他起自性，名所徧計。又若由此相，令依他起自性成所徧計，此中是名徧計所執自性。由此相者，是如此義。

復次，云何徧計能徧計度？緣何境界❸？取何相貌？由何執著❹？由何起語？由何言說？何所增益？謂緣名爲境，於依他起自性中，取彼相貌，由見執著，由尋❺起語，由見、聞等四種言說❻而起言說，於無義中增益爲有，由此徧計能徧計度。

注釋

❶**徧計**：凡夫的妄情，普遍計度各種事物。《成唯識論》卷八稱：「周遍計度，故名遍計。」

❷**分別**：思量識別各種事理，稱爲分別。這是心法、心所法的自性作用，所以把分別作爲心法和心所法的異名。

❸**境界**：梵文Viṣya的意譯，自家勢力所及境土，或所得果報界域，稱之爲境界。

❹**執著**：固著於事物而不離。

❺**尋**：意謂尋求。於意言境，粗轉爲性。

❻**四種言說**：即眼見、耳聞、鼻舌身的知和意的覺。

譯文

再者，這三自性是異，是不異呢？應當說是非異非不異。意謂在依他起性中，由異門而成依他起自性。就此自性，由異門而成遍計所執。就此自性，由異門而成圓成實。由於什麼異門，使依他起而成依他起呢？因爲依他熏習種子而起的緣故。由於什麼異門，使此自性而成遍計所執呢？由於這種遍計心所緣相的緣故，又是遍計所現所遍計的影像。由於什麼異門，使此自性而成圓成實呢？因爲所遍計的對象畢竟不是有。

這三自性，各有幾種呢？依他起自性，簡略來說有二種：一者、依他熏習種子而生起的緣故；二者、因爲依他起自性中，雜染和清淨都不能成立。由於這二種依他起性的區別，所以稱爲依他起。遍計所執自性也有二種：一者、是自性遍計所執；二者、是差別遍計所執。由此所以稱爲遍計所執。圓成實自性也有二種：一者、是自性圓成實，二者、清淨圓成實。由此所以成爲圓成實自性。

原典

復次，此三自性❶爲異爲不異？應言非異非不異。謂依他起自性，由異門故成依他起。即此自性由異門故成偏計所執，即此自性由異門故成圓成實。由何異門此依他起成依他起？依他熏習種子起故。由何異門即此自性成偏計所執？由是偏計所緣相❷故，又是偏計所偏計故。由何異門即此自性成圓成實？如所偏計，畢竟不如是有故❸。

此三自性各有幾種❹？謂依他起，略有二種：一者、依他熏習種子而生起故；二者、依他雜染清淨性不成故。由此二種依他別故，名依他起。偏計所執亦有二種：一

者、自性徧計執故；二者、差別徧計執故。由此故名徧計所執。圓成實性亦有二種：一者、自性圓成實故，二者、清淨圓成實故。由此故成圓成實性。

注釋

❶**三自性**：即依他起自性、遍計所執自性和圓成實自性。

❷緣相，《藏要》本校注稱：「藏本此語云緣相，解作因義，三本同。今譯所緣，從世親。」此中「三本」即元魏・佛陀扇多譯本、陳・眞諦譯本、隋・笈多等譯，世親著《攝大乘論釋論》。

❸不如是有故，《藏要》本校注稱：「陳、隋本次有一段問答，何義由此一識成一切種識相，勘即前文安立賴耶爲義識一段復出。」

❹此三自性各有幾種，據《藏要》本校注，藏本只問依他起自性有幾種。元魏・佛陀扇多譯本、陳・眞諦譯本、隋・笈多等譯，世親著的《攝大乘論釋論》，與藏文本相同。

譯文

再者，遍計有四種：一、自性遍計，二、差別遍計，三、有覺遍計，四、無覺遍計。有覺遍計，是善名言者的遍計；無覺遍計，是不善名言者的遍計。這樣的遍計又有五種：一、依據事物的名字，普遍推度事物的自性，認爲有這樣的名字，就有這樣的境義；二、依據境義普遍推度事物名稱的自性，認爲有這樣的境義，就有這樣的名字；三、依據已知事物的名稱，普遍推度未知事物的名稱；即普遍推度未了義事物的名稱；四、依已知名之義，普遍推度未知名之義；五、依據已知名、義二種，普遍推度未知事物的名、義二種自性，即普遍推度這種名這種義有這種體性。

原典

復次，徧計有四種：一、自性徧計，二、差別徧計，三、有覺徧計，四、無覺徧計。有覺者，謂善名言；無覺者，謂不善名言。如是徧計復有五種：一、依名徧計義自性，謂如是名有如是義；二、依義徧計名自性，謂如是義有如是名；三、依名徧計名自性，謂偏計度未了義名；四、依義偏計義自性，謂偏計度未了名義；五、依二偏計二自性，謂偏計度此名此義如是體性❶。

注釋

❶**體性**：事物的實質稱爲體，不可更改的屬性是性，即自性，體即是性，持業釋。

譯文

再者，總的統攝一切分別，簡略來說有十種：一、根本分別，即阿賴耶識；二、緣相分別，即色等相而生起的分別識；三、顯相分別，即眼識等六識，和六識所依的染意識；四、緣相變異分別，即老等的變異、樂受等的變異、貪等的變異、逼迫時節代謝等的變異、地獄等各趣的變異，及欲界等三界的變異；五、顯相變異分別，如前文所說的種種變異，而起的所有變異；六、他引分別，即聽聞非正法類和聽聞正法類的分別；七、不如理分別，即各種外道聽聞非正法類所引起的分別；八、如理分別，正法中的佛弟子們，因爲聽聞正法所引生的正見分別；九、執著分別，即不如理作意類，以薩迦耶見爲本的六十二種見趣相應的分別；十、散動分別，這是諸菩薩的十種分別：一、無相散動，二、有相散動，三、增益散動，四、損減散動，五、一性散動，六、異性散動，七、自性散動，八、差別散動，九、如名取義散動，十、如義取名散動。爲了對治這十種散動，所以在一切般若波羅蜜多中演說無分別智。這樣的所對治、能對治，應當知道，完全統攝了般若波羅蜜多的意思。

原典

復次，總攝一切分別略有十種：一、根本分別，謂阿賴耶識；二、緣相分別，謂色等識；三、顯相分別，謂眼識等幷所依識；四、緣相變異分別，謂老等❶變異、樂受等變異❷、貪等變異❸、逼害時節代謝等變異❹、捺落迦❺等諸趣變異，及欲界等諸界變異；五、顯相變異分別，謂即如前所說變異所有變異；六、他引分別，謂聞非正法類及聞正法❻類分別；七、不如理分別，謂諸外道❼聞非正法類分別；八、如理分別，謂正法中聞正法類分別；九、執著分別，謂不如理作意類，薩迦耶見❽爲本六十二見❾趣相應分別；十、散動分別，謂諸菩薩十種分別：一、無相散動，二、有相散

動，三、增益散動，四、損減散動，五、一性散動，六、異性散動，七、自性散動，八、差別散動，九、如名取義散動，十、如義取名散動。爲對治此十種散動，一切般若波羅蜜多❿中說無分別智。如是所治、能治，應知具攝般若波羅蜜多義。

注釋

❶等，此中省略病、死變異。

❷**樂受等變異**：即樂受、苦受、不苦不樂的捨受。

❸**貪等變異**：即貪、瞋、癡三毒的變異。

❹**逼害時節代謝等變異**：包括殺、縛、拷打的逼害，寒暑新陳代謝的變異。

❺**捺落迦**：梵文Naraka的音譯，意譯地獄。六趣中的最惡趣。有八大地獄：㈠等活地獄，死而復活，一再受苦；㈡黑繩地獄，以黑鐵繩絞勒罪人；㈢衆合地獄，以各種刑具配合，殘害罪人；㈣號叫起獄，罪人受苦折磨，發出悲號；㈤大叫地獄，罪人受到更重的殘害，大聲叫喚；㈥炎熱地獄；㈦大熱地獄；㈧阿鼻地獄，又稱無間地獄，罪人不間斷地受苦。

241

台北縣三重市三和路三段117號

佛光文化事業有限公司 收

姓名：

地址：

電話：（　）

市　鄉鎮
縣　市區

路（街）　段　巷　弄　號　樓

佛光文化讀者服務卡

感謝您購買佛光文化叢書！為了提供更好的服務，請您詳細填寫本卡各項資料，免貼郵票，寄回給我們，或傳真至(02) 2988-3534，我們將編輯更符合您閱讀的圖書，並以最新圖書資訊與您分享，同時可享受我們的各項優惠。

◆ 您的個人資料：

您所購買的書名：______________________

購買的書店：________市/縣______________書店

您的性別：□男 □女 生日：_____年_____月_____日

婚 姻：□已婚 □單身

學 歷：□博士 □碩士 □大學 □大專 □高中 □國中以下

職 業：□文化傳播 □金融業 □服務業 □製造業 □營建業 □資訊業

□軍公教 □自由業 □無 □學生 □其他__________

職位別：□負責人 □高階主管 □中級主管

□基層主管 □一般職員 □專業人員

您通常以何種方式購書？

□逛書店 □劃撥郵購 □電話訂購 □傳真訂購

□團體訂購 □銷售人員推薦 □信用卡 □其他____________

您從何處得知本書消息？

□逛書店 □報紙廣告 □書評 □親友介紹 □電視節目 □廣播節目

□銷售人員推薦 □廣告信函(DM) □心靈導航書訊 □其他__________

請惠賜對我們的建議：

《謝謝您的合作，祝您吉祥如意，福慧圓滿。》

❻**正法**：「正」意謂無偏邪，「法」是三寶中的法寶，教、理、行、果爲其體。

❼**外道**：佛教之外的其他宗教哲學派別，主要是外道六師和九十六種外道。

❽**薩迦耶見**：梵文Satkāyadarśana的音譯，意譯身見、我見。認爲我、我所都是眞實存在的觀點。《大乘廣五蘊論》稱：「云何薩迦耶見？謂於五取蘊隨執爲我，或爲我所，染慧爲性。『薩』爲敗壞義，『迦耶』謂和合積聚義……無常、積聚，是中無我及我所故。染慧者，謂煩惱俱，一切見品所依爲業。」

❾**六十二見**：外道的六十二種錯誤見解。佛教經典中說法不一，據《大品般若經・佛母品》，關於過去世的五蘊見解如下：一、色爲常，二、色爲無常，三、色爲常無常，四、色爲非常非無常。受、想、行、識四蘊也有這四句，共二十種見。關於現在世五蘊的見解如下：色有邊、色無邊、色亦有邊亦無邊、色非有邊非無邊。受、想、行、識四蘊也有這四句，共二十句。關於未來世五蘊的見解如下：色爲如去、色爲不如去、色爲如去不如去、色爲非如去非不如去。受、想、行、識也有這四句，共二十句。三世共六十見，再加身與神一、身與神異二句，即爲六十二見。

❿**般若波羅蜜多**：梵文Prajñāpāramitā的音譯。意謂通過般若智慧，從生死此岸到達

涅槃彼岸。六度之一，意譯爲智度。

譯文

假若由於異門，依他起自性有三種自性，爲什麼說三自性不成無差別呢？假若由異門而成依他起，就不能由此而成遍計所執和圓成實。假若由此異門而成遍計所執，就不能由此成立依他起和圓成實。假若由異門而成圓成實，就不能由此而成立依他起和遍計所執。

再者，怎麼知道依他起自性，就是遍計所執自性的似義顯現，而不是稱其法體呢？在沒有名言以前，境義之覺就不能現起，因爲名稱與境相之體相違逆。事物的名稱有很多，這就隨名而爲多體了，但事實與此相違。因爲名稱與表詮之義是不決定的，一名之中就成爲雜體了，這也與事理相違逆。這裏有兩個偈頌：

因爲在沒有名言以前，沒有境義之覺，事物有多個名稱，事物的名稱與表詮之義是不決定的。這就分別構成稱體相違、多體相違和雜體相違。

遍計所執性的事物無而可得，圓成實性的無染而有淨，應當知道，這些都如幻化等一樣，這也很像虛空。

而且，爲什麼說如所顯現的一切事物，實際上都是無所有呢？而依他起自性所顯現的，並不是一切所現的也於一切時中都無所有呢？假若這是沒有的話，圓成實自性也就沒有了。假若這是沒有的話，則一切事物都是不存在的。假若依他起自性和圓成實自性是沒有的話，應當成爲沒有染淨的過失。既然現在可得雜染和清淨，所以不應當是一切都沒有。這裏有如下偈頌：

假若沒有依他起自性，也就沒有圓成實自性。假若沒有三自性，就永遠沒有染淨。

原典

若由異門❶，依他起自性有三自性，云何三自性不成無差別？若由異門成依他起，不即由此成徧計所執及圓成實。若由異門成徧計所執，不即由此成依他起及圓成實。若由異門成圓成實，不即由此成依他起及徧計所執。

復次，云何得知如依他起自性，徧計所執自性顯現而非稱體？❷由名前覺無，稱體相違故。由名有衆多，多體相違故。由名不決定，雜體相違故。此中有二頌：

由名前覺無，多名不決定，成稱體多體，雜體相違故。

法無而可得，無染而有淨，應知如幻等，亦復似虛空。

復次，何故如所顯現實無所有？而依他起自性非一切一切都無所有？此若無者，圓成實自性亦無所有。此若無者，則一切皆無。若依他起及圓成實自性無有，應成無有染淨過失。既現可得雜染清淨，是故不應一切皆無。此中有頌：

若無依他起，圓成實亦無，一切種若無，恆時無染淨。❸

注釋

❶**若由異門**：遍計所執自性、依他起自性、圓成實自性是由不同意義和不同觀點的異門，來說明依他起自性的。

❷關於上述內容，《藏要》本校注稱：「藏本此句云：由何得知依他自性如遍計自性顯現，而非即彼自體耶？」

❸關於本頌，《藏要》本校注稱：「藏本此三句頌作二句云：依他及圓成，一切若非

有。無次第而無之義，攝長行不全也，魏本同。」

譯文

諸佛世尊在大乘中說方廣敎，在此敎中有這樣的話：應當怎樣知道遍計所執自性呢？應當知道，這是依無所有的異門而說的。應當怎樣知道依他起自性呢？應當知道，譬如幻化、陽焰、夢、像、光影、谷響、水月、變化。應當怎樣知道圓成實自性呢？應當知道宣說四淸淨法。有哪四種淸淨法呢？一者、自性淸淨，即眞如、空、實際、無相、勝義、法界；二者、離垢淸淨，即遠離一切煩惱、所知障垢；三者、得此道淸淨，即一切菩提分法、波羅蜜多等；四者、生此境淸淨，即大乘佛敎絕妙的正法敎誨。因爲這種正法敎誨，是淸淨因緣，並不是遍計所執自性。因爲是最淸淨的法界等流之性，所以不是依他起自性。這樣的四法，能夠統攝一切淸淨敎法。這裏有兩個偈頌：

以幻等譬喩說於生的生，是說沒有遍計所執性。假若說四淸淨，這就是圓成實自性。

清淨與離垢，是清淨道所緣，一切清淨法，都由這四相所統攝。

原典

諸佛世尊於大乘中說方廣❶教，彼教中言：云何應知徧計所執自性？應知異門說無所有。云何應知依他起自性？應知譬如幻、焰、夢、像、光影、谷響、水月、變化。云何應知圓成實自性？應知宣說四清淨法。何等名爲四清淨法？一者、自性清淨，謂眞如❷、空❸、實際❹、無相❺、勝義❻、法界❼；二者、離垢清淨，謂即此離一切障垢；三者、得此道清淨，謂一切菩提分❽法、波羅蜜多❾等；四者、生此境清淨，謂諸大乘妙正法教。由此法教，清淨緣故，非徧計所執自性。最淨法界等流性故，非依他起自性。如是四法，總攝一切清淨法盡。此中有二頌：

幻等說於生，說無計所執，若說四清淨❿，是謂圓成實。
自性與離垢，清淨道所緣，一切清淨法，皆四相所攝。

注釋

❶**方廣**：梵文Vaipulya的意譯，大乘佛經的總名，「方」意謂方正，「廣」意謂廣博。因爲大乘佛經開顯廣大甚深的教法，所以稱爲方廣教。

❷**眞如**：梵文Tathātā的意譯，又稱爲如、如如等，早期佛經譯籍中譯爲本無。意謂事物的眞實屬性、眞實狀況。與性空、無爲、實相、法界、法性、實際、眞性、實相、佛性、法身等同義。一般解釋爲永恆眞理或本體。《成唯識論》卷九稱：「眞謂眞實，顯非虛妄。如謂如常，表無變易。謂此眞實，於一切位，常如其性，故曰眞如……此性即是唯識實性。」

❸**空**：梵文Śūnya的意譯，音譯舜若。意謂客觀物質世界是虛幻不實的，其理體空寂明淨。一般講三空：一、我空，沒有起主宰作用的靈魂；二、法空，物質世界是因緣和合而有，虛假不實；三、空空，是說連空也要否定。

❹**實際**：眞如的異名之一，意謂事物的實際狀況。

❺**無相**：與有相相對，「相」是事物的表相或概念，與名相同義。無相即擺脫人世間

的有相認識，而得到的眞如實相。《金剛經》稱：「凡所有相，皆是虛妄。若見諸相非相，則見如來。」

❻**勝義**：超越世間或世俗的殊勝妙理，此稱勝義。

❼**法界**：梵文Dharmadhātu的意譯，音譯達摩馱多。與眞如、空性、實際、無相、實相等概念同義，意謂事物的眞實屬性或成佛的原因。《辨中邊論》卷上稱：「此中説所知空性，由無變義説爲眞如，眞性常如，無轉易故。由無倒義説爲實際，非諸顛倒，依緣事故。由相滅義説爲無相，此中永絕一切相故。由聖智境義説爲勝義性，是最勝智所行義故。由聖法因義説爲法界，以一切聖法緣此生故。此中界者，即是因義。」

❽**菩提分**：梵文Sambodhi-anga的意譯，又稱爲菩提支、覺分、覺支等。意謂覺了、覺悟，共七種，稱爲七菩提分或七覺支，是達到成佛覺悟的七種次第：㈠念覺支，經常明記佛法，明記定、慧而不忘懷；㈡擇法覺支，以佛教智慧分辨是非善惡眞僞；㈢精進覺支，以勇猛之心，努力修行，堅持不懈，遠離邪法，修行佛教眞法；㈣喜覺支，由於覺悟了佛教善法，而使心生歡喜；㈤猗覺支，又稱爲輕安覺支，因爲

修止觀，斷除煩惱粗重，使身心輕鬆安適愉快；㈥定覺支，心專注一境而不散亂，思悟佛法，使貪欲憂患滅除；㈦捨覺支，又稱爲行捨覺支，捨除一切妄謬，捨除一切虛妄分別，以佛教正法平等看待一切事物，心無偏邪。

❾**波羅蜜多**：梵文Pāramitā的音譯，意譯爲度。共六種，意謂六度、六度無極、六到彼岸，是六種從生死此岸到達涅槃彼岸的方法或途徑，是大乘佛教徒修行的主要內容。六度如下：㈠布施，梵文Dāna的意譯，音譯檀那。包括三種：財施、法施、無畏施；㈡持戒，梵文Śīla的意譯，音譯尸羅；㈢忍，梵文Kṣānti的意譯，音譯羼提；㈣精進，梵文Vīrya的意譯，音譯毘梨耶，意謂努力不懈；㈤定，Dhyāna的意譯，音譯禪那；㈥智慧，梵文Prajñā的意譯，音譯般若。

❿**四清淨**：即前文所說的自性清淨、離垢清淨、得此道清淨、生此境清淨。

譯文

再者，經中爲什麼以幻等譬喩來說明依他起性呢？爲了破除人們對於依他起自性虛妄法的疑惑。人們爲什麼對依他起自性的虛妄法，產生疑惑呢？因爲人們對於依他起自性的虛妄法，有這樣的疑惑：依他起自性，實際上沒有境義，爲什麼成爲心法和心所法的所行境界呢？爲了消除這樣的疑惑，所以要說幻事譬喻。如果依他起自性，沒有眞實的境義，爲什麼心法、心所法依之而起呢？爲了消除這種疑惑，所以要說陽焰喻。假若依他起自性，沒有實際境義，爲什麼會有愛、非愛的受用差別呢？爲了消除這種疑惑，就說所夢喻。假若依他起自性，沒有實際的境義，爲什麼會有淨業、不淨業所招感的愛果、非愛果的差別而生呢？爲了消除這種疑惑，就說影像譬喻。假若依他起自性，沒有實際境義，爲什麼會有各種各樣的識轉變而生呢？爲了消除這種疑惑，所以說光影譬喻。假若依他起自性，沒有實際境義，爲什麼會有各種各樣的戲論言說轉起呢？爲了消除這種疑惑，所以要說谷響喻。假若依他起自性，沒有實際境義，爲什麼會有眞實可取的各種三摩地所行境界轉起呢？爲了消除這種疑惑，就說水月譬喻。假若依他起自性，沒有實際境義，爲什麼諸菩薩，以無顚倒的正心，爲了成辦有情衆生的利樂事業，故思於受生呢？爲了消除這種疑惑，所以說變化的譬喻。

原典

復次，何緣如經所說於依他起自性說幻等喻？於依他起自性爲除他虛妄疑故❶。他復云何於依他起自性有虛妄疑？由他於此有如是疑：云何實無有義而成所行境界？爲除此疑，說幻事喻。云何無義心、心法轉？爲除此疑，說陽焰喻。云何無義有愛、非愛受用差別？爲除此疑，說所夢喻。云何無義淨、不淨業愛、非愛果差別而生？爲除此疑，說影像喻。云何無義種種識轉？爲除此疑，說光影喻。云何無義種種戲論言說而轉？爲除此疑，說谷響喻。云何無義而有實取諸三摩地所行境轉？爲除此疑，說水月喻。云何無義有諸菩薩無顚倒心，爲辦有情諸利樂事，故思受生？爲除此疑，說變化喻。

注釋

❶虛妄疑故，《藏要》本校注稱：「藏本此語作於虛妄疑惑，與無性合。」

譯文

佛世尊為什麼以密意在《梵問經》中說：如來不得生死，不得涅槃呢？在依他起自性中，依據遍計所執自性和圓成實自性，生死和涅槃沒有差別密意。為什麼呢？就是依他起自性，由於遍計所執自性分成生死，由於圓成實自性分成涅槃。

在《阿毘達磨大乘經》中，薄伽梵這樣說：法有三種：一、雜染分，二、清淨分，三、雜染、清淨二分。依據什麼這樣說呢？在依他起自性中，遍計所執自性是雜染分，圓成實自性是清淨分，就是說，依他起自性是雜染、清淨二分。依這種密意而這樣說。在這種意思中，以什麼譬喻來說明呢？以金礦為譬喻來說明。譬如世間金礦中有三種東西：一地界，二、土，三、金。在地界中，土並非眞實而有，但現時可得。金是眞實而有，但不可得。當用火燒鍊的時候，土相就不顯現了，金相顯現出來。

而且，這地界土顯現的時候，是虛妄顯現。金顯現的時候，是眞實顯現，所以說地界是雜染、清淨二分。識也是這樣，當無分別智之火還沒有燒鍊的時候，在此識中，所有虛妄的遍計所執自性顯現出來，所有眞實的圓成實自性不能顯現出來。假若此識被無分別智燒鍊的時候，在此識中所有眞實的圓成實自性顯現出來，所有虛妄的遍計所執自性不顯現出來。所以說，這種虛妄的分別識依他起自性有雜染、清淨二分，如金礦中所有的地界。

原典

世尊依何密意❶於《梵問經》❷中說：如來不得生死❸，不得涅槃？於依他起自性中，依偏計所執自性及圓成實自性，生死、涅槃無差別密意。何以故？即此依他起自性，由偏計所執分成生死，由圓成實分成涅槃故。

《阿毗達磨大乘經》中薄伽梵說：法有三種：一、雜染分，二、清淨分，三、彼二分。依何密意作如是說？於依他起自性中，偏計所執自性是雜染分，圓成實自性是清淨分，即依他起是彼二分。依此密意作如是說。於此義中以何喻顯？以金土藏爲喻顯示。譬如世間金土藏中三法可得：一、地界❹，二、土，三、金。於地界中土非實有，而現可得。金是實有，而不可得。火燒鍊時，土相不現，金相顯現。

又此地界，土顯現時虛妄顯現，金顯現時眞實顯現，是故地界是彼二分。識亦如是，無分別智火未燒時，於此識中，所有虛妄徧計所執自性顯現，所有眞實圓成實自性不顯現。此識若爲無分別智火所燒時，於此識中，所有眞實圓成實自性顯現，所有虛妄徧計所執自性不顯現。是故，此虛妄分別識依他起自性有彼二分，如金土藏中所有地界。

注釋

❶**密意**：於佛意有所隱藏，而且，佛意深密，一般人難以測知，所以稱爲密意。

❷**梵問經**：全稱《思益梵天所問經》，四卷，姚秦．鳩摩羅什譯，「思益」是梵天之名。本經的內容是說大乘實義，破除小乘偏執。

❸**生死**：有情衆生，生了死，死了生，不斷受苦。

❹**地界**：四大（地、水、火、風）之一的地大，因爲和其他三大有區別，所以稱爲地大。其屬性是堅，其作用是能持。

譯文

世尊在有的地方說一切事物是永恆的，在有的地方說一切事物是非永恆的，在有的地方說一切事物是非永恆非不永恆的，依據什麼密意這樣說呢？因爲依他起自性中，由於圓成實自性，所以世尊說一切事物是永恆的。又由於遍計所執自性，所以又說一切事物是非永恆的。又由於遍計所執、圓成實二分，所以又說一切事物是非永恆的非不永恆的。只是依此三自性的一自性密意，才這樣說的。如常、無常無二，如是苦、樂無二，淨、不淨無二，空、不空無二，我、無我無二，寂靜、不寂靜無二，有自性、無自性無二，生、不生無二，滅、不滅無二，本來寂靜、非本來寂靜無二，自性涅槃、非自性涅槃無二，生死、涅槃無二，也是這樣。如是等類差別，都是一切諸佛的密意語言。由三自性的見解，都應他所說的，而給以抉擇明了，如前文所說的永恆、非永恆等門類一樣。這裏有多個偈頌：

如果事物的實性非有，如果顯現的不是一種，這就是非法非非法，所以說是無二的意思。

依據依他起自性中的染、淨一分開示顯現，或者是有，或者是非有。依據染、淨二分而說，是非有非非有。

如果顯現非有，所以說為無。由於這樣的顯現，所以說為有。

自然無，自體無，自性不堅住，如執取不有，所以應當承認沒有自性。

由於沒有自性，前前即為後後所依止，沒有生滅，本來寂靜，所以各種事物的自性本來就是般涅槃。

原典

世尊有處說一切法常，有處說一切法無常，有處說一切法非常非無常，依何密意作如是說？謂依他起自性，由圓成實性分是常，由偏計所執性分是無常，由彼二分非常非無常。依此密意作如是說。如常、無常無二❶，如是苦、樂無二，淨、不淨無二，空、不空無二，我、無我無二，寂靜、不寂靜無二，有自性、無自性無二，生、不生無二，滅、不滅無二，本來寂靜、非本來寂靜無二，自性涅槃、非自性涅槃無二，生死、涅槃無二，亦爾。如是等差別，一切諸佛密意語言，由三自性應隨決了，如前說常、無常等門。此中有多頌：

如法實不有，如現非一種，非法❷非非法，故說無二義。

依一分開顯，或有或非有，依二分說言，非有非非有。

如顯現非有，是故說為無。由如是顯現，是故說為有。

自然自體無，自性不堅住❸，如執取不有，故許無自性。

由無性故成，後後所依止，無生滅本寂，自性般涅槃。

注釋

❶**無二**：即非常非非常。

❷非法，《藏要》本校注稱：「藏本此句云如是法非法。結成上二句，魏本同。」

❸住，《磧砂藏》本原作「位」，《藏要》本根據藏文本和《高麗藏》本改。

譯文

又有四種意趣、四種秘密，對於佛所說的一切話，都應當隨他所說而給以抉擇了別。所說的四意趣如下：一、平等意趣，比如這樣說：從前，我曾經在那個時候那個地方，就稱爲勝觀正等覺者；二、別時意趣，比如這樣說：如果多多讀誦多寶如來名號者，就肯定能夠得到無上菩提；又比如這樣說：只是由於發大誓願，就能夠往生極樂世界；三、別義意趣，比如這樣說：假若已經逢遇、承事、禮拜、供養多如殑伽河沙數的諸佛，對於大乘佛法才能理解其義；四、補特伽羅意樂意趣，比如對某一補特伽羅，佛首先爲他讚歎布施，後來佛又毀呰布施；如果對於布施，對於戒律及一分修的世間禪定，應當知道，也是這樣先讚後毀。這樣，就稱爲四種意趣。

原典

復有四種意趣、四種祕密，一切佛言應隨決了。四意趣者：一、平等意趣，謂如說言：我昔曾於彼時彼分，即名勝觀❶正等覺❷者；二、別時意趣，謂如說言：若誦多寶如來❸名者，便於無上正等菩提❹已得決定；又如說言：由唯發願❺，便得往生❻極樂世界❼；三、別義意趣，謂如說言：若已逢事爾所殑伽❽河沙等佛，於大乘法方能解義；四、補特伽羅❾意樂意趣，謂如爲一補特伽羅先讚布施，後還毀呰。如於布施，如是尸羅⑩及一分修，當知亦爾。如是名爲四種意趣。

注釋

❶**勝觀**：梵文Vipaśyin的意譯，另譯種種觀、種種見等，音譯毘婆尸、毘鉢尸、微鉢尸、鞞婆尸、毘婆沙、維衛等，過去七佛（毘婆尸佛、尸棄佛、毘舍婆佛、拘樓孫佛、拘那含佛、迦葉佛、釋迦牟尼佛）的第一佛。又稱爲弗沙或底沙。釋迦菩薩第三阿僧祇僧滿時，遭此佛初修百大劫種相之福，以爲七佛之首。又由於讚其佛之精力，超九劫而成佛，由此可知此佛出世，在九十一大劫之前。

❷**正等覺**：諸佛的無上正智稱爲正等覺。「覺」意謂覺知各種事物的智慧。其智沒有偏邪，稱爲正。無偏稱爲等。《七佛經》稱：「毘婆尸佛應正等覺。」

❸**多寶如來**：東方寶淨世界之佛，因無人請而入涅槃，入滅後發誓以其全身舍利和七寶塔證説《法華經》。《大智度論》卷七稱：「有諸佛無人請者，便入涅槃而不説法。如《法華經》中多寶世尊，無人請故，便入涅槃，後化佛身及七寶塔證説《法華經》故，一時出現。」

❹**無上正等菩提**：梵文Anuttara-samyak-sambodhi的意譯，另譯無上正遍知、無上正遍道、無上正等正覺等，音譯阿耨多羅三藐三菩提。是佛智的名稱。指眞正遍知一切眞理的無上智慧。

❺**願**：梵文Praṇidhāna的意譯，音譯尼底，意謂志求滿足。《法界次第》稱：「自制其心，名之曰誓。志求滿足，故云願也。」

❻**往生**：去娑婆世界，往彌陀如來之極樂淨土，稱之爲往，化生於彼土蓮華中，稱之爲生。「往生」雖然通於各種受生，但是一般指生於極樂世界。

❼**極樂世界**：梵文Sukhāvatī的意譯，音譯蘇訶嚩帝、須摩提、須阿提等。又稱爲西方淨土、極樂國土、安養淨土等。即阿彌陀佛的淨土。據稱，從人世間經過十萬億佛土，即爲極樂世界，生於此者，享受各種快樂，如佛那樣具三十二相，並具神通，心中舒暢清涼，心中聞法，供養佛陀，即得開悟。

❽**殑伽**：梵文Gaṅgā的音譯，另譯強伽、弶伽、恆伽、恆架等，意譯天堂來、恆河等。印度東北部的大河，發源於雪山南部。

❾**補特伽羅**：梵文Pudgala的音譯，意譯爲人我。又音譯爲富特伽羅、福伽羅、補伽

羅、富伽羅、弗伽羅、富特迦耶等，又意譯爲衆生、數取趣，意謂在六趣中一再輪迴。

⑩**尸羅**：梵文Śīla的音譯，意譯爲戒，即佛教徒應當遵守的戒律。

譯文

所說的四秘密如下：一、令入秘密，於聲聞乘中或大乘中，依據世俗諦的道理，說有補特伽羅，並說有各種事物的自性差別；二、相秘密，在這裏說明各種事物的相狀時，顯明三自性；三、對治秘密，佛在這裏針對有情衆生的煩惱行，說對治的八萬四千法門；四、轉變秘密，即在這裏以其別的意思，說諸法諸字，就在這所說的字句中，顯示另一種意義。比如有的偈頌這樣說：

覺了這不堅的調柔定爲堅，善住於顚倒錯誤之中，被極煩惱所惱，就可以證得最上菩提。

原典

四祕密者：一、令入祕密，謂聲聞乘中或大乘中，依世俗諦❶理說有補特伽羅及有諸法自性差別；二、相祕密，謂於是處說諸法相❷，顯三自性；三、對治祕密，謂於是處說行，對治八萬四千❸；四、轉變祕密，謂於是處以其別義，諸言諸字即顯別義。如有頌言：

覺不堅為堅，善住於顛倒，極煩惱所惱，得最上菩提。

注釋

❶**世俗諦**：二諦（俗諦、眞諦）之一，又稱爲世諦或俗諦，即對俗人所講的眞理。

❷**法相**：泛指事物的相狀、性質、名詞、概念及其含義等。《大乘義章》卷二稱：「一切世諦有爲無爲，通名法相。」

❸**八萬四千**：即八萬四千法門。有情衆生有八萬四千煩惱，佛法中有八萬四千對治法門，就能詮之教稱爲法藏，就所詮之義稱爲法門。

譯文

假若有人想造大乘法教的解釋，簡略來說，應當由三相造其解釋：一者、由說緣起；二者、由說從緣所產生的法相；三者、由所說言語的意思。這裏所說的緣起，比如說：

從名言熏習所產生的各種事物，這種名言熏習又從那一切事物的熏習而成。所以，異熟阿賴耶識與轉識，展轉更互爲緣而生。

原典

若有欲造大乘法釋，略由三相應造其釋：一者、由說緣起；二者、由說從緣所生法相；三者、由說語義。此中說緣起者，如說：

言熏習所生，諸法此從彼，異熟與轉識，更互為緣生。

譯文

再者，從那阿賴耶識爲種子所生起的轉識相法，有相分、有見分，相分和見分都以識爲其自性。而且，遍計所執性和圓成實性都以依他起性爲其所依，以依處爲相。以能遍計的所執爲相，圓成實性以法性爲相，由此顯示三自性的相。如偈頌所說的「從有相分、有見分，應當知道三自性的相」。

再次，應當怎樣解釋那三相呢？遍計所執相，在依他起相中實際上是無所有的，圓成實相在依他起相中是實有的。由於遍計所執相的非有和圓成實相的有二種，在還沒有見到眞理的同一時間，遍計所執的非有是可得的，圓成實自性的有是不可得的。在已經見到眞理的同時，遍計所執性的非有是不可得的，圓成實性的有是可得的。就是說，在依他起自性中，沒有遍計所執自性，有圓成實自性。所以，在依他起自性中，隨染隨淨而轉的時候，假若凡夫得到了那種遍計所執自性，就不能得到這圓成實性了。假若聖者得到了這圓成實自性，就得不到那種遍計所執自性了。如偈頌中這樣說：

在依他起自性中，遍計所執自性是沒有的，圓成實自性在依他起自性中是有的，所以有得、不得兩種情況，在依他起自性中，凡夫和聖人二者是平等的。

原典

復次，彼轉識相法，有相❶、有見❷，識爲自性。又彼以依處爲相，徧計所執爲相，法性❸爲相，由此顯示三自性相。如說：從有相有見，應知彼三相。

復次，云何應釋彼相？謂徧計所執相，於依他起相中實無所有，圓成實相於中實有。由此二種非有及有，非得及得，未見已見，眞者同時。謂於依他起自性中，無徧計所執故，有圓成實故。於此轉時，若得彼即不得此，若得此即不得彼。如說：

依他所執無，成實於中有，故得及不得，其中二平等。

注釋

❶**有相**：意謂有似所取的相，即相分，是識所變的影像。

❷**有見**：意謂有似能取的見分，相分相當於客觀，見分相當於主觀。

❸**法性**：梵文Dharmadhātu的意譯，與眞如、實相等同義，特指現象的本質、本體。《成唯識論述記》卷九稱：「性者體義，一切法體，故名法性。」

譯文

關於語義問題，是先說初句爲總綱，然後以其餘各句分別說明第一句的意思。或由德意趣，或由義意起。關於由德處的問題，是說佛的功德。最清淨覺是初句的總標，以不二現行到窮生死際等二十一句進行解釋，即不二現行、趣無相法、住於佛住、逮得一切佛平等性、到無障處、不可轉法、所行無礙、其所安立不可思議、遊於三世平等法性、其身流布一切世界、於一切法智無疑滯、於一切行成就大覺、於諸法智無有疑惑、凡所現身不可分別、一切菩薩等所求智、得佛無二住勝彼岸、不相間雜如來解脫妙智究竟、證無中邊佛地平等、極於法界、盡虛空性、窮未來際。

關於最清淨覺的問題，應當知道，這一句是由各句分別說明，這樣才能夠成爲善說法性。最清淨覺者，就是世尊最清淨的覺悟，應當知道，這是佛二十一種功德所統攝。就是於所知一向無障轉的功德，於有、無無二相眞如最勝清淨的能入功德，於無功用佛事不休息住的功德，於法身中所依意樂作業無差別的功德，修一切對治障的功德，降伏一切外道的功德，生於世間不爲世間法所障的功德，安立正法功德，授記功德，於一切世界示現受用身、變化身的功德，斷疑功德，令入種種行的功德，對於當來法產生妙智的功德，對其勝解示現的功德，對於無量所依調伏有情衆生的加行功德，使平等法身波羅蜜多成滿法身的功德，隨順勝解示現差別佛土的功德，對於三種佛身方處沒有分限的功德，於窮生死際常現利益安樂一切有情衆生的功德，無盡功德等。

原典

說語義者，謂先說初句，後以餘句分別顯示。或由德處，或由義處。由德處者，謂說佛功德❶：最清淨覺❷，不二現行❸、趣無相法❹、住於佛住❺、逮得一切佛平等性❻、到無障處❼、不可轉法❽、所行無礙❾、其所安立不可思議❿、遊於三世平等法性⓫、其身流布一切世界⓬、於一切法智無疑滯⓭、於一切行成就大覺⓮、於諸法智無有疑惑⓯、凡所現身不可分別⓰、一切菩薩等所求智⓱、得佛無二住勝彼岸⓲、不相間雜如來解脫妙智究竟⑲、證無中邊佛地平等⑳、極於法界㉑、盡虛空性㉒、窮未來際㉓。

最清淨覺者，應知此句由所餘句分別顯示，如是乃成善說法性。最清淨覺者，謂佛世尊最清淨覺，應知是佛二十一種功德所攝。謂於所知一向無障轉功德，於有、無無二相眞如最勝清淨能入功德，無功用佛事不休息住功德，於法身中所依意樂作業無差別功德，修一切障對治功德，降伏一切外道㉔功德，生在世間不爲世法所礙功德，安立正法功德，授記功德，於一切世界示現受用㉕、變化身㉖功德，斷疑功德，令入種種行功德，當來法生妙智功德，如其勝解示現功德，無量所依調伏有情加行功德，平等法身波羅蜜多成滿功德，隨其勝解示現差別佛土功德，三種佛身㉗方處無分限功德，窮生死際常現利益安樂一切有情功德，無盡功德等。

注釋

❶**功德**：「功」意謂福利之功能，功能爲善行之德，所以稱爲功德。而且，「德」意謂得，修功有所得，所以稱爲功德。《大乘義章》卷九稱：「言功德，功謂功能，

善有資潤福利之功，故名爲功，此功是善行家德，名爲功德。」

❷**最清淨覺**：因爲佛的這種覺悟，超出世間凡夫、聲聞、獨覺和菩薩的覺悟，所以稱爲最清淨覺。

❸**不二現行**：對於所知一向無障轉的功德，即佛一向無障礙智，對於一切事物的品類差別無著無礙，不像聲聞等那樣有處有障、有處無障二種現行，故稱爲不二現行。

❹**趣無相法**：無相法即眞如，因爲眞如遠離有相、無相、非有相非無相。這種智慧能入，所以稱爲趣。超過聲聞、緣覺二乘和菩薩，所以是最勝。斷離煩惱、所知二障，所以稱爲清淨。這樣趣入，稱爲最勝清淨功德，所以稱爲最清淨覺。

❺**住於佛住**：即無功用佛事不休息住功德；「住」意天住、梵住、聖住。於天住四靜慮中，佛永遠住於四靜慮。梵住即慈悲喜捨四無量心，佛永遠住於悲。聖住即空相、無相、無願，佛永遠住於空，這就是佛住。在佛住中即使不作功用，也利於有情，對有情衆生的功德，永不間斷。不像聲聞那樣要作功用，才能利於有情，所以稱爲最清淨覺。

❻**逮得一切佛平等性**：即於法身中所依意樂作業無差別功德。諸佛平等性，就是以清

淨智爲所依，都有利於安樂一切有情衆生的殊勝意樂，都以受用身、變化身作利他事業，法身、受用身、變化身三無差別，所以稱爲逮得一切佛平等性。

❼**到無障處**：就是修對治一切障的功德，已經修習對治一切煩惱障和所知障的聖道，一切種智的自在性，已經到了永離一切習氣的所依趣處。

❽**不可轉法**：就是降伏一切外道的功德，即教、證二法都不能爲他所能動轉，勝過摧伏各種外道。

❾**所行無礙**：即生於世間，不爲世間所礙的功德。

❿**其所安立不可思議**：即安立正法的功德。這種安立無量甚深，出世後得正智所起，一般人難以理解，所以是不可思議的。

⓫**遊於三世平等法性**：即授記功德。觀過去、未來等事平等，都如現在所作事，所以能夠預言未來各種各樣的事情而授記。

⓬**其身流布一切世界**：即於一切世界示現受用身和變化身的功德。

⓭**於一切法智無疑滯**：即斷疑功德。於一切境自善決定，普遍斷除一切疑惑。

⓮**於一切行成就大覺**：即令入種種行的功德。教授教誡有情衆生，使之入種種正行。

⑮**於諸法智無有疑惑**：即斷疑功德。

⑯**凡所現身不可分別**：如其勝解示現功德。一佛身，隨順他對於有情衆生的勝解，示現形色大小種種不同的化身。

⑰**一切菩薩等所求智**：即無量所依調伏有情加行功德。佛智圓滿，成就調伏有情加行功德，所以是無量有情的所依，這樣的智慧是諸菩薩等的所求，所以稱爲一切菩薩等的所求智。

⑱**得佛無二住勝彼岸**：即平等法身波羅蜜多成滿功德。波羅蜜多圓滿成就，所以稱爲住勝彼岸。因爲已經超過十地菩薩的波羅蜜多，所以稱爲住勝彼岸，如是成就諸佛無二平等法身。

⑲**不相間雜如來解脫妙智究竟**：即隨其勝解，示現差別佛土功德。佛觀衆生勝解差別，現金、銀等種種佛土，不相間雜。佛對於衆生所樂，無不了知，所以稱爲如來解脫妙智究竟。

⑳**證無中邊佛地平等**：即三種佛身方處無分限功德。諸佛的三身等周遍十方世界，沒有分限，所以稱爲無中邊。身所依名地，身遍十方，無有分限，所以佛地平等，沒

有中邊。

㉑**極於法界**：即窮生死際常現利益安樂一切有情功德。極此清淨法界，對於來世一切有情衆生，常作利益安樂之事。

㉒**盡虛空性**：即無盡功德。就像虛空那樣無邊無際，無增無減，無生無滅，沒有變易，永遠容受一切質礙。法身也是這樣，永遠作有利於衆生的事情。

㉓**窮未來際**：即究竟功德。未來無際，佛窮其無際，永遠作有利於衆生的事業。這種功德永無斷絕，所以稱爲最清淨覺。

㉔**外道**：佛教以外的其他宗教哲學派別。

㉕**受用**：即受用身，三身（自性身、受用身、變化身）之一。受用身有二種：㈠自受用，指佛累劫積累功德，所得之永恆不滅、能使自己受用廣大法樂的色身；㈡他受用，佛爲住於十地的菩薩現大神通，使他們受用大乘法樂的功德身，相當於報身。

㉖**變化身**：相當於應身。佛爲了度脫世間衆生，隨順三界、六道的不同狀況和需要而現之身。或指釋迦牟尼的生身，或指變現混跡於世間的天、人、鬼、龍等。

㉗**三種佛身**：即法身、報身、應身，或是自性身、受用身、變化身，或是法身、化身

、應身。

譯文

而且，由於義處，如說：假若各種菩薩成就三十二法，才能夠成爲菩薩。就是對於一切有情衆生的利益安樂事生起增上意樂，因爲令入一切智智，自知我今何假智，摧伏慢，堅牢勝意樂，非假憐愍，於親非親平等心，永作善友乃至涅槃爲後邊，應量而語，含笑先言，無限大悲，於所受事無退弱，無厭倦意，聞義無厭，於自作罪深見過，於他作罪不瞋而誨，於一切威儀中恆修治菩提心，不希異熟而行施，不依一切有趣受持戒，於諸有情無有恚礙而行忍，爲欲攝受一切善法勤精進，捨無色界而修靜慮，方便相應修般若，由四攝事攝方便，於持戒破戒善友無二，以殷重心聽聞正法，以殷重心住阿蘭若，於世雜事不愛樂，於下劣乘曾不欣樂，於大乘中深見功德，遠離惡友，親近善友，永遠修治四梵住，常遊戲於五神通，依趣之智，對於住正行不住正行各類有情衆生不棄捨，言決定，重諦實，永遠以大菩提心爲首。上述各句，應當知道，都是第一句的差別，這就是對於一切有情衆生的利益安樂、生起增上意樂。

這種「利益安樂、增上意樂」一句，應當知道，有十六業差別：一、展轉加行業。二、無顚倒業。三、不待他請自然加行業。四、不動壞業。五、無求染業，應當知道，這裏有三句差別，因爲是無染繫，於恩非恩沒有愛恚，於生生中永恆隨轉。六、相稱語、身業，應當知道，這裏有二句差別。七、於樂於苦於無二中平等業。八、無下劣業。九、無退轉業。十、攝方便業。十一、厭惡所治業，應當知道，這裏有二句差別。十二、無間作意業。十三、勝進行業，應當知道，這裏有七句差別，因爲六波羅蜜多正加行和四攝事正加行。十四、成滿加行業，應當知道，這裏有六句差別，因爲親近善士，聽聞正法，住阿蘭若，離惡尋思，作意功德。應當知道，這裏又有二句差別，因爲助伴功德。應當知道，這裏又有二句差別。十五、成滿業，應當知道，這裏又有三句差別，因爲無量清淨，得大威力，證得功德。十六、安立彼業，應當知道，這裏有四句差別，因爲御衆功德，決定無疑教授教誡，財法攝一，無雜染心。應當知道，這樣的各句，都是初句差別。如偈頌這樣說：

由於最初一句，再以其餘各句來分別顯示別德的種類。由於最初的一句，然後一句一句地分別說明其義——即利益差別。

原典

復次，由義處者，如說：若諸菩薩成就三十二法，乃名菩薩。謂於一切有情起利益安樂增上意樂故，令入一切智智故，自知我今何假智故❶，摧伏慢❷故，堅牢勝意樂故❸，非假憐愍故，於親非親平等心故，永作善友乃至涅槃爲後邊故，應量而語故，含笑先言故，無限大悲故❹，於所受事無退弱故❺，無厭倦意故，聞義無厭故，於自作罪深見過故，於他作罪不瞋而誨故，於一切威儀❻中恆修治菩提心故，不悕異熟而行施故，不依一切有趣受持戒故，於諸有情無有恚礙而行忍故，爲欲攝受一切善法勤精進❼故，捨無色界修靜慮故，方便相應修般若故，由四攝事❽攝方便❾故，於持戒破戒善友無二故，以殷重心聽聞正法故，以殷重心住阿練若❿故，於世雜事不愛樂故，於下劣乘曾不欣樂故，於大乘中深見功德故，遠離惡友故，親近善友故，恆修治四梵住⓫故，常遊戲五神通⓬故，依趣智⓭故，於住正行不住正行諸有情類不棄捨故，言決定故，重諦實故，大菩提心恆爲首故。如是諸句，應知皆是初句差別，謂於一切有情起利益安樂、增上意樂。

此利益安樂、增上意樂句，有十六業差別，應知此中十六業者：一、展轉加行業。二、無顛倒業。三、不待他請自然加行業。四、不動壞業。五、無求染業。此有三句差別應知，謂無染繫故，於恩非恩無愛恚故，於生生中恆隨轉故。六、相稱語、身業，此有二句差別應知。七、於樂於苦於無二中平等業。八、無下劣業。九、無退轉業。十、攝方便業。十一、厭惡所治業，此有二句差別應知。十二、無間作意業。十三、勝進行業，此有七句差別應知，謂六波羅蜜多正加行故，及四攝事正加行故。十四、成滿加行業，此有六句差別應知，謂親近善士故，聽聞正法故，住阿練若故，離惡尋思故，作意功德故，此復有二句差別應知，助伴功德故，此復有二句差別應知。十五、成滿業，此有三句差別應知，謂無量清淨故，得大威力故，證得功德故。十六、安立彼業，此有四句差別應知，謂御衆功德故，決定無疑教授教誡故，財法攝一故，無雜染心故。如是諸句應知皆是初句差別。如說：

由最初句故，句別德種類，由最初句故，句別義差別。

注釋

❶**自知我今何假智故**：認爲有實我而作利於他人的事，雖行布施而不離相，所以是顛倒。現在知道「我」是虛假的，沒有我相、人相、衆生相、壽者相。由於這種智慧，凡所作事，沒有顛倒。

❷**慢**：梵文Māna的意譯，唯識宗的煩惱法之一，意謂傲慢自負。據《俱舍論》卷十九等載，有七慢：㈠慢，對劣於己者或等於己者認爲自己勝、自己等，自負傲慢；㈡過慢，對與己等者說自己勝，對比己勝者說自己等；㈢慢過慢，對比己勝者說自己勝；㈣我慢，不認識「我」是五蘊和合而成，而認爲有我、我所；㈤增上慢，尚未修行證得果位而自以爲證得；㈥卑慢，認爲和勝過自己很多的人差不多；㈦邪慢，自己無德而自稱爲有德。

❸**堅牢勝意樂故**：這是第四不動壞業。誓處無邊生死大海，不爲衆苦所動壞，菩提悲願轉增勝。有情衆生的邪行，也不能動壞菩薩利益安樂增上意樂的堅固之心。

❹**無限大悲故**：這是第七於樂於苦於無中的平等業，於苦有情愍其苦苦，於樂有情愍

其壞苦。於不苦不樂有情愍其行苦，平等觀察一切有情都隨逐其生死衆苦，平等憐愍，沒有差別。

❺**於所受事無退弱故**：這是第八無下劣業。各個有情衆生罪苦重擔而自負荷，沒有退弱，不像下劣聲聞只求自度，於度他事生退弱心。

❻**威儀**：意謂動作行爲有威德，有儀則。稱符合佛教戒律的行、住、坐、臥爲四威儀，也是戒律的別稱。據說在具足戒之外，比丘還有三千威儀，六萬細行。比丘尼則有八萬威儀，十二萬細行。小乘比丘有三千威儀，大乘菩薩則有八萬威儀。

❼**精進**：梵文Virya的意譯，音譯毘梨耶，另譯爲勤。意謂在修善斷惡、去染轉淨的修行過程中，不懈怠地努力。《百法明門論忠疏》稱：「云何精進？於善惡品修斷事中，勇悍爲性，能治懈怠，滿善爲業。勇表勝進，揀諸染法。悍表精純，揀淨爲性。即顯精進，唯善性攝。」

❽**四攝事**：梵文Catursaṅgrahavastu的意譯，往往略稱爲四攝，又稱爲四攝法、四事攝法等。菩薩爲了攝受衆生，使生親愛之心，歸依佛道，應當作的四件事：㈠布施攝；㈡愛語攝；㈢利行攝，做有利於衆生的各種事情；㈣同事攝，與衆生同處，隨

機教化。

❾**方便**：梵文Upāya的意譯，另譯善權、變謀等，音譯漚和。全稱方便善巧、方便勝智。意謂菩薩在弘法、度脫衆生時所採取的靈活方便手法。

❿**阿練若**：梵文Āraṇya的音譯，寺院的總名，比丘的住處。又稱爲阿蘭那、阿蘭攘、阿蘭若迦等，意譯無諍聲、閑寂、遠離處。是比丘修行的寂靜地方，一般離人里五百弓。

⓫**四梵住**：即慈、悲、喜、捨四無量心，又稱爲四梵堂。這四法能感大梵果報，爲梵天所住。

⓬**五神通**：梵文Abhijñā的意譯，另譯神通力、神力、通力等。指修四根本靜慮所得五種超自然之能力。神，乃指不可思議之意；通爲自由自在之意。佛、菩薩、羅漢等，通過修練禪定所得到的一種神通力。五神通如下：㈠神足通，又稱爲神境智證通、神境通、身如意通、身通等。其身能飛天入地，出入三界，變化自在；㈡天眼通，又稱爲天眼智證通、天眼智通。能見六道衆生死此生彼，苦樂境況，能見一切世間種種形色；㈢天耳通，又稱爲天耳智證通、天耳智通。能夠聽見六道衆生苦樂

憂喜語言及世間種種聲音；(四)他心通，又稱爲他心智證通、知他心通等。能知別人的心理活動；(五)宿命通，又稱爲宿命智證通、宿住隨念智證通、宿住智通、識宿命通。能知自身一世乃至百千萬世的宿命，並知六道衆生的宿命及所作之事。

⑬**依趣智**：諸菩薩以四無量心圓滿清淨，永遠修治四種梵住，所以他們是依智而不依識，所有三業都是功德，成滿之相，稱爲滿業。

入所知相分第四

譯文

這樣，就已經講完了所知相，入所知相如何應見呢？它是多聞熏習所依，並不是由阿賴耶識所統攝，如阿賴耶識成爲清淨的所依種子，這是如理作意所統攝，似法似義產生似所取的境事，有能認識能觀察的見，這就是如理作意所統攝的現觀意言。

這裏誰能悟入所應知相呢？大乘的多聞熏習。或心相續的阿賴耶識中，已得逢事無量諸佛出現於世，已得一向堅固決定的勝解，已經很好地積集了各種善根，已經很好地準備了福德智慧資糧的菩薩。

由什麼地方悟入呢？即於那有見所現的似法似境義之言，是從聽聞大乘法相等所生起的。在勝解行地的時候，隨於所聽聞的教法以及一切事物只有識性的道理，引生勝解，在見道位如理通達，在修道位對治一切障，在究竟道中遠離一切障。

原典

入所知相分❶第四

如是已說所知相，入所知相云何應見？多聞熏習所依，非阿賴耶識所攝，如阿賴耶識成種子，如理作意所攝，似法似義而生似所取事，有見意言。

此中誰能悟入所應知相？大乘多聞熏習相續，已得逢事無量諸佛出現於世，已得一向決定勝解，已善積集諸善根故，善備福智資糧❷菩薩。

何處能入？謂即於彼有見似法似義意言，大乘法相等所生起。勝解行地，見道❸、修道❹、究竟道❺中，於一切法唯有識性，隨聞勝解故，如理通達故，治一切障故，離一切障故。

注釋

❶入所知相分，《藏要》本校注稱：「以下藏本第三卷，不分品，魏本同，陳本作應

知入勝相第三，隋本作入應知勝相勝語第三。」

❷**資糧**：「資」爲資助，「糧」爲食糧。如人遠行，必須攜帶食糧，資助自己的身體。要想得到三乘證果，也應當以善根功德之糧，資益自己的身體。

❸**見道**：又稱爲見諦道，與修道、無學道合稱三道。以無漏智現觀四諦。見道之前屬於凡夫位，所得智慧是有漏慧。見道後屬於聖位，所得智慧是無漏慧。

❹**修道**：在見道領悟四諦後，反復修習以斷修惑之位。小乘佛教說一切有部認爲：在現觀四諦產生的十六心中，前十五心屬見道，後一心屬修道。大乘菩薩從二地以上至十地前，統稱爲修道。

❺**究竟道**：即無學道，已經斷盡三界煩惱，已達最高覺悟。小乘佛教以阿羅漢爲究竟道，大乘以第十地最後所得佛果爲究竟道。

譯文

由於什麼而能悟入呢？由善根力所任持，即三種相練磨心，斷四處，由於緣法義境是恆常而無間斷的、是殷重恭敬的、是加行而無放逸的，去實踐止觀妙行。在無量的諸世界中，每個世界都有無量的人趣有情，每一刹那中，他們都在證覺無上正等菩提，這是第一練磨其心。由於這種意樂，就能行施等波羅蜜多。我只要是已經能夠獲得這樣的意樂，我由這意樂，只要是少少用些功力去修習施等波羅蜜多，就應當是得到圓滿，這是第二練磨其心。假若有成就有障的十善，命終時便可受一切自體圓滿的人、天果報而生。我有妙善及無障礙善，此時怎能不應當獲得一切圓滿呢？這是第三練磨其心。此中有這樣的偈頌：

　　人趣中的各個有情衆生，處、數都是無量的，每一念都在證得等覺，所以不應當退屈。

　　各種淨心意樂，能修行布施等，此勝者菩薩已得淨心意樂，所以能夠修行布施等。

　　善者於死的時候，得隨自己所愛樂的自體圓滿果報。勝善菩薩，由於永斷障礙，圓滿佛果怎能會沒有呢？

原典

由何能入？由善根力所任持故，謂三種相練磨心故，斷四處❶故，緣法義境止觀❷恆常、殷重、加行無放逸❸故。無量諸世界，無量人有情，刹那刹那證覺無上正等菩提，是爲第一練磨其心。由此意樂，能行施等波羅蜜多。我已獲得如是意樂，我由此故少用功力修習施等波羅蜜多，當得圓滿，是爲第二練磨其心。若有成就諸有障善，於命終時即便可愛一切自體圓滿而生。我有妙善無障礙善，云何爾時不當獲得一切圓滿？是名第三練磨其心。此中有頌：

人趣諸有情，處數皆無量，念念證等覺，故不應退屈。
諸淨心意樂，能修行施等，此勝者已得，故能修施等。
善者於死時，得隨樂自滿，勝善由永斷，圓滿云何無？

注釋

❶**斷四處**：有四處是悟入所知的障礙，應當首先斷除：㈠斷作意，即斷除小乘佛教的

作意；㈡永斷異慧疑，即斷除不如理的見解和對於大乘教理的疑惑；㈢斷法執；㈣斷分別。

❷**止觀**：止是梵文Śamatha的意譯，另譯止寂、禪定，音譯奢摩他。觀是梵文Vipaśyana的意譯，音譯毘婆舍那。所以止觀是定、慧並稱。

❸**放逸**：梵文Pramāda的意譯，說一切有部的大煩惱地法之一，唯識宗的隨煩惱之一，與不放逸相對。意謂離善放縱，不修善法。《俱舍論》卷四稱：「逸謂放逸，不修諸善，是修諸善所對治法。」

譯文

由於遠離聲聞、獨覺作意，這是由於斷作意的緣故。對於這大乘的各種疑惑，一定要離疑，這是由於永遠斷除異慧、疑的緣故。由於離卻所聞所思法中所起的我、我所執，這是斷法執的緣故。由於現前顯現安住的境界與從定心安立的境界，一切相中都無所作意無所分別，這是斷分別的緣故。此中有如下偈頌：

所緣相顯現在面前，自然地安住於分別心中，所以叫自然住。對於安立的一切外相，智者都不加以分別，這就是獲得最上菩提。

原典

由離聲聞、獨覺作意，斷作意故。由於大乘諸疑離疑，以能永斷異慧❶、疑故。由離所聞所思法中我、我所執，斷法執❷故。由於現前現住安立一切相中，無所作意無所分別，斷分別故。此中有頌：

現前自然住，安立一切相，智者不分別，得最上菩提。

注釋

❶**異慧**：不如理的見解，異於正理的種種邪見。

❷**法執**：二執（我執、法執）之一，固執心外有有爲法和無爲法。小乘佛教只斷我執，不斷法執。大乘佛教斷除二執。

譯文

由何而得悟入呢？云何而得悟入？須由聞熏習的種類，即如理作意所統攝的，顯現似法似境義的有見意言。由四尋思，即由名尋思、義尋思、自性假立尋思、差別假立尋思，並由四種如實遍智，即由名如實遍智、事如實遍智、自性假立如實遍智、差別假立如實遍智，這樣都同樣是不可得。因爲諸菩薩，爲了這樣如實地悟入唯識性，勤修四尋思觀、四如實智的加行，就在似文似境義的意言上進行推求，這似文名的字，只是意言爲性，依此似文和名下所詮之義進行推求，也只是意言爲性。依名義的自性差別進行推求，也只是意識上的假立。假若能夠超過推求的尋思，那時就能證得只有意言，同時也能證知不管是名，還是義，與名義的自性差別，都是假立的自性差別，其義相都是無所有的，都同樣是不可得。由四尋思，並由四如實遍智，於這似文似境義的意言，便能夠悟入只有識性。

原典

由何云何而得悟入？由聞熏習種類如理作意所攝，似法似義有見意言。由四尋思❶，謂由名、義、自性、差別假立尋思。及由四種如實偏智❷，謂由名、事、自性、差別假立如實偏智，如是皆同不可得故。以諸菩薩如是如實爲入唯識，勤修加行，即於似文似義意言，推求文名唯是意言，推求依此文❸、名❹之義亦唯意言。推求名、義、自性、差別唯是假立。若時證得唯有意言，爾時證知若名、若義、自性、差別皆是假立，自性、差別義相無故，同不可得。由四尋思及由四種如實偏智，於此似文似義意言，便能悟入唯有識性。

注釋

❶ **四尋思**：即四尋思觀，唯識宗認爲在加行位修此觀法，尋思事物的名、義、自性、差別都是假有實無。《成唯識論》卷九稱：「尋思名、義、自性、差別，假有實無。」

❷**四種如實徧智**：由四尋思觀，進而對此四方面的唯識道理，給以明確的印可決定，此稱四如實智。

❸**文**：即文身（Vyañjanakāya），小乘佛教說一切有部和大乘唯識宗的心不相應行法之一，指構成名身和句身的梵文字母。

❹**名**：即是名身（Nāmakāya），小乘佛教說一切有部和大乘唯識宗的心不相應行法之一。兩個以上的名稱構成名身。《俱舍論》卷五稱：「名身者，謂色、聲、香等。」

譯文

於此悟入唯識性中，什麼是所悟入呢？如何悟入呢？悟入唯識性，相、見二性，及各種各樣的性。名有三種：名、名自性、名差別，義也有三種：義、義自性、義差別。這名、義的自性差別，都是假立的，這六種義都無所有，所取相、能取見的二性現前，於一時在心中現似種種相義而生起。如在黑暗中的一條繩，顯現似蛇的義相，譬如繩上的蛇相是不眞實的，是無所有的。假若已經了知那繩上的蛇義是沒有的，蛇的錯覺雖然滅除了，但繩的覺知還是存在的。假若以微細品類進行分析，便會發現這繩也是虛妄的，以色、香、味、觸爲其體相，以此覺知爲依，那繩的知覺當然就要滅除。這樣，於那似文似義的六相意言，伏除了非實有的六相義的時候，這唯識性覺，猶如蛇覺一樣，也應當遣除，這是由於圓成實自性的覺慧。菩薩就這樣悟入意言似義相顯，所以悟入遍計所執性。悟入這唯識，就悟入了依他起自性。

如何悟入圓成實自性呢？假若已經滅除唯識之想，對於意言爲性的，從聞法熏習種類所生的似文、似義、似境、似心的觀想也就滅除了。這時候，菩薩已經遣除了義想，一切似義不可能得生，所以，似唯識的義想也不能得生。由於這種因緣，安住於一切義沒有分別名的法界，於法界中便得現見與法界相應而住。這時候，菩薩平等平等的所緣、能緣無分別智已經生起，由此，菩薩稱爲已經悟入圓成實性了。這裏有如下偈頌：

法、補特伽羅、法、義、略、廣、性、不淨、淨、究竟，都是名字所行境界的差別。

菩薩就這樣悟入了唯識性，悟入了所知相，由於悟入了這眞如法界，就進入了極喜地，善巧深達法界，生如來家，悟得一切有情衆生的平等心性，得一切菩薩的平等心性，得一切佛的平等心性，這就稱爲菩薩見道。

原典

於此悟入唯識性中，何所悟入？如何悟入？入唯識性，相、見二性，及種種性。若名，若義，自性，差別假，自性差別義，如是六種義皆無故，所取、能取性現前故，一時現似種種相義而生起故。如闇中繩顯現似蛇，譬如繩上蛇非眞實，以無有故。若已了知彼義無者，蛇覺雖滅，繩覺猶在。若以微細品類分析，此又虛妄，色、香、味、觸爲其相故，此覺爲依，繩覺當滅。如是於彼似文似義六相意言，伏除非實六相義時，唯識性覺，猶如蛇覺亦當除遣，由圓成實自性覺故。如是菩薩悟入意言似義相故，悟入徧計所執性，悟入唯識故，悟入依他起性。

云何悟入圓成實性？若已滅除意言聞法熏習種類唯識之想，爾時菩薩已遣義想，一切似義無容得生，故似唯識亦不得生。由是因緣，住一切義無分別名，於法界中便得現見相應而住。爾時，菩薩平等平等所緣、能緣無分別智已得生起，由此菩薩名已悟入圓成實性。此中有頌：

法補特伽羅，法❶義略廣性，不淨淨究竟，名所行差別。

如是菩薩悟入唯識性故，悟入所知相，悟入此故，入極喜地❷，善達法界，生如來家❸，得一切有情平等心性，得一切菩薩平等心性，得一切佛平等心性，此即名爲菩薩見道。

注釋

❶**法**：本頌出現兩個法，第一個法是五蘊、十二處、十八界等諸法的名字。第二個法是一經、一偈、一句的能詮教法。

❷**極喜地**：菩薩十地的第一地，又稱爲歡喜地、喜地，初證聖果，悟我、法二空，能益自他，生大歡喜。

❸**生如來家**：眞如法界爲如來之所住，所以稱爲如來家。生如來家是佛子，悟入佛的知見，能夠繼承諸佛自覺覺他的家業，所以稱爲生如來家，紹隆佛種。

譯文

而且，由於什麼義利而入唯識性呢？由緣總法的出世止觀妙智，由此根本智以後所得的後得智，這後得智就是種種相識智。要斷除阿賴耶識中能生一切法的種子性，還要斷除種子的能生因，爲了增長能觸法身的種子，爲了轉阿賴耶識的染依，得法身的淨依，爲了證得一切佛法，爲了證得一切智智而入唯識性。而且，後得智在阿賴耶識所生的一切了別相中，後得智能夠正確見到如幻如化等唯識性，沒有顛倒而轉，所以菩薩就像幻術師一樣，對於所幻化的事情，對於了別的各種相中及爲諸衆生說因果法，永遠沒有顛倒錯誤。

在這修行悟入唯識性的時候，有四種三摩地，是四種順抉擇分所依止。應當怎樣知道呢？應當知道，由四尋思，於下品無義忍的階段，有明得三摩地，這就是煖順抉擇分的依止。於上品無義忍的階段，有明增三摩地，這是頂順抉擇分的依止。

又由四種如實遍智，已經悟入唯識，於無義中已得決定，有發入眞義一分的四如實智所依的三摩地，是諦順忍的依止。從此不間斷地伏除唯識想，有無間隔的三摩地，是世第一法的依止。應當知道，上述四種三摩地，是現觀邊。

這樣的菩薩已經入於地，已達見道，已經悟入唯識，於修道中怎樣修行呢？在所說的安立十地中，總攝這一切經，在定心中皆明了現前，由緣總法出世後得止觀智，經過無量百千俱胝那庾多劫多次的修行，而得轉依。爲了證得三種佛身，精進勤加修行。

原典

復次，爲何義故入唯識性？由緣總法出世止觀智故，由此後得種種相識智故。爲斷及相阿賴耶識諸相種子，爲長能觸法身種子，爲轉所依，爲欲證得一切佛法❶，爲欲證得一切智智入唯識性。又後得智❷於一切阿賴耶識所生一切了別相中，見如幻等性無倒轉，是故菩薩譬如幻師，於所幻事，於諸相中及說因果，常無顛倒。

於此悟入唯識性時，有四種三摩地，是四種順決擇分❸依止。云何應知？應知由四尋思，於下品無義忍中，有明得三摩地❹，是煖❺順決擇分依止。於上品無義忍中，有明增三摩地，是頂❻順決擇分依止。

復由四種如實徧智，已入唯識，於無義中已得決定，有入眞義一分三摩地，是諦順忍❼依止。從此無閒伏唯識想，有無閒三摩地，是世第一法❽依止。應知如是諸三摩地，是現觀邊❾。

如是菩薩已入於地，已得見道，已入唯識，於修道中云何修行？於如所說安立十地❿，攝一切經皆現前中，由緣總法出世後得止觀智故，經於無量百千俱胝⓫那庾多⓬劫⓭數修習故，而得轉依⓮。爲欲證得三種佛身，精勤修行。

注釋

❶**佛法**：佛所說的教法，共八萬四千法藏。

❷**後得智**：全稱後得無分別智，又稱爲俗智、權智等。將根本無分別智證得的佛教眞理具體運用於分析各類具體現象的智能，因爲在根本智以後產生，所以稱爲後得智。

❸**四種順決擇分**：決擇分是三分（順福分、順解脫分、順決擇分）之一，順決擇分是煖、頂、忍、世第一法的有漏善根，「決擇」是見四諦理的無漏勝慧，「分」爲部

分，這四種善根的功德，能順益勝慧的一部分見道決擇智，使之出生，所以稱爲順決擇分。

❹**明得三摩地**：即明得定，菩薩在四加行位中煖位所得之禪定，「明」是無漏智慧，是初得無漏慧前相的禪定，所以稱爲明得定。

❺**煖**：四加行位的第一位，即專觀四諦十六行相之位，將生見道的無漏慧，先生相似之解。如火將發，先有煖相。

❻**頂**：四善根中的頂位，四善根中的煖、頂是動善，忍、世第一法是不動善，頂位是動善中的最極，猶如人之頭頂，所以稱爲頂法。

❼**忍**：四善根的第三位，即忍位，於四諦理忍可決定而不動。

❽**世第一法**：四善根的第四位，是有漏智的最極，在世俗法中名列第一，所以稱爲世第一法。

❾**現觀邊**：即見道現觀後邊所得的世俗智。《大毘婆沙論》卷三十六稱：「現觀苦邊、集邊、滅邊，得此智故，名現觀邊；有說此是諸瑜伽師，觀聖諦時，傍修得故，名現觀邊。尊者妙音說曰：此智近現觀故，名現觀邊，如近村物，名曰村邊。」

❿**十地**：梵文Daśabhūmi的意譯，菩薩十地是菩薩修行的十個階位：㈠歡喜地，㈡離垢地，㈢發光地，㈣焰慧地，㈤難勝地，㈥現前地，㈦遠行地，㈧不動地，㈨善慧地，㈩法雲地。

⓫**俱胝**：梵文Koṭi的音譯，另譯俱致、拘致等，意譯爲億。

⓬**那庾多**：梵文Ayuta的音譯，意譯爲萬。

⓭**劫**：梵文Kalpa的音譯，劫波之略，意爲極爲久遠的時節，源於印度婆羅門教，佛教沿用之。一般分爲大劫、中劫、小劫，世上人的壽命有增有減，每一增（人壽自十歲開始，每百年增一歲，增至八萬四千歲）及一減（人壽自八萬四千歲開始，每百年減一歲，減至十歲）名爲一小劫，合一增一減爲一中劫，一大劫包括成、住、壞、空四個時期，通稱四劫，各包括二十中劫，即一大劫包括二十中劫。

⓮**轉依**：法相宗所說的全部修行的最高目標，意謂轉捨我執、法執二障，轉得涅槃、菩提二果。

譯文

聲聞現觀和菩薩現觀，有什麼差別呢？菩薩現觀和聲聞現觀是不同的，應當知道，有十一種差別：一、由所緣差別。因爲以大乘法爲所緣；二、由資持差別。因爲以大福、智二種資糧爲資持；三、由通達差別。因爲能夠通達補特伽羅法無我；四、由涅槃差別。因爲攝受無住大涅槃；五、由地差別。因爲依於十地而出離；六、七、由清淨差別。斷煩惱習，淨佛土的緣故；八、由於自他得平等心差別。因爲成熟有情加行沒有休息；九、由生差別。因爲生如來家；十、由受生差別。因爲常於諸佛的大集會中統攝受生；十一、由果差別。因爲十力、無畏、不共佛法無量功德果成滿。這裏有二個偈頌：

名、事互相因待，對其屬性應當進行尋思，對於二者的自性差別，也應當進行推求，知道它只是心量，只是名言假立。

然後以如實智觀察本無義，悟入只有虛妄分別的三類。彼義既然是無相，此依他起也沒有生起的可能，這就是悟入三性的次第。

又有開示的二頌，如《分別瑜伽論》說：菩薩在禪定位，觀名、義等影像相只是心。義相既然已經滅除，審諦觀察名、義等，只是自想。如是安住於內心，了知其所取的義想是沒有的，然後能取的心也沒有了，就能接觸到無所得的法界。

又有關於現觀的五個偈頌，如《大乘莊嚴經論》所說：對於福德、智慧二種資糧，菩薩必須善巧具備，積聚到無邊無際。對於一切事物，進行思量推度，善能決了，所以能夠了解這義只是名言類。假若能夠了知各種境義只是名言，就可以安住彼義相顯現唯是心性的正理，便能夠現證眞正的法界，所以就能把所取、能取的二相蠲除乾淨。體知到離心以外再也沒有其他東西，就能體會到能取的心也沒有。有智慧的菩薩了達遍計所執和依他起二者都是無，就平等安住於二相皆無的眞法界當中。慧者就是具有無分別智的人，其智力能夠周遍平等地永遠隨順眞如法界而行，就能夠滅除所知依，這如榛梗一樣，是過失熏習的總聚。如服大良藥，消除衆毒一樣。佛說的大乘妙法，是善巧成立的，安立智慧並植根於法界中，了知念趣只是分別，就勇猛速疾地歸到功德海的彼岸。

原典

聲聞現觀、菩薩現觀，有何差別？謂菩薩現觀與聲聞異，由十一種差別應知：一、由所緣差別。以大乘法爲所緣故；二、由資持差別。以大福、智二種資糧爲資持故；三、由通達差別。以能通達補特伽羅法無我故；四、由涅槃差別。攝受無住大涅槃故；五、由地差別。依於十地而出離故；六、七、由清淨差別。斷煩惱習，淨佛土故；八、由於自他得平等心差別。成熟有情加行無休息故；九、由生差別。生如來家故；十、由受住差別。常於諸佛大集會中攝受生故；十一、由果差別。十力❶、無畏❷、不共佛法❸無量功德果成滿故。此中有二頌：

名事互為客，其性應尋思，於二亦當推，唯量及唯假。

實智觀無義，唯有分別三❹。彼無故此無，是即入三性。

復有教授二頌，如《分別瑜伽論》❺說：菩薩於定位，觀影唯是心。義相既滅除，審觀唯自想。如是住內心，知所取非有，次能取亦無，後觸無所得。

復有別五現觀伽他❻，如《大乘經莊嚴論》❼說：福德、智慧二資糧，菩薩善備無邊際，於法思量善決已，故了義趣唯言類。若知諸義唯是言，即住似彼唯心理，便能現證眞法界，是故二相悉蠲除。體知離心無別物，由此即會心非有，智者了達二皆無，等住二無眞法界。慧者無分別智力，周徧平等常順行，滅依榛梗過失聚，如大良藥銷衆毒。佛說妙法善成立，安慧幷根法界中，了知念趣唯分別，勇猛疾歸德海岸。

注釋

❶**十力**：佛所具有的十種智力：知覺處非處智力、知三世業報智力、知諸禪解脫三昧智力、知衆生上下根智力、知種種解智力、知種種界智力、知一切至處道智力、知天眼無礙智力、知宿命無漏智力、知永斷習氣智力。

❷**無畏**：此指四無畏，一切智無所畏、漏盡無所畏、說障道無所畏、說盡苦道無所畏。

❸**不共佛法**：即十八不共佛法，佛具有的十八種功德，不共同於其他二乘、菩薩。㈠身無失，㈡口無失，㈢念無失，㈣無異想，㈤無不定心，㈥無不知已捨，㈦欲無減，㈧精進無減，㈨念無減，㈩慧無減，⑪解脫無減，⑫解脫知見無減，⑬一切身業

隨智慧行，⑭一切口業隨智慧行，⑮一切意業隨智慧行，⑯智慧知過去世無礙，⑰智慧知未來世無礙，⒅智慧知現在世無礙。

❹**唯有分別三**：即名分別、自性分別、差別分別三種虛妄分別。

❺**分別瑜伽論**：唯識宗依據的十一論之一，沒有漢譯。

❻**伽他**：梵文Gāthā的音譯，意譯爲偈，即佛經中的詩體。

❼**大乘經莊嚴論**：即《大乘莊嚴經論》，唯識宗依據的十一論之一，十三卷，古印度無著著，唐・波羅頗蜜多羅譯。

彼入因果分第五

譯文

這已經講完了入所知相，彼入因果云何可見呢？即由布施、持戒、忍辱、精進、靜慮、般若六種波羅蜜多。如何由六度而入唯識呢？六度又如何成為彼入果呢？修六度的這些菩薩，不貪著財位，不犯戒，遇苦不會動搖，對於修行不懈怠，於此等散動因中，不再使它現行的時候，心專注一境，便能如理簡擇各種事物，使之悟入唯識。菩薩依六度悟入唯識以後，證得六種清淨增上意樂所統攝的波羅蜜多。即使離開六度現起加行，由於對聖教獲得殊勝理解，還由於對波羅蜜多起愛重、隨喜、欣樂各種作意，菩薩便能以恆常無間相應不離的方便，修習六度，迅速達到圓滿。這裏有三個偈頌：

白法已經積集圓滿，並得利疾忍。菩薩以自乘的甚深廣大教。

周遍覺知一切事物只是虛妄分別心的顯現，得到無分別智，希求勝解淨信，所以意樂是清淨的。

由於以前的加行和此法流，所以得見十方諸佛，了知自己和菩提很接近了，是不難證得的。

由於這三個偈頌，總的顯明清淨增上意樂有七種相：即資糧、堪忍、所緣、作意、自體、瑞相、勝利。應當知道，偈頌各句按照這種次第顯示說明。

原典

如是已說入所知相，彼入因果云何可見？謂由施、戒、忍、精進、靜慮、般若六種波羅蜜多。云何由六波羅蜜多得入唯識？復云何六波羅蜜多成彼入果？謂此菩薩不著財位，不犯尸羅，於苦無動，於修無懈，於如是等散動因中不現行時，心專一境，便能如理簡擇諸法，得入唯識。菩薩依六波羅蜜多入唯識已，證得六種清淨增上意樂所攝波羅蜜多，是故於此設離六種波羅蜜多現起加行，由於聖教得勝解故，及由愛重、隨喜、欣樂諸作意故，恆常無間相應方便修習六種波羅蜜多，速得圓滿。此中有三頌：

已圓滿白法❶，及得利疾忍，菩薩於自乘，甚深廣大教。
等覺唯分別，得無分別智。悕求勝解淨，故意樂清淨。
前及此法流，皆得見諸佛，了知菩提近，以無難得故。

由此三頌，總顯清淨增上意樂有七種相：謂資糧故，堪忍故，所緣故，作意故，自體故，瑞相故，勝利故。如其次第，諸句伽他應知顯示。

注釋

❶**白法**：白淨之法，總指一切善法。一般來說，有二種白法：慚與愧。

譯文

由於什麼因緣，波羅蜜多的數目只有六種呢？因爲成立對治所治的六障。從證得佛法的所依，菩薩在隨順化導成熟諸有情。爲了對治不發起出離生死趣向解脫心，所以成立布施、持戒二種波羅蜜多。凡夫不肯發趣出世的原因，是貪著財位和眷戀家室。爲了對治雖已發趣而又退還的原因，所以要立忍辱、精進波羅蜜多。這退還的原因，主要是處於生死中的有情衆生，違犯菩薩身心，使之產生各種痛苦，以及由長時修習善品加行，所生疲怠。爲了對治雖已發趣不再退還而失壞正道的原因，所以立禪定、智慧波羅蜜多。失壞的原因，有的是散動，有的是邪惡的智慧。這樣成立對治所治障，只立六種。由於修前四波羅蜜多的不散動因，次一個慧波羅蜜多，就是因不散動而獲得成就。這因不散動的定力爲依止，就能如實等覺各種事物的眞實含義，便能證得一切佛法。

這樣證得各種佛法的所依處，所以只立六種。由於布施波羅蜜多，能夠正確攝受各種有情衆生。由於持戒波羅蜜多，能夠對各類有情衆生不毀害。由於忍辱波羅蜜多，雖然遭到毀害，但能忍受。由於精進波羅蜜多，能夠幫助其他人經營他所應作的事業。這就是由於攝受利益有情的四種因緣，使諸有情衆生於成熟解脫的出世大事，有所堪任。從此以後，心還沒有得定者，使之得定；心已得定者，使其得到解脫；當開悟的時候，使之成熟起來。如此，從這隨順成熟一切有情衆生方面，也只有六種，應當這樣了知。

原典

何因緣故波羅蜜多唯有六數？成立對治所治障故。證諸佛法所依處故，隨順成熟諸有情故。為欲對治不發趣因，故立施、戒波羅蜜多。不發趣因，謂著財位及著室家。為欲對治雖已發趣復退還因，故立忍、進波羅蜜多。退還因者，謂處生死有情違犯所生衆苦，及於長時善品加行所生疲怠。為欲對治雖已發趣不復退還而失壞因，故立定、慧波羅蜜多。失壞因者，謂諸散動及邪惡慧。如是成立對治所治障故，唯立六數。又前四波羅蜜多是不散動因，次一波羅蜜多不散動成就。此不散動為依止故，如實等覺諸法眞義，便能證得一切佛法。

如是證諸佛法所依處故，唯立六數。由施波羅蜜多故，於諸有情能正攝受。由戒波羅蜜多故，於諸有情能不毀害。由忍波羅蜜多故，雖遭毀害而能忍受。由精進波羅蜜多故，能助經營彼所應作。即由如是攝利因緣，令諸有情於成熟事有所堪任。從此已後，心未定者令其得定，心已定者令得解脫，於開悟❶時彼得成熟。如是隨順成熟一切有情，唯立六數，應如是知。

注釋

❶**開悟**：意謂開智悟理。即生起眞智反轉迷夢，覺悟眞理實相，乃佛教修行之目的所在。

譯文

這六度的體相如何顯現呢？由六種最勝來顯示：一、由所依最勝，因爲以菩提心爲所依；二、由事最勝，因爲具足現行；三、由處最勝，因爲以一切有情利益安樂事爲依處；四、由方便善巧最勝，因爲以無分別智所攝受；五、由回向最勝，因爲回向無上正等菩提；六、由清淨最勝，因爲是煩惱、所知二障無障所集起。是以布施作爲波羅蜜多呢？還是以波羅蜜多作爲布施呢？有的布施並不是波羅蜜多，應當作四句分別。就像對於布施那樣，對於其餘的波羅蜜多，也作四句分別，可以例知。

由於什麼因緣，這六波羅蜜多按照這種次第而說呢？因爲前一個波羅蜜多隨順產生後一個波羅蜜多。

原典

此六種相云何可見？由六種最勝故：一、由所依最勝，謂菩提心❶爲所依故；二、由事最勝，謂具足現行故；三、由處最勝，謂一切有情利益安樂事爲依處故；四、由方便善巧最勝，謂無分別智所攝受故；五、由迴向❷最勝，謂迴向無上正等菩提故；六、由清淨最勝，謂煩惱、所知二障無障所集起故。若施是波羅蜜多耶？設波羅蜜多是施耶？有施非波羅蜜多，應作四句❸。如於其施，如是於餘波羅蜜多，亦作四句，如應當知。

何因緣故如是六種波羅蜜多此次第說？謂前波羅蜜多隨順生後波羅蜜多故。

注釋

❶**菩提心**：菩提另譯爲道，求眞道之心稱爲菩提心。菩提又譯爲覺，求正覺之心稱爲菩提心。

❷**迴向**：以所修的一切善根，向於衆生，又向於佛道。

❸**應作四句**：即㈠布施非波羅蜜多，㈡是波羅蜜多非布施，㈢是布施亦是波羅蜜多，㈣非布施亦非波羅蜜多。

譯文

而且，各個波羅蜜多的訓釋名言，云何可見呢？在世間（凡夫）、聲聞、獨覺（小乘）中，施等善根都很微劣，菩薩所修的善根最爲殊勝，因爲能到大乘果的彼岸，所以通稱波羅蜜多。而且，布施能夠破裂慳吝、貧窮，並能引得廣大財位的福德資糧，所以稱爲施。又能息滅惡戒、惡趣，並能取得善趣、等持，所以稱爲戒。又能滅盡忿怒、怨仇，並能使自己使他人安住於安隱境地，所以稱爲忍。又能遠離所有懈怠、惡不善法，並能出生無量善法，使其增長，所以稱爲精進。又能消除所有的散動，並能引得內心安住，所以稱爲靜慮。又能遣除一切見趣、各種邪惡慧，並能眞實品別知法，所以稱爲慧。

原典

復次，此諸波羅蜜多訓釋名言，云何可見？於諸世間、聲聞、獨覺，施等善根最爲殊勝，能到彼岸，是故通稱波羅蜜多。又能破裂慳悋、貧窮，及能引得廣大財位福德資糧，故名爲施。又能息滅惡戒、惡趣，及能取得善趣、等持，故名爲戒。又能滅盡忿怒、怨讐，及能善住自他安隱❶，故名爲忍。又能遠離所有懈怠❷、惡不善法，及能出生無量善法，令其增長，故名精進。又能消除所有散動，及能引得內心安住，故名靜慮。又能除遣一切見趣、諸邪惡慧，及能眞實品別知法，故名爲慧。

注釋

❶**安隱**：又稱爲安穩，意謂身安心穩。

❷**懈怠**：梵文Kausidya的意譯，小乘佛教說一切有部的大煩惱地法之一，唯識宗的隨煩惱之一，與勤相對，意謂於佛教善行不努力。

譯文

如何應知修習此等波羅蜜多呢？應當知道，這種修習簡略來說有五種：一、現起加行修，二、勝解修，三、作意修，四、方便善巧修，五、成所作事修。前四修如前所說，關於成所作事修問題，即諸如來任運地廣行佛事沒有休息，於其圓滿波羅蜜多，再次修習六度。而且，作意修是修六種意樂所統攝的愛重、隨喜、欣喜作意：一、廣大意樂，二、長時意樂，三、歡喜意樂，四、荷恩意樂，五、大志意樂，六、純善意樂。

假若諸菩薩，從最初發心，乃至經過若干無數大劫，才能現證無上正等菩提，經過這麼長的時間，一一剎那，假使能頓捨一切身命，以恆河沙那麼多的世界盛滿七寶，奉獻布施給如來，一直到安坐於菩提座，菩薩的布施意樂仍然沒有厭足。經過這麼長的時間，一一剎那，假使三千大千世界，滿中熾火，在四威儀當中，經常缺乏一切資生衆具，持戒、忍辱、精進、靜慮、般若，永恆現行，一直到安坐於菩提座，這樣的菩薩對所有的持戒、忍辱、精進、靜慮、般若意樂，仍然沒有感到厭足，這就稱爲菩薩的廣大意樂。

諸菩薩即於此中的無厭意樂，一直到安坐於妙菩提座，永遠沒有間息，這就稱爲菩薩長時意樂。

諸菩薩以其六度，饒益有情衆生，由於這樣作，深刻產生歡喜，是那蒙益有情之歡喜所不及的，這就稱爲菩薩歡喜意樂。

諸菩薩以其六度饒益有情，只看到衆生對於自己有大恩德，從來不見自己對於那有情有恩，這就稱爲菩薩荷恩意樂。

諸菩薩以此六度所積集的善根，以懇切的深心迴施一切有情，使他們得到可愛殊勝的異熟果，這就稱爲菩薩大志意樂。

菩薩又以此六度所積集的善根，迴施自己和各類有情衆生，共求無上正等菩提，這就稱爲菩薩純善意樂。這就是菩薩修此六種意樂所統攝的愛重作意。

修六度的諸菩薩，對於其餘菩薩，凡是能以六種意樂，修習六度相應，積集無量善根的，自己也深心隨喜讚歎，這是菩薩修此六種意樂所攝的隨喜作意。

修六度的諸菩薩，不僅深心欣樂一切有情六種意樂所統攝的六度修行，同時也願意自身與此六種意樂所攝的六度，從最初發心，一直到安坐於妙菩提座，永恆不相脫離，這就是菩薩修此六種意樂所攝的欣樂作意。假若有人聽聞這菩薩的六種意樂所攝的三種作意修以後，只要能夠生起一念的清淨信心，還能產生無量的福聚，各種惡業障也能消滅，更何況是菩薩呢！

原典

云何應知修習如是波羅蜜多？應知此修略有五種：一、現起加行修，二、勝解修，三、作意修，四、方便善巧修，五、成所作事修。此中四修如前已說。成所作事修者，謂諸如來任運佛事無有休息，於其圓滿波羅蜜多，復更修習六到彼岸。又作意修者，謂修六種意樂所攝愛重、隨喜、欣樂作意：一、廣大意樂，二、長時意樂，三、歡喜意樂，四、荷恩意樂，五、大志意樂，六、純善意樂。

若諸菩薩，乃至若干無數大劫，現證無上正等菩提，經爾所時，一一刹那，假使頓捨一切身命，以殑伽河沙等世界盛滿七寶❶，奉施如來，乃至安坐妙菩提座，如是菩薩布施意樂猶無厭足。經爾所時，一一刹那，假使三千大千世界❷滿中熾火，於四威儀常乏一切資生衆具，戒、忍、精進、靜慮、般若心恆現行，乃至安坐妙菩提座，如是菩薩所有戒、忍、精進、靜慮、般若意樂猶無厭足，是名菩薩廣大意樂。

又諸菩薩，即於此中無厭意樂，乃至安坐妙菩提座，常無間息，是名菩薩長時意樂。

又諸菩薩以其六種波羅蜜多饒益有情，由此所作深生歡喜，蒙益有情所不能及，是名菩薩歡喜意樂。

又諸菩薩以其六種波羅蜜多饒益有情，見彼於己有大恩德，不見自身於彼有恩，是名菩薩荷恩意樂。

又諸菩薩即以如是六到彼岸所集善根，深心迴施一切有情，令得可愛勝果異熟，是名菩薩大志意樂。

又諸菩薩復以如是六到彼岸所集善根，共諸有情迴求無上正等菩提，是名菩薩純善意樂。如是菩薩修此六種意樂所攝愛重作意。

又諸菩薩於餘菩薩六種意樂，修習相應無量善根，深心隨喜，如是菩薩修此六種意樂所攝隨喜作意。

又諸菩薩深心欣樂一切有情六種意樂所攝六種到彼岸修，亦願自身與此六種到彼岸修恆不相離，乃至安坐妙菩提座，如是菩薩修此六種意樂所攝欣樂作意。若有聞此菩薩六種意樂所攝作意修已，但當能起一念信心，尙當發生無量福聚，諸惡業障亦當消滅，何況菩薩！

注釋

❶**七寶**：佛教經典中有不少記載，據《法華經．授記品》，七寶如下：金、銀、瑠璃、硨磲、瑪瑙、眞珠、玫瑰。《無量壽經》則載爲：金、銀、琉璃、珊瑚、琥珀、車渠、瑪瑙。《大智度論》則載爲：金、銀、毘琉璃、頗梨、車渠、瑪瑙、眞珠。

❷**三千大千世界**：略稱大千世界。以須彌山爲中心，以鐵圍山爲外郭，同一日月所照的四天下爲一小世界，一千小世界爲一小千世界，一千小千世界爲一中千世界，一千中千世界爲一大千世界。因爲大千世界由小、中、大三種千世界所集成，所以稱爲三千大千世界。

譯文

這六種波羅蜜多的差別如何可見呢？應當知道，一一各有三品。施三品如下：一、法施，二、財施，三、無畏施。戒三品如下：一、律儀戒，二、攝善法戒，三、饒益有情戒。忍三品如下：一、耐怨害忍，二、安受苦忍，三、諦察法忍。精進三品如下：一、被甲精進，二、加行精進，三、無怯弱、無退轉、無喜足精進。靜慮三品如下：一、安住靜慮，二、引發靜慮，三、成所作事靜慮。慧三品如下：一、無分別加行慧，二、無分別慧，三、無分別後得慧。

原典

此諸波羅蜜多差別云何可見？應知一一各有三品。施三品者：一、法施，二、財施，三、無畏施。戒三品者：一、律儀戒❶，二、攝善法戒❷，三、饒益有情戒❸。忍三品者：一、耐怨害忍，二、安受苦忍，三、諦察法忍❹。精進三品者：一、被甲精進❺，二、加行精進❻，三、無怯弱、無退轉、無喜足精進❼。靜慮三品者：一、安住靜慮❽，二、引發靜慮❾，三、成所作事靜慮❿。慧三品者：一、無分別加行慧，二、無分別慧，三、無分別後得慧。

注釋

❶**律儀戒**：又稱爲攝律儀戒，乃捨斷一切諸惡，含攝諸律儀之止惡門，爲七衆所受之戒。隨其在家、出家之不同而分別受持五戒、八戒、十戒、具足戒等一切戒律。

❷**攝善法戒**：又作受善法戒、攝持一切菩提道戒、接善戒。即以修一切善法爲戒。

❸**饒益有情戒**：又稱爲攝衆生戒，以饒益一切有情衆生爲戒。

❹**諦察法忍**：菩薩以其智慧審諦觀察諸法實相，了達一切事物都是空無自性，對於這甚深教法，能夠深信認可。

❺**被甲精進**：修習六度的菩薩們，就像將赴前線作戰的戰士一樣披起鎧甲，積集福德智慧資糧，以助成精進。

❻**加行精進**：披起鎧甲，一切準備好以後，菩薩向菩提大道邁進，就像行軍一樣，所以稱爲加行。

❼**無怯弱、無退轉、無喜足精進**：如戰士到前線，雖大敵當前而不生恐怖，菩薩修行也是這樣，不因菩提路遠、煩惱障重而怯弱，這就是無怯弱。猶如兩軍交火，不管敵人力量如何強大，也決不後退，菩薩修行也是這樣，不達目的，誓不罷休，決不後退，這就是無退轉。如軍隊作戰，勝而不驕，菩薩修行也是這樣，不因暫時的勝利而喜足，不斷地精進努力，直至完全勝利。

❽**安住靜慮**：心專注一境，使身心得到輕安。

❾**引發靜慮**：在定中引發神通等殊勝功德。

❿**成所作事靜慮**：以神通作種種有利於衆生的事業。

譯文

這樣的相攝云何可見呢？由此六度能夠統攝一切善法，是其體相，因其隨順般若，佛德是六度的等流。

六度如此所治所統攝的各種雜染法，云何可見呢？因爲是慳貪的體相、因和果。

這樣的六度所得到的殊勝利益，云何可見呢？諸菩薩在流轉生死中得到大富大貴的勝利，得到廣大圓滿的受生，能夠得到廣大的朋友和部屬的勝利，能夠得到廣大事業加行成就的勝利，不受各種惱害，使煩惱污垢輕微淡薄，能夠得到善知一切工藝學問的勝利。能夠得到世間勝生、出世無罪，乃至安坐於妙菩提座，能夠永遠現作對一切有情衆生有一切利益的事情，這就稱爲勝利。

原典

如是相攝云何可見？由此能攝一切善法，是其相故，是隨順故，是等流故。

如是所治攝諸雜染，云何可見？是此相故，是此因故，是此果故。

如是六種波羅蜜多所得勝利，云何可見？謂諸菩薩流轉生死富貴攝故，大生攝故，大朋大屬之所攝故，廣大事業加行成就之所攝故，無諸惱害性薄塵垢之所攝故，善知一切工論明❶處之所攝故。勝生、無罪，乃至安坐妙菩提座，常能現作一切有情一切義利，是名勝利。

注釋

❶**工論明**：又稱爲工巧明，五明（聲明、工巧明、醫方明、因明、內明）之一，即工藝學。

譯文

這樣的六度互相抉擇，云何可見呢？世尊在這一切六度中，在有的地方說施，在有的地方說戒，有的地方說忍，有的地方說勤，有的地方說定，有的地方說慧。這樣的所說，有什麼意趣呢？事實上在一切波羅蜜多中，修習任何一種加行的時候，都有一切波羅蜜多互相助成，有這樣的意趣。這裡有一首嗢柁南頌：

應當知道，數、相和次第、訓詞、修、差別、攝、所治、功德，互相抉擇。

原典

如是六種波羅蜜多互相決擇，云何可見？世尊於此一切六種波羅蜜多，或有處所

以施聲說，或有處所以戒聲說，或有處所以忍聲說，或有處所以勤聲說，或有處所以定聲說，或有處所以慧聲說。如是所說有何意趣？謂於一切波羅蜜多修加行中，皆有一切波羅蜜多互相助成，如是意趣。此中有一嗢柁南❶頌：

數相及次第，訓詞修差別，攝所治功德，互決擇應知。

注釋

❶**嗢柁南**：梵文Udāna的音譯，意譯無問自說。九分教之一，十二部經之一。佛不待弟子提問，逕自吐露，稱嗢柁南。

3 卷下

彼修差別分第六

譯文

這就講完了彼入因果，彼修差別云何可見呢？由菩薩十地。哪十地呢？一、極喜地，二、離垢地，三、發光地，四、焰慧地，五、極難勝地，六、現前地，七、遠行地，八、不動地，九、善慧地，十、法雲地。此等諸地安立為十種，云何可見呢？因為要對治十種無明所治障，所以建立十地。為什麼呢？因為以十相逐步深入所知法界，因為法界有十無明所治障住。為什麼以十相而知法界呢？因為初地中的法界遍行義，二地中的法界最勝義，三地中的勝流法界相，四地中的無攝受法界相，五地中的相續無差別法界相，六地中的無雜染清淨法界相，七地中的種種無差別相，八地中的不增不減法界相，相自在依止義，土自在依止義，九地中的智自在依止法界相，十地中的業自在依止，陀羅尼門、三摩地門自在依止法界相。這裏有三個偈頌：

遍行、最勝義，及與勝流義，如此無攝義、相續無別義。

無雜染清淨義、種種無別義、不增不減義、四自在依義。

法界當中有十不染污無明，對治這種所治障，所以要安立十地。

再者，應當知道，這樣的無明，對於聲聞等小乘佛教徒來說，不是染污的，對於諸菩薩來說，是染污的。

原典

如是已說彼入因果，彼修差別云何可見？由菩薩十地。何等爲十？一、極喜地，二、離垢地❶，三、發光地❷，四、焰慧地❸，五、極難勝地❹，六、現前地❺，七、遠行地❻，八、不動地❼，九、善慧地❽，十、法雲地❾。如是諸地安立爲十，云何可見？爲欲對治十種無明❿所治障故。所以者何？以於十相所知法界，有十無明所治障住。云何十相所知法界？謂初地中由徧行義，第二地中由最勝義，第三地中由勝流義，第四地中由無攝受義，第五地中由相續無差別義，第六地中由無雜染清淨義，第七地中由種種法無差別義，第八地中由不增不減義，相自在依止義，土自在依止義，第九地中由智自在依止義，第十地中由業自在依止義，陀羅尼⓫門、三摩地門自在依止義。此中有三頌：

偏行最勝義，及與勝流義，如是無攝義，相續無別義。

無雜染淨義，種種無別義，不增不減義，四自在依義。

法界中有十，不染汙無明，治此所治障，故安立十地。

復次，應知如是無明，於聲聞等非染汙，於諸菩薩是染汙。

注釋

❶ **離垢地**：又稱爲無垢地、淨地等，遠離能起任何犯戒的煩惱，使身心無垢清淨。

❷ **發光地**：又稱爲明地、有光地，成就殊勝之禪定，發出智慧之光。

❸ **焰慧地**：又稱爲焰勝地、焰地，使慧性增盛。此位菩薩，安住最勝菩提分法，妙慧殊勝，能斷煩惱，如火燒薪。

❹ **極難勝地**：又稱爲難勝地，使俗智和眞智合而相應，極難做到，所以稱作爲極難勝

地。

❺**現前地**：又稱爲現在地、目見地，由緣起之智，引生無分別智，使最勝般若現前。

❻**遠行地**：又稱爲深行地、深入地，在禪定中悟空寂無相之理，即住於無相行，遠離世間和小乘佛教的聲聞、緣覺二乘。

❼**不動地**：無分別智，任運相續，不爲一切事相煩惱所動。

❽**善慧地**：又稱爲善哉意地、善根地，成就四無礙解，具足十力，能遍行十方說法。

❾**法雲地**：此地菩薩，成就大法智，具足無邊功德，法身如虛空，智慧如大雲。

❿**無明**：梵文Avidyā的意譯，又稱爲癡、愚癡等，十二因緣之一、三毒之一、根本煩惱之一，意謂無智、愚昧，不懂得佛教道理。

⓫**陀羅尼**：梵文Dhāraṇī的音譯，意譯爲咒。

譯文

而且，第一地爲什麼稱爲極喜地呢？因爲這初登地的菩薩，是最初獲得能夠成辦自己及其他有情義利的兩種殊勝功能。二地爲什麼稱爲離垢地呢？因爲此地菩薩能夠遠離微細的犯戒垢。三地為什麼稱為發光地呢？因為此地菩薩，由無退轉的等持、等至所依止，為大法光明所依止。四地為什麼稱為焰慧地呢？因為此地菩薩，用各種菩提分法，生起智慧的火焰，焚滅一切障礙。五地為什麼稱為極難勝地呢？因為真諦智和世間智互相違逆，合此難合二智，使之相應。六地為什麼稱為現前地呢？因為此地菩薩，以觀察十二緣起智為所依，能使般若波羅蜜多的無分別智出現在面前。七地為什麼稱為遠行地呢？因為此地菩薩，到達了有功用行的最後邊際。八地為什麼稱為不動地呢？因為此地的一切相的有功用行不能動的緣故。九地為什麼稱為善慧地呢？因為九地菩薩，已經得到最殊勝的無礙智。十地為什麼稱為法雲地呢？因為十地菩薩，已經得到總緣一切事物的智慧，這種智慧含藏一切陀羅尼門、三摩地門，猶如大雲一樣，能夠覆蓋猶如虛空一樣的廣大障礙，而且，對於佛的法身能夠圓滿成就。

原典

復次，何故初地說名極喜？由此最初得能成辦自他義利❶勝功能故。何故二地說名離垢？由極遠離犯戒垢故。何故三地說名發光？由無退轉等持❷、等至❸所依止故，大法光明所依止故。何故四地說名焰慧？由諸菩提分法焚滅一切障故。何故五地名極難勝？由眞諦❹智與世間智❺更互相違，合此難合令相應故。何故六地說名現前？由緣起智爲所依止，能令般若波羅蜜多現在前故。何故七地說名遠行？至功用行最後邊故。何故八地說名不動？由一切相有功用行不能動故。何故九地說名善慧？由得最勝無礙智故。何故十地說名法雲？由得總緣一切法智，含藏一切陀羅尼門、三摩地門，譬如大雲能覆如空廣大障故，又於法身能圓滿故。

注釋

❶**自他義利**：即自利、利他，自利是使自己覺悟，利他是使他人覺悟。

❷**等持**：定的別名，意謂心住於一境，平等維持。有三種等持：空等持、無相等持、無願等持。這裏特指四靜慮。

❸**等至**：定的別名，當禪定的時候，身心平等安和稱之爲等，禪定能使之至此平等位，所以稱爲等至。通有心、無心二位，假若是有心定，則其心離昏沈與掉舉而爲平等，這就稱之爲等。以其禪定之力，得至此等，所以稱爲等至。假若是無心定，則

約定中依身大種平等，而名爲等至。一般講有八等至，即四靜慮和四無色定。此處特指四無色定。

❹**眞諦**：二諦（眞諦、俗諦）之一，又稱爲勝義諦、第一義諦，諦是梵文Satyam的意譯，意謂眞理。謂一切事物無固定不變之本性（即實體、自性），爲無生無滅之空；了知此等空無之理，是爲第一義諦。

❺**世間智**：即俗諦，又稱爲世諦、世俗諦，隨順世俗而說生滅等有之諦理。即指世間之事實與俗知之理。

譯文

得此各地，云何可見呢？由四種相：一、得勝解，意謂獲得這各地的深刻信解；二、得正行，意謂地上菩薩，修得與各地相應的十種正法行；三、得通達，即於初地最初通達法界的時候，就是普遍能夠通達一切地；四、得成滿，意謂於各地修習的正行，從初地到十地的究竟圓滿。

修行這十地，云何可見呢？意謂地上菩薩，在每一地中，都要修奢摩他和毘鉢舍那，由五相而修。有哪五種修呢？即集總修、無相修、無功用修、熾盛修、無喜足修。這五修使諸菩薩成辦五果：㈠每一念中都要銷融一切粗重依止；㈡脫離各種各樣的戲論相而得法樂，猶如在花苑中隨意遊賞一般；㈢能夠正確了知，其量周遍，其數無量，沒有分齊，沒有界限，其法相遠大光明；㈣隨順清淨分，沒有所分別的無相現行；㈤爲了使法身圓滿成辦，這前前能夠正確地攝受後後的勝因。

原典

得此諸地，云何可見❶？由四種相：一、得勝解，謂得諸地深信解故；二、得正行❷，謂得諸地相應十種正法行故；三、得通達，謂於初地達法界時，徧能通達一切地故；四、得成滿，謂修諸地到究竟故。

修此諸地，云何可見？謂諸菩薩於地地中，修奢摩他、毗鉢舍那❸，由五相修。何等爲五？謂集總修❹、無相修❺、無功用修❻、熾盛修❼、無喜足修❽。如是五修，令諸菩薩成辦五果，謂念念中銷融一切麤重依止，離種種相得法苑樂，能正了知周徧無量無分限相大法光明，順清淨分，無所分別，無相現行，爲令法身圓滿成辦，能正攝受後後勝因。

注釋

❶得此諸地，云何可見，《藏要》本校注稱：「以下隋本得相章第三。」

❷行，《磧砂藏》本原作「得」，《藏要》本根據藏文本和《高麗藏》本改。

❸**毗鉢舍那**：梵文Vipaśyana的音譯，意譯爲觀，即智慧。

❹**集總修**：集所有的大乘教法，作總相觀察，一法如此，法法如此。（參閱印順《攝大乘論講記》，下注❺、❻、❼、❽同）

❺**無相修**：於離名相的一眞法界性中，觀察一切法皆不可得，名無相修。

❻**無功用修**：不加作意，不由功用，能任運的止觀雙運。

❼**熾盛修**：修習無功用行，念念增勝，不因得無功用道而停滯。

❽**無喜足修**：雖得念念增盛，但不以此爲滿足，仍是著著上進，所以說是無喜足修。

譯文

約增勝而說，在十地中分別修習十度。於前六地所修的六度，如前所說。後四地所修的四度如下：一、方便善巧度，由前六度所集的善根，和各個有情衆生，共同迴求無上正等菩提；二、願度，即發種種微妙大願，引攝衆生，使之成爲當來波羅蜜多的殊勝衆緣；三、力度，即由思擇、修習二力，使前六度無間現行；四、智度，即由前六度成立的妙智，受用法樂，使有情衆生成熟起來。而且，應當知道，這四度是由般若度的無分別智、後得智所攝。而且，於一切地中，並不修習一切度。這樣的法門，是波羅蜜多藏所攝。

原典

由增勝故，說十地中別修十種波羅蜜多❶。於前六地所修六種波羅蜜多，如先已說。後四地中所修四者：一、方便善巧波羅蜜多❷，謂以前六波羅蜜多所集善根，共諸有情迴求無上正等菩提故；二、願波羅蜜多❸，謂發種種微妙大願，引攝當來波羅蜜多殊勝眾緣故；三、力波羅蜜多❹，謂由思擇、修習二力，令前六種波羅蜜多無間現行故；四、智波羅蜜多❺，謂由前六波羅蜜多成立妙智❻，受用法樂❼，成熟有情故。又此四種波羅蜜多，應知般若波羅蜜多無分別智、後得智攝。又於一切地中，非不修習一切波羅蜜多。如是法門，是波羅蜜多藏❽之所攝。

注釋

❶**十種波羅蜜多**：即十度，布施、持戒、忍辱、精進、禪定、般若、方便善巧、願、力、智。唯識宗講十度，其他佛教派別一般講前六度。

❷**方便善巧波羅蜜多**：即方便善巧度。方便善巧是菩薩救度眾生時，所使用的權巧方便手法。有二種方便善巧：由於在前六度所積集的善根，共諸有情眾生，迴求無上菩提，這稱爲迴向方便善巧。以大悲心，作各種有利於有情眾生的事業，這稱爲拔濟方便善巧。

❸**願波羅蜜多**：「願」即誓願。有二種願：願於當來速證菩提，名求菩提願；爲利有情，願於速證，名利樂他願。

❹**力波羅蜜多**：力有二種，若加行中，思惟簡擇諸法，名思擇力；若加行中，修習諸行，名修習力。

❺**智波羅蜜多**：智有二種，由前六度成立後得化他智，又由此智成立六度，受用施等增上法樂，名受用法樂智；由此妙智，能夠正確了知六度，無倒成熟一切有情衆生，名成就有情智。

❻**妙智**：即佛智，因爲佛智神妙不可思議，所以稱爲妙智。

❼**法樂**：對於欲樂而有法樂，以法味樂神，所以稱之爲法樂。行善積德以自娛，也稱爲法樂。《維摩經．菩薩品》稱：「有法樂可以自娛，不應復樂五欲樂也。天女即問：何謂法樂？答曰：樂常信佛，樂欲聽法，樂供衆生……樂修無量道品之法，是爲菩薩法樂。」

❽**波羅蜜多藏**：大乘法的總稱，密教法稱爲陀羅尼藏，小乘法稱爲小乘法藏。

譯文

而且，一共經歷多長時間，才能使修行諸地得到圓滿呢？有五種補特伽羅，經過三無數大劫。即勝解行補特伽羅，要經過初無數大劫的修行，才能夠圓滿，第二清淨增上意樂補特伽羅，以及第三有相行補特伽羅、第四無相行補特伽羅，在前六地及第七地，要經過第二個無數大劫的修行，才能夠圓滿。這無功用行補特伽羅，從此以上至第十地，經過第三個無數大劫的修行，才能夠圓滿。此中有如下偈頌：

以清淨力、增上力、堅固心、昇進，具備這四力，才能稱爲菩薩，才能開始初修無數三大劫。

原典

復次，凡經幾時修行諸地可得圓滿？有五補特伽羅❶，經三無數❷大劫。謂勝解行補特伽羅❸，經初無數大劫修行圓滿，清淨增上意樂行補特伽羅❹，及有相行、無相行補特伽羅，於前六地及第七地，經第二無數大劫修行圓滿。即此無功用行補特伽羅，從此已上至第十地，經第三無數大劫修行圓滿。此中有頌：

清淨增上力，堅固心昇進，名菩薩初修，無數三大劫。

注釋

❶**五補特伽羅**：補特伽羅（Pudgala）意謂人。這裏不是五個人，而是修行的五個階段。

❷**無數**：梵文Asaṁkhya的意譯，另譯無央數，音譯阿僧祇或阿僧企耶。

❸**勝解行補特伽羅**：即十住、十行、十迴向的菩薩，他們要經過初無數大劫的修行，才能得到圓滿。

❹**清淨增上意樂行補特伽羅**：包括有相行、無相行和無功用行。

增上戒學分第七

譯文

這就講完了因果修差別，這裏的增上戒殊勝，云何可見呢？如《瑜伽師地論》的〈菩薩地〉正受菩薩律儀中所說。

而且，應當知道，簡略來說，由於四種殊勝而有此殊勝：一、由差別殊勝，二、由共不共學處殊勝，三、由廣大殊勝，四、由甚深殊勝。

關於差別殊勝的問題，意謂菩薩戒有三品之別：一、律儀戒，二、攝善法戒，三、饒益有情戒。這裏的律儀戒，應當知道，是攝善法、饒益有情二戒建立的所依。攝善法戒，應當知道，是建立在修集一切佛法的功德上。饒益有情戒，應當知道，是建立在利益成熟一切有情衆生的基礎上。

關於共不共學處殊勝問題，菩薩對於殺、盜、淫、妄一切性罪，不再生起現行。與聲聞乘比較起來，有一部分是共通的。但是，關於遮罪的不現行，菩薩與聲聞不共。於此學處，有聲聞犯菩薩不犯的，也有菩薩犯聲聞不犯的。菩薩具有身業、語業、心業之戒，聲聞只有身業、語業二戒，所以菩薩心也有犯戒的可能，諸聲聞沒有犯戒的可能。扼要地說：一切饒益有情衆生的事業，只要是無罪的，不管是身業、語業，還是意業，這一切，菩薩都應現行，都應當修學。這樣，就應當知道，稱爲共不共殊勝。

關於廣大殊勝的問題，又由於四種廣大：一、由於種種無量學處廣大，二、由於攝受無量福德廣大，三、由於攝受一切有情利益安樂意樂廣大，四、由於建立無上正等菩提廣大。

原典

如是已說因果修差別，此中增上戒殊勝，云何可見？如〈菩薩地〉❶正受菩薩律儀中說。

復次，應知略由四種殊勝故此殊勝❷：一、由差別殊勝，二、由共不共學處殊勝，三、由廣大殊勝，四、由甚深殊勝。

差別殊勝者，謂菩薩戒有三品別：一、律儀戒，二、攝善法戒，三、饒益有情戒。此中律儀戒，應知二戒建立❸義故。攝善法戒，應知修集一切佛法建立義故。饒益有情戒，應知成熟一切有情建立義故。

共不共學處❹殊勝者，謂諸菩薩一切性罪不現行故，與聲聞共。相似❺遮罪有現行故，與彼不共。於此學處，有聲聞犯菩薩不犯，有菩薩犯聲聞不犯。菩薩具有身、語、心戒，聲聞唯有身、語二戒，是故菩薩心亦有犯非諸聲聞。以要言之，一切饒益有情無罪身、語、意業，菩薩一切皆應現行，皆應修學。如是應知，說名爲共不共殊勝。

廣大殊勝者，復由四種廣大❻故：一、由種種無量學處廣大故，二、由攝受無量福德廣大故，三、由攝受一切有情利益安樂意樂廣大故，四、由建立無上正等菩提廣大故。

注釋

❶**菩薩地**：《瑜伽師地論》（亦稱《十七地論》）的第十五地，此中有一戒品，詳細

解說菩薩的律儀。

❷**此殊勝**：「此」指菩薩的增上戒。菩薩戒殊勝於小乘戒。

❸建立，《藏要》本校注稱：「藏本此語作依止義，陳、隋本同，與無性合，次文例知。」

❹**學處**：可學之個處。《菩薩地持經》卷一稱：「菩薩於何學處？學有七處：一者自利，二者利他，三者眞實義，四者力，五者成熟衆生，六者自熟佛法，七者無上菩提。」

❺相似，《藏要》本校注稱：「藏本無此相似二字，魏、陳本同，今譯從世親。又『似』字原作『以』，今依世親及麗刻改。」

❻**四種廣大**：下文的第一廣大是依律儀數量上的廣大，第二廣大是依攝善法戒的功德，第三廣大是依饒益有情戒意樂上而說，第四廣大是以上述三種廣大爲依，建立無上正等菩提。

譯文

關於甚深殊勝的問題，意謂諸菩薩由於這品類方便善巧行殺生等十種惡業，這不但沒有罪，反而生無量福，速證無上正等菩提。而且，諸菩薩的現行，變化身、語二業，應當知道，這也是甚深尸羅。由於這種因緣，當菩薩示現作國王的時候，示行種種逼惱有情的事，而安立有情衆生在毘奈耶中。而且，現行種種本生之事，示行迫惱一部分有情衆生，眞實攝受另一部分有情衆生，先使攝受的有情衆生深生淨信，然後展轉教化，使之成熟，這就稱爲菩薩所學尸羅甚深殊勝。

這裏由於簡略說明的四種殊勝，應當知道，菩薩尸羅律儀最爲殊勝。這種差別的菩薩學處，應當知道，又有無量差別，如毘奈耶藏中的《瞿沙方廣契經》所說。

原典

甚深殊勝者，謂諸菩薩由是品類方便善巧行殺生等十種作業❶，而無有罪，生無量福，速證無上正等菩提。又諸菩薩現行變化身、語兩業，應知亦是甚深尸羅。由此因緣，或作國王示行種種惱有情事，安立有情毗奈耶❷中。又現種種諸本生事，示行逼惱諸餘有情，眞實攝受諸餘有情，先令他心深生淨信，後轉成熟。是名菩薩所學尸羅甚深殊勝。

由此略說四種殊勝，應知菩薩尸羅律儀最❸爲殊勝。如是差別菩薩學處，應知復有無量差別，如毗奈耶《瞿沙方廣契經》❹中說。

注釋

❶**殺生等十種作業**：即十惡，殺生、偷盜、邪淫、妄語、兩舌、惡口、綺語、貪欲、瞋恚、邪見。

❷**毗奈耶**：梵文Vinaya的音譯，意譯爲律。

❸最，《磧砂藏》本原刻下衍略字，《藏要》本根據藏本和《高麗藏》本刪。

❹瞿沙方廣契經，該經沒有漢譯。

增上心學分第八

譯文

這就講完了增上戒殊勝，增上心殊勝云何可見呢？簡略來說，由六種差別應當知道：一、由所緣差別，二、由種種差別，三、由對治差別，四、由堪能差別，五、由引發差別，六、由作業差別。

關於所緣差別問題，意謂大乘教法都是菩薩定心的所緣。

關於種種差別的問題，意謂大乘光明、集福定王、賢守、健行等三摩地，種種無量。

關於對治差別的問題，意謂一切事物的總相緣智，這種無分別智就像以楔出楔的道理一樣，遣除阿賴耶識中的二障粗重。

關於堪能差別問題，菩薩安住於靜慮之中，就是進入第三禪之樂，也能隨其所欲而受生。

關於引發差別的問題，即能引發世界上的無礙神通。

關於作業差別問題，就是能夠振動一切世界，放出光明熾然的烈焰，其光明遍十方，使幽暗處也顯示可見，神通力使四大體性互相轉變，又能往來十方世界，又能卷須彌入一芥子，舒一芥子納須彌，一切有情無情的色像都可以攝入身中，隨所往而化身，與之同類。或者顯示出來，或者隱藏起來，一切所作都自由自在。菩薩的神通，能夠蔽伏其他一切凡小的神通，加被說法者，施與辯才無礙；加被聽法者，能施念樂，爲了攝化他方一切有情衆生來集會聽法，大放光明，引發如此廣大神通。

原典

增上心學分第八❶

如是已說增上戒殊勝，增上心殊勝云何可見？略由六種差別應知：一、由所緣差別故，二、由種種差別故，三、由對治差別故，四、由堪能差別故，五、由引發差別故，六、由作業差別故。

所緣差別者，謂大乘法爲所緣故。

種種差別者，謂大乘光明❷、集福定王❸、賢守❹、健行❺等三摩地，種種無量故。

對治差別者，謂一切法總相緣智❻，以楔出楔道理，遣阿賴耶識中一切障麤重故。

堪能差別者，謂住靜慮樂，隨其所欲即受生故。

引發差別者，謂能引發一切世界無礙神通❼故。

作業差別者，謂能振動，熾然，徧滿，顯示，轉變，往來，卷舒，一切色像皆入身中，所往同類。或顯或隱，所作自在，伏他神通，施辯念樂，放大光明，引發如是大神通故。

注釋

❶增上心學分第八，《藏要》本校注稱：「以下藏本第四卷，不分品，魏本同，陳本作依心學勝相第七，隋本作增上心學勝相勝語第七。」

❷**大乘光明**：初地至三地菩薩修習大乘光明定，能夠從定發出無分別慧光，照了大乘佛教的教、理、行、果。
❸**集福定王**：四地至七地菩薩在禪定中，修集無量福德，自由自在，猶如國王。
❹**賢守**：「賢」意謂仁慈，「守」意謂守護，八地、九地菩薩修習賢守定，能夠深入慈悲心，守護利樂有情衆生。
❺**健行**：即首楞嚴三摩地，十地菩薩所修的禪定，非常剛健，所以稱爲健行。
❻**總相緣智**：即無分別智。
❼**神通**：梵文Abhijñā的意譯，另譯神通力、神力、通力等，通過禪定所得到的一種不可思議的力量。佛、菩薩、羅漢有五神通或六神通。

譯文

還能引發總攝各種很難實行的十種難行，所謂十難行即是：一、自誓難行，發誓受無上菩提大願；二、不退難行，生死衆苦不能使之退屈；三、不背難行，一切有情衆生，雖然行邪行，菩薩卻不棄捨他們；四、現前難行，即使是與菩薩有大怨仇的有情衆生，菩薩仍現作一切饒益他們的事情；五、不染難行，菩薩生於世間，卻不爲世間法所染污；六、勝解難行，對於大乘教法，雖然還沒有明了，但於廣大甚深處卻生堅固的信解；七、通達難行，菩薩能夠具足通達補特伽羅與法無我；八、隨覺難行，對於諸佛所說的甚深秘密言詞，菩薩能夠隨其正義而覺了；九、不離不染難行，菩薩能夠不捨生死，又不爲生死所染污；十、加行難行，菩薩能夠像諸佛一樣，安住於解脫一切障礙，能窮生死際而不作功用，經常生起度脫一切有情衆生的一切義利行。

原典

又能引發攝諸難行十難行故❶。十難行者：一、自誓難行，誓受無上菩提願故；二、不退難行，生死衆苦不能退故；三、不背難行，一切有情雖行邪行而不棄故；四、現前難行，怨有情所現作一切饒益事故；五、不染難行，生在世間，不爲世法所染汙故；六、勝解難行，於大乘中雖未能了，然於一切廣大甚深生信解故；七、通達難行，具能通達補特伽羅法無我故；八、隨覺難行，於諸如來所說甚深祕密言詞能隨覺故；九、不離不染難行，不捨生死而不染故；十、加行難行，能修諸佛安住解脫一切障礙，窮生死際不作功用，常起一切有情一切義利行故。

注釋

❶十難行故，《磧砂藏》本沒有這四個字，《藏要》本根據藏本及《高麗藏》本加。

譯文

再者，在隨覺難行當中，對於佛的什麼秘密言詞，那些菩薩們能夠隨順覺了呢？如佛經所說：菩薩如何能行惠施呢？就像諸菩薩無少所施，然卻已經於十方無量世界廣行惠施。菩薩怎樣作才是樂行惠施呢？就像諸菩薩於一切施都無欲樂。菩薩如何於惠施中深生信解呢？就像諸菩薩不信如來而行惠施。菩薩如何於施策勵呢？就像諸菩薩於惠施中不須要自己策勵自己。菩薩如何於施耽樂呢？就像諸菩薩沒有暫時少有所施。菩薩如何使其施廣大呢？就像諸菩薩於惠施中沒有娑洛之想。菩薩如何使其施清淨呢？就像諸菩薩殟波陀慳。菩薩如何使其施究竟呢？就像諸菩薩不安住於究竟。菩薩如何使其施自在呢？就像諸菩薩於惠施中，慳貪不能自在轉起。菩薩如何使其施無盡呢？就像諸菩薩不住於無盡涅槃中。如於布施有此十種秘密言詞，於最初的戒，乃至於最後的慧，都隨其所應，應當知道，也是這樣有十種差別。

原典

復次，隨覺難行中，於佛何等祕密言詞彼諸菩薩能隨覺了？謂如經言：云何菩薩能行惠施❶？若諸菩薩無少所施，然於十方❷無量世界廣行惠施。云何菩薩樂行惠施？若諸菩薩於一切施都無欲樂❸。云何菩薩於惠施中深生信解❹？若諸菩薩不信如來而行布施。云何菩薩於施策勵？若諸菩薩於惠施中不自策勵。云何菩薩於施耽樂？若諸菩薩無有暫時少有所施。云何菩薩其施廣大？若諸菩薩於施惠中離娑洛❺想。云何菩薩其施清淨？若諸菩薩殟波陀❻慳❼。云何菩薩其施究竟？若諸菩薩不住究竟。云何菩薩其施自在？若諸菩薩於惠施中不自在轉。云何菩薩其施無盡？若諸菩薩不住無盡。如於布施，於戒爲初，於慧爲後，隨其所應，當知亦爾。

注釋

❶**惠施**：能夠廣作身內、身外一切的布施，稱爲惠施。

❷**十方**：即東、南、西、北、東南、東北、西南、西北、上、下。

❸**欲樂**：意謂五欲之樂，五欲是色、聲、香、味、觸五種外境，因爲這五種外境能夠引起人們的心欲，所以稱爲五欲。

❹**信解**：聽聞佛説法，最初信之，然後理解，所以稱之爲信解。鈍根者只是相信，利根者理解。信破除邪見，理解能夠破除無明。

❺**娑洛**：印順著《攝大乘論講記》稱：「『沙洛』表面看來是『堅密』義，但從另一方面——秘密——看，卻是『流散』的意思。『於惠施中離沙洛想』，就是在定中行施，没有散亂。」

❻**殟波陀**：據印順著《攝大乘論講記》，在明顯方面説是生起義，在秘密方面講是拔足義。「菩薩殟波陀慳」，似乎是生起慳心，實際上是拔起慳貪的根本，除了慳貪的根蒂，自然是其施清淨。

」

❼**慳**：梵文Mātsarya的意譯，小乘佛教說一切有部的小煩惱地法之一，唯識宗的隨煩惱之一。意謂對於財施、法施慳吝的心理。《大乘廣五蘊論》稱：「云何慳？謂施相違，心吝爲性。謂於財等，生吝惜故，不能惠施，如是爲慳。心遍執著利養衆具，是貪之分，與無厭足所依爲業。無厭足者，由慳吝故，非所用物，猶恆積聚。」

譯文

什麼是能殺生呢？就像斷滅有情衆生的生死流轉。什麼是不與取呢？有情衆生，雖沒有施與者，但是菩薩自然地將他們攝取過來。什麼是欲邪行呢？就像於各種欲行，了知它是邪行，而修正行。什麼是能妄語呢？就像於虛妄法中能說它爲妄。什麼是貝戌尼呢？就像能夠經常安居於最勝的空住。什麼是波魯師呢？就像很好地安住於所知彼岸。什麼是綺間語呢？就像正確說明佛法的品類差別。什麼是能貪欲呢？就像是念念都想自己證得無上靜慮。什麼是能瞋恚呢？就像於其心，能夠正確憎惡厭害一切煩惱。什麼是能邪見呢？就像在依他起的一切處，所依的遍行遍計所執的邪性，都能如實地知見。

原典

云何能殺生？若斷衆生生死流轉❶。云何不與取？若諸有情無有與者，自然攝取。云何欲邪行？若於諸欲了知是邪而修正行❷。云何能妄語❸？若於妄中能說爲妄。云何貝戍尼❹？若能常居最勝空住。云何波魯師❺？若善安住所知彼岸❻。云何綺閒語？若正說法品類差別。云何能貪欲？若有數數欲自證得無上靜慮。云何能瞋恚❼？若於其心能正憎害一切煩惱。云何能邪見❽？若一切處徧行邪性皆如實見。

注釋

❶**流轉**：梵文Saṃsāra的意譯。「流」是相續之義，「轉」是生起義。意謂有爲法的因果相續而生起。凡夫由於作善惡之業，招感苦樂之果，輪迴於六趣之中。

❷**正行**：對邪行而言，意謂正確的行爲。淨土宗認爲：往生西方極樂世界，須要五種正行：㈠讀誦正行，即讀誦淨土三經；㈡觀察正行，即觀想淨土之相；㈢禮拜正行

，即禮拜阿彌陀佛；㈣稱名正行，專稱阿彌陀佛之名；㈤讚歎供養正行，讚歎供養阿彌陀佛。

❸**妄語**：十惡之一，爲了欺騙別人而說假話。

❹**貝戌尼**：梵文音譯，意譯爲兩舌或離間語。

❺**波魯師**：梵文音譯，意譯爲粗惡語。按其密意而言，波是善，魯是所知。

❻**所知彼岸**：即生死那邊的大涅槃。

❼**瞋恚**：三毒（貪、瞋、癡）之一，梵文Krodha的意譯，音譯訖羅馱。小乘佛教說一切有部的不定地法之一，唯識宗的煩惱法之一，意謂仇恨和損害他人的心理。《大乘五蘊論》稱：「云何爲瞋？謂於有情樂作損害爲性。」

❽**邪見**：梵文Mithyā-dṛṣṭi的意譯，否定因果報應的錯誤見解。

譯文

所說的甚深佛法，爲什麼稱爲甚深佛法呢？這裏應當正確解釋：常住法是各種佛法，因爲佛的法身是常住的。而且，斷滅法也是各種佛法，因爲一切障垢永遠會斷滅的緣故。而且，生起法也是各種佛法，因爲佛的變化身隨類應現，從法身生起。而且，所得法也是各種佛法，因爲各類有情衆生有八萬四千煩惱行，以及對其進行對治的八萬四千法門，都是可得的。而且，有貪法也是各種佛法，因爲佛、菩薩自己發過誓願，攝受有貪的有情衆生爲己體。而且，有瞋法也是各種佛法，又有癡法，也是各種佛法。而且，異生法也是各種佛法，應當知道，也是這樣。而且，無染法也是各種佛法，因爲成就圓滿的眞如，一切障垢都不能使之染汚。而且，無染法也是各種佛法，因爲佛、菩薩生於世間，各種世間法都不能使之染汚。所以稱爲甚深佛法。而且，修三摩地，能夠引發修行到彼岸，使有情衆生成就起來，使佛國土清淨起來，這是由於各種佛法的緣故，應當知道，這也是菩薩等持的作業差別。

原典

甚深佛法者，云何名爲甚深佛法？此中應釋：謂常住法是諸佛法，以其法身是常住故。又斷滅法是諸佛法，以一切障永斷滅故。又生起法是諸佛法，以變化身現生起故。又有所得法是諸佛法，八萬四千諸有情行及彼對治皆可得故。又有貪法是諸佛法，自誓攝受有貪有情爲己體故。又有瞋法是諸佛法，又有癡法是諸佛法，又異生❶法是諸佛法，應知亦爾。又無染法是諸佛法，成滿眞如，一切障垢不能染故。又無汙法是諸佛法，生在世間，諸世間法不能汙故。是故說名甚深佛法。又能引發修到彼岸，成熟有情，淨佛國土，諸佛法故，應知亦是菩薩等持作業差別。

注釋

❶**異生**：梵文Bālapṛthagjana的意譯，音譯婆羅必栗託那。凡夫的異名，因爲凡夫輪迴於六道，受各種各樣的別異果報。而且，凡夫種種變異而生邪見造惡，所以稱爲異生。《成唯識論述記》卷二本稱；「異有二義：一、別異名異，謂聖唯生人、天趣，此通五趣故。又變異名異，此轉變爲邪見等故，生謂生類。」

增上慧學分第九

譯文

這就講完了增上心殊勝，增上慧殊勝云何可見呢？增上慧就是無分別智，或自性，或所依，或因緣，或所緣，或行相，或任持，或助伴，或異熟，或等流，或出離，或至究竟，或加行、無分別、後得勝利，或差別，或無分別、後得譬喻，或無功用作事，或甚深。應當知道，無分別智名增上慧殊勝。

原典

增上慧學分第九❶

如是已說增上心殊勝，增上慧殊勝云何可見？謂無分別智，若自性，若所依，若因緣，若所緣，若行相，若任持，若助伴，若異熟，若等流，若出離，若至究竟，若加行、無分別、後得勝利，若差別，若無分別、後得譬喻，若無功用作事，若甚深。應知無分別智名增上慧殊勝。

注釋

❶增上慧學分第九，《藏要》本校注稱：「藏本、魏本不分品，陳本作依慧學勝相第八，隋本作增上慧學勝相勝語第八。」

譯文

這裏所說的無分別智，要離五種相，才是它的自性：一、因爲要離無作意，二、因爲要離過有尋有伺地，三、因爲要離想受滅寂靜，四、因爲要離色自性，五、因爲要離眞義異計度。離開這五相，應當知道，這就稱爲無分別智。如前所說無分別智的成立相中，又說很多偈頌：

諸菩薩無分別智的自性，遠離五種相，不異計於眞。

諸菩薩無分別智的所依，非心非非心，非思議種類。

諸菩薩無分別智的因緣，是有名言的聞熏習，又是如理作意。

諸菩薩無分別智的所緣，是不可言說的法性，又是人無我和法無我性的眞如。

諸菩薩無分別智的行相，又於所緣中，它的所知是無相。

與名字相應的自性之義，是所分別，並不是其餘的什麼東西，名字的展轉相應，這就是名義相應的義相。

並不是離開那能詮的名言，有智慧於所詮的義相上轉起，並不是能詮與所詮不同，一切事物的實性都是不可言說的。

諸菩薩的攝持，就是無分別智，使後得的各種菩薩行，進趣到一切智海，漸漸地增長。

諸菩薩無分別智的助伴，據說有二種道，就是其餘五度。

諸菩薩無分別智的異熟識，於佛的二會中受生，由加行證得。

諸菩薩無分別智的等流果，在後後生中，智體更爲增勝。

諸菩薩無分別智，出離二障，要有得相應和成辦相應，應當知道，在十地當中。

諸菩薩無分別智的究竟，是得清淨三身，得最上自在。

這種如虛空一樣無染的無分別智，能轉各種各樣的極重惡業爲輕，這是由於對無分別智的相信和勝解。

這種如虛空一樣無染的無分別智，解脫一切障，在初地得相應，初地以上稱爲成辦相應。

這種如虛空一樣無染的無分別智，常行於世間，不爲世間法所染污。

如瘂子追求所受用的境義，又如瘂子正在受用境義，又如非瘂子在受用境義，對於三智的譬喻就是這樣。

如愚人追求所受用的境義，又如愚人正在受用境義，又如非愚人受用境義，對於三智的譬喻就是這樣。

如五識求受境義，又如五識正受境義，如意識正受境義，對於三智的譬喻就是這樣。

如有未解於論的文義，而求論的理解，但能受法，領受其義，按照這種次第譬喻三智，應當知道加行等三智。

如人正當閉目的時候，是無分別智。若人即時又開目，後得智也是這樣。

應當知道，如虛空那樣，是無分別智，於虛空中現起一切色像，後得智也是這樣。

無分別智如末尼寶珠和天樂一樣，無思慮而能成辦自己所應作的事情，各種各樣的佛事都能成辦，又是恆常遠離思慮。

並不是於此依他起性，也不是以其餘的境界，非智非非智，與境沒有區別，與能緣智也成無分別。

應當知道，一切事物，從本以來，法性是沒有分別的，所分別本來就是無，無分別智是無。

這裏的加行無分別智有三種：即因緣、引發、數習，是從生起的差別建立的。根本無分別智也有三種：即喜足、無顛倒、無戲論，是從無分別的差別建立的。後得無分別智有五種：即通達、隨念、安立、和合、如意，這是從思擇差別而建立的。

原典

此中無分別智，離五種相以為自性：一、離無作意故，二、離過有尋有伺地故，

三、離想受滅寂靜故，四、離色自性故，五、離於眞義異計度故。離此五相，應知是名無分別智。於如所說無分別智成立相中，復說多頌：

諸菩薩自性，遠離五種相，是無分別智，不異計於真。
諸菩薩所依，非心而是心，是無分別智，非思義種類。
諸菩薩因緣，有言聞熏習，是無分別智，及如理作意。
諸菩薩所緣，不可言法性，是無分別智，無我性真如。
諸菩薩行相，復於所緣中，是無分別智，彼所知無相❶。
相應自性義，所分別非餘，字展轉相應，是謂相應義。
非離彼能詮，智於所詮轉，非詮不同故，一切不可言。
諸菩薩任持，是無分別智，後所得諸行，為進趣增長。
諸菩薩助伴，說為二種道❷，是無分別智，五到彼岸性❸。
諸菩薩異熟，於佛二會❹中，是無分別智，由加行證得。
諸菩薩等流，於後後生中，是無分別智，自體轉增勝。
諸菩薩出離，得成辦相應，是無分別智，應知於十地。

諸菩薩究竟，得清淨三身，是無分別智，得最上自在。
如虛空無染，是無分別智，種種極重惡，由唯信勝解。
如虛空無染，是無分別智，解脫一切障，得成辦相應。
如虛空無染，是無分別智，常行於世間，非世法所染。
如瘂求受義，如瘂正受義，如非瘂受義，三智❺譬如是。
如愚求受義，如愚正受義，如非愚受義，三智譬如是。
如五求受義，如五正受義，如末那受義，三智譬如是。
如未解於論，求論受法義，次第譬三智，應知加行等。
如人正閉目，是無分別智；即彼復開目，後得智亦爾。
應知如虛空，是無分別智，於中現色相，後得智亦爾。
如末尼❻天樂❼，無思成自事，種種佛事成，常離思亦爾。
非於此非餘，非智而是智，與境無有異，智成無分別。
應知一切法，本性無分別，所分別無故，無分別智無。

此中加行無分別智有三種：謂因緣、引發、數習生差別故。根本無分別智亦有三種：謂喜足、無顛倒、無戲論，無分別差別故。後得無分別智有五種：謂通達❽、隨念❾、安立❿、和合⓫、如意⓬，思擇差別故。

注釋

❶**無相**：眞理絕諸相。涅槃稱爲無相，因爲涅槃無十相：色相、聲相、香相、味相、觸相、生相、住相、壞相、男相、女相。

❷**二種道**：從布施到精進是資糧道，禪定是般若所依止，是依止道。

❸**五到彼岸性**：即前五度，布施、持戒、忍辱、精進、禪定。

❹**二會**：即佛的受用身和變化身。

❺**三智**：即根本智、加行智、後得智。

❻**末尼**：梵文Mani的音譯，意譯爲寶珠。

❼**天樂**：即天上的音樂，不用擊奏，就可以發出微妙悅耳的聲音。

❽**通達**：後得無分別智，帶相緣如，通達眞如的體相。（參閱印順法師著《攝大乘論講記》，下注❾、❿、⓫、⓬同）

❾**隨念**：即能憶持而不忘失過去諸事之智慧。爲菩薩後得無分別智之一。從根本無分別智，或帶相緣如的後得智後，隨即追念無分別智所契證的。

❿**安立**：將自己所證見的境界，用名相講出來，爲人宣說。

⓫**和合**：將一切事物，作總合的觀察。

⓬**如意**：隨順自己的欲求，能夠變地爲水，變水爲火等，如意而轉。

譯文

又有多個偈頌成立這樣的無分別智：

鬼、傍生、人、天，於等同的一件事物上，各隨其所應見的心，有不同的認識，應當認許所遍計的義境是不眞實的。

於過去、未來的事物中，夢中及定中所現的二種影像中，雖然所緣境不是眞實的，但是，可以成爲所取的境相。

假若各種境義實義的自性可以成立，就沒有無分別智了。假若沒有無分別智，證得佛果就不合乎道理了。

得自在的菩薩，由於勝解力，能隨心所欲地使地等成就。得定的行者，也是這樣。

成就簡擇的菩薩、有智得定者，思惟一切事物，都如義顯現。菩薩無分別智的現行，各種境義都不顯現，應當知道，沒有境義，由此可知，也沒有能取的識。

原典

復有多頌成立如是無分別智：

鬼❶傍生人天❷，各隨其所應，等事心異故，許義非真實。

於過去事等，夢像二影中，雖所緣非實，而境相成就。

若義義性成，無無分別智。此若無佛果，證得不應理。

得自在菩薩，由勝解力故，如欲地等成，得定者亦爾。

成就簡擇者，有智得定者，思惟一切法，如義皆顯現。

無分別智行，諸義皆不現，當知無有義，由此亦無識。

注釋

❶**鬼**：梵文Preta的意譯，音譯薜荔多，舊譯餓鬼。《翻譯名義集》卷二稱：「《婆沙》云：鬼者畏也，謂虛怯多畏；又威也，能令他畏其威也。又希求爲鬼，謂彼餓鬼，恒從他人希求飲食，以活性命。」

❷**天**：梵文Deva的意譯，音譯提婆。又稱爲素羅(Sura)，意譯爲光明、清淨、自然、自在、最勝之義。受人間以上勝妙果報之所，一分在須彌山中，一分遠在蒼空，總名爲天趣，六趣之一。

譯文

般若波羅蜜多與無分別智沒有差別，《般若波羅蜜多經》說：「菩薩安住於般若波羅蜜多中，與無所得相應，能於其餘波羅蜜多修習圓滿。」

什麼稱爲與無所得相應的修習圓滿呢？因爲遠離五種處：一、因爲遠離外道的我執處，二、因爲遠離未見眞如菩薩的分別處，三、因爲遠離生死、涅槃二邊處，四、因爲遠離只斷煩惱障而生喜足處，五、因爲遠離不顧有情衆生的利益，安樂住於無餘依涅槃界處。

原典

般若波羅蜜多與無分別智無有差別，如說：「菩薩安住般若波羅蜜多非處相應，能於所餘波羅蜜多修習圓滿。」

云何名爲非處相應修習圓滿？謂由遠離五種處故：一、遠離外道我執處故，二、遠離未見眞如菩薩分別處故，三、遠離生死、涅槃二邊處故，四、遠離唯斷煩惱障生喜足處故，五、遠離不顧有情利益，安樂住無餘依涅槃❶界處故。

注釋

❶**無餘依涅槃**：即無餘涅槃。「依」是苦所依的身體。涅槃有二種：有苦之依身稱爲有餘依涅槃，無苦之依身稱爲無餘依涅槃。

譯文

聲聞等智與菩薩智有什麼差別呢？由五種相而知差別：一、由無分別差別，因為於五蘊、十二入、十八界沒有分別；二、由非少分差別，由於通達眞如，悟入一切種所知境界，普遍度脫一切有情衆生，不是很小的一部分；三、由無住差別，以無住涅槃為所住；四、由畢竟差別，因為無餘依涅槃界中沒有斷盡；五、由無上差別，於此沒有其餘乘勝過它。這裏有如下偈頌：

以大悲為體，由於五種殊勝的智慧，在世間、出世間的圓滿果中，說這菩薩的妙果最高最遠。

原典

聲聞等智與菩薩智有何差別？由五種相應知差別：一、由無分別差別，謂於蘊等法無分別故；二、由非少分差別，謂於通達眞如，入一切種所知境界，普為度脫一切有情，非少分故；三、由無住差別，謂無住涅槃為所住故；四、由畢竟差別，謂無餘

依涅槃界中無斷盡故；五、由無上差別，謂於此上無有餘乘勝過此故。此中有頌：

諸大悲❶為體，由五相勝智，世出世滿中，說此最高遠。

注釋

❶**大悲**：救他人苦之心，稱爲大悲。佛和菩薩的悲心廣大，所以稱爲大悲。

譯文

假若諸菩薩成就這樣的增上戒、增上心、增上般若，其功德就是圓滿的，於各種財位得大自在，爲什麼現見有各種有情衆生缺財呢？因所見的那些有情衆生，於各種財位有很重的業障。因所見的那些有情衆生，假若施與財位，反而障礙他世間善法的生起。因所見的那些有情衆生，因缺財而有厭棄生死追求出離世間之心現前。因所見的那些有情衆生，假若施以財位，就會成爲積集不善法的原因。因所見的那些有情衆生，假若施與財位，就會成爲損惱其餘無量有情衆生的原因。所以，現見各種有情衆生缺財。這裏有如下偈頌：

所見諸有情衆生，有深重業力，財位能障礙他生起善法，能使厭離心現前，使之積集不善因，成爲損惱其餘有情衆生的因緣。所以，現見諸有情衆生，終究不能感菩薩的布施。

原典

若諸菩薩成就如是增上尸羅、增上質多❶、增上般若，功德圓滿，於諸財位得大自在，何故現見有諸有情匱乏財位？見彼有情於諸財位有重業障故。見彼有情若施財位，障生善法故。見彼有情若乏財位，厭離現前故。見彼有情若施財位，即爲積集不善法因故。見彼有情若施財位，即便作餘無量有情損惱因故。是故現見有諸有情，匱乏財位。此中有頌：

見業障現前，積集損惱故，現有諸有情，不感菩薩施。

注釋

❶**質多**：梵文Citta的音譯，意譯爲心。

彼果斷分第十

譯文

這就講完了增上慧殊勝，彼果斷殊勝云何可見呢？斷果就是菩薩證得無住涅槃，捨除雜染而不捨生死，在那遍計所執、圓成實二種所依止的依他起性當中，轉依是其體相。此中的生死，是依他起性的雜染分，涅槃是依他起性的清淨分。二所依止即通染、淨二分的依他起性。轉依就是依他起性。對治道生起的時候，轉捨雜染分，轉得清淨分。

原典

彼果斷分第十❶

如是已說增上慧殊勝，彼果斷殊勝云何可見？斷謂菩薩無住涅槃，以捨雜染，不捨生死，二所依止轉依爲相。此中生死謂依他起性雜染分，涅槃謂依他起性清淨分，二所依止謂通二分依他起性。轉依謂即依他起性。對治起時，轉捨雜染分，轉得清淨分。

注釋

❶彼果斷分第十，《藏要》本校注稱：「藏本、魏本不分品，陳本作學果寂滅勝相第九，隋本作寂滅勝相勝語第九。」

譯文

而且，這種轉依，簡略來說有六種：一、損力益能轉，由勝解力熏成聞熏習，寄住在阿賴耶識中，又由於羞恥力，使各種煩惱少分現行或不現行；二、通達轉，諸菩薩已入大地，直至六地，在眞實顯現現前住的時候，非眞實的義相就不顯現。在非眞實義相顯現現前住的時候，眞實的空性就不顯現；三、修習轉，仍然有障，一切遍計所執相不再顯現，眞實顯現，從第七地乃至十地；四、果圓滿轉，永無煩惱、所知二障，一切相不再顯現，因爲最清淨眞實的法界顯現，於一切相得大自在；五、下劣轉，小乘佛教的聲聞等，只能通達補特伽羅空無我性，一向背生死，一向捨生死；六、廣大轉，諸菩薩還通達法空無我性，於生死當中見到寂靜，雖斷雜染，但不捨離。

原典

又此轉依，略有六種：一、損力益能❶轉，謂由勝解力聞熏習住故，及由有羞恥，令諸煩惱少分現行、不現行故；二、通達轉，謂諸菩薩已入大地，於眞實非眞實顯現不顯現現前住故，乃至六地；三、修習轉，謂猶有障，一切相不顯現，眞實顯現故，乃至十地；四、果圓滿轉，謂永無障，一切相不顯現，最清淨眞實顯現，於一切相得自在故；五、下劣轉，謂聲聞等唯能通達補特伽羅空無我性，一向背生死，一向捨生死故；六、廣大轉，謂諸菩薩兼通達法空無我性，即於生死見爲寂靜，雖斷雜染而不捨故。

注釋

❶損力益能，《藏要》本校注稱：「藏本此語云作損益，無力、能二字，魏本同。」

譯文

假若諸菩薩住於下劣轉，有什麼過失呢？不顧一切有情衆生的利益安樂事，違越一切菩薩法，與下劣乘一樣只解脫煩惱障，這就稱爲過失。假若諸菩薩住於廣大轉，有什麼功德呢？菩薩在生死法中，以自乘的轉依爲所依止而得自在，能於一切趣中示現一切有情衆生之身，於最勝生及三乘中，能夠以種種調伏方便，善巧安立所化有情衆生，這就是功德。這裏有多個偈頌：

諸凡夫隱覆眞理，一向顯現虛妄。諸菩薩捨離了虛妄，所以一向顯現眞實。應當知道，眞義的顯現，非眞義的不顯現，這種轉依就是解脫，能夠隨心所欲地自在而行。

菩薩於生死、涅槃二法中，假若生起平等的無分別智，此時由此便能證知生死即涅槃。

對於生死法非捨非不捨，也就是對涅槃法非得非不得。

原典

若諸菩薩住下劣轉，有何過失？不顧一切有情利益安樂事故，違越一切菩薩法故，與下劣乘同解脫故，是爲過失。若諸菩薩住廣大轉，有何功德？生死法中以自轉依爲所依止得自在故，於一切趣示現一切有情之身，於最勝生及三乘❶中，種種調伏方便，善巧安立所化諸有情故，是爲功德。此中有多頌：

諸凡夫覆真，一向顯虛妄，諸菩薩捨妄，一向顯真實。
應知顯不顯，真義非真義，轉依即解脫，隨欲自在行。
於生死涅槃，若起平等智，爾時由此證，生死即涅槃。
由是於生死，非捨非不捨，亦即於涅槃，非得非不得。

注釋

❶**三乘**：即聲聞乘、緣覺乘、菩薩乘，前二乘屬於小乘，最後一乘屬於大乘。

彼果智分第十一

譯文

這就講完了彼果斷殊勝，彼果智殊勝云何可見呢？由三種佛身，應當知道彼果智殊勝：一、由自性身，二、由受用身，三、由變化身。這裏所說的自性身，是各種如來法身，一切法自在轉所依止。受用身是依法身，從種種諸佛衆會所顯現，在清淨佛土弘揚大乘法，使菩薩受用大乘法樂。變化身也依法身，從覩史多天宮示現死沒、受生、受世間五欲、踰城出家、往外道的處所去修各種苦行，證得無上的菩提，轉大法輪，入大涅槃。這裏有一嗢柁南頌：

相、證得、自在、依止，以及攝持、差別、功德、甚深、念、業，以此十義說明諸佛的法身。

原典

如是已說彼果斷殊勝，彼果智殊勝云何可見？謂由三種佛身，應知彼果智殊勝：一、由自性身，二、由受用身，三、由變化身。此中自性身者，謂諸如來法身，一切法自在轉所依止故。受用身者，謂依法身，種種諸佛衆會所顯淸淨佛土，大乘法樂爲所受故。變化身者，亦依法身，從覩史多天❶宮現沒、受生、受欲、踰城出家、往外道所修諸苦行❷、證大菩提、轉大法輪❸、入大涅槃故。此中說一嗢柁南頌：

相證得自在，依止及攝持，差別德甚深，念業明諸佛。

注釋

❶**覩史多天**：梵文Tusita的音譯，兜率天、兜率多等，意譯妙足、知足等。六欲天之一，在夜摩天之上三億二萬由旬，一晝夜，相當於人間四百年。此天居者徹體光明，能照耀世界。此天有內、外兩院，外院是欲界天的一部分，內院是彌勒寄居於欲界的淨土。假若歸依彌勒並稱念其名號者，死後往生於此天。

❷**苦行**：梵文Tapas的意譯，宗教修行方法之一。原意爲「熱」，因爲印度炎熱，所以宗教徒把受熱作爲苦行的主要手段，後來引申爲宗教實踐的苦行。如實行自制、千方百計地自我折磨等。佛教的苦行稱爲頭陀。

❸**轉大法輪**：對佛陀宣說佛法的比喻，「法輪」比喻佛法，「轉」比喻宣說。佛轉法輪，就像轉輪聖王轉動輪寶一樣，手持輪寶，空中無礙。佛轉法輪，能夠消除一切邪見、疑悔、災害。

譯文

諸佛的法身以何爲相呢？應當知道，簡略來說法身有五種相：

一、轉依爲相，轉滅一切障雜染分的依他起性，轉得解脫一切障清淨分的依他起，所以能夠於法自在轉現前。

二、白法所成爲相，由六度圓滿而得十自在圓滿。這裏的壽自在、心自在、衆具自在，由於施度圓滿。業自在、生自在，由於戒度圓滿。勝解自在，由於忍度圓滿。願自在，由於精進度圓滿。神力自在，由於五神通所攝，由於靜慮度圓滿。智自在、法自在，由於般若度圓滿。

三、無二爲相。以有、無無二爲相，由於遍計所執性的一切事物是無所有的，二空所顯的圓成實相是實有的。以有爲、無爲無二爲相，有爲法是由業煩惱的造作而生起的，法身不是由業煩惱所造的，無爲法能自在地示現有爲相。以異性、一性無二爲相，因爲十方三世一切諸佛都以平等法界爲所依，沒有差別，無量衆生各各示現等覺成佛。這裏有二個偈頌：

沒有我執，所以於法界中再也沒有差別的所依身，隨前能證的身有別，可以假名施設有異。

種姓異、非虛、圓滿、無初，無別是指無垢依說的，所以說非一非多。

四、常住爲相。因爲是眞如清淨相，本願所依，所應作的事情沒有盡期。

五、不可思議爲相。於眞如清淨的法界，自內圓證，沒有世間譬喩能夠比喩，也不是世間各種尋思的所行之處。

原典

諸佛法身於何爲相?應知法身略有五相:

一、轉依爲相。謂轉滅一切障雜染分依他起性故,轉得解脫一切障,於法自在轉現前清淨分,依他起性故。

二、白法❶所成爲相。謂六波羅蜜多圓滿得十自在故。此中壽自在、心自在、衆具自在,由施波羅蜜多圓滿故。業自在、生自在,由戒波羅蜜多圓滿故。勝解自在,由忍波羅蜜多圓滿故。願自在,由精進波羅蜜多圓滿故。神力自在,五通所攝,由靜慮波羅蜜多圓滿故。智自在、法自在,由般若波羅蜜多圓滿故。

三、無二爲相。謂有、無無二爲相,由一切法無所有故,空所顯相是實有故。有爲、無爲無二爲相,由業煩惱非所爲故,自在示現有爲相故。異性、一性無二爲相,由一切佛所依無差別故,無量相續現等覺故。此中有二頌:

我執不有故,於中無別依,隨前能證別,故施設有異。

種姓異非虛,圓滿無初故,無垢依無別,故非一非多。

四、常住爲相。謂眞如淸淨相故，本願所引故，所應作事無竟期故。

五、不可思議爲相。謂眞如淸淨自內證故，無有世間喩能喩故，非諸尋思所行處故。

注釋

❶**白法**：意謂白淨之法，總稱一切善法。一般來說，有二種白法：慚、愧，因爲這二種善法，能使一切諸行光潔，所以稱爲白法。

譯文

而且，法身的最初證得，如何是這樣呢？即緣總相大乘法境的無分別智和後得智，善於修行五相，於一切地中善於積集福德智慧資糧，金剛喩定能夠破滅微細的難破之障，這金剛喩定無間地脫離一切障而得轉依。

而且，法身由幾自在而得自在呢？簡略來說由五種：一、由佛國土、自身、三十二相、八十種好、無邊音聲自在、無見頂相自在，是由轉色蘊之依而得；二、由無罪無量廣大樂住自在，這是由轉受蘊之依而得；三、由辯說一切名身、句身、文身自在，這是由轉想蘊之依而得；四、由現化、變易、引攝大衆、引攝白法自在，這是由轉行蘊之依而得；五、由圓鏡、平等、觀察、成所作智自在，由轉識蘊之依而得。

而且，法身由幾種處應知依止呢？簡略來說由三處：

一、由種種佛住依止。此中有二個偈頌：

諸佛證得五種自性喜，都是由於等證自界的緣故，聲聞人遠離五種自性喜，都是由於不能證此法界。所以求喜菩薩應當等證法界。

由於法界的功能無量和事成無量，法味、義德都得圓滿，得到這四種自性喜，最殊勝而無過失，諸佛見法界常住，無窮無盡。

二、由種種受用身依止。這受用身是爲成熟諸菩薩而顯現的。

三、由種種變化身依止。大多是爲了成熟諸聲聞的緣故。

原典

復次，云何如是法身最初證得？謂緣總相大乘法境無分別智及後得智，五相善修

，於一切地善集資糧，金剛喻定❶破滅微細難破障故，此定無間離一切障，故得轉依。

復次，法身由幾自在而得自在？略由五種：一、由佛土、自身、相❷、好❸、無邊音聲、無見頂相自在，由轉色蘊依故；二、由無罪無量廣大樂住自在，由轉受蘊依故；三、由辯說一切名身、句身、文身自在，由轉想蘊依故；四、由現化、變易、引攝大衆、引攝白法自在，由轉行蘊依故；五由圓鏡❹、平等❺、觀察❻、成所作智❼自在，由轉識蘊依故。

復次，法身由幾種處應知依止？略由三處：

一、由種種佛住依止。此中有二頌：

諸佛證得五性喜，皆由等證❽自界故，離喜都由不證此，故求喜者應等證。

由能無量及事成，法味義德俱圓滿，得喜最勝無過失，諸佛見常無盡故。

二、由種種受用身依止。但爲成熟諸菩薩故。

三、由種種變化身依止。多爲成熟聲聞等故。

注釋

❶**金剛喻定**：又稱爲金剛滅定、金剛三昧、首楞嚴定等。菩薩最後的禪定，堅利如金剛，能夠伏滅微細煩惱。《天台疏》卷上稱：「金剛喻定者，十地上忍定，如金剛碎煩惱山，自不傾動，亦名首楞嚴定。」

❷**相**：即佛的三十二相，又稱爲三十二大人相、三十二大士相：一、足下安平立相，二、足下二輪相，三、長指相，四、足跟廣平相，五、手足指縵網相，六、手足柔軟相，七、足趺高滿相，八、腨如鹿王相，九、正立手摩膝相，十、陰藏相，十一、身廣長等相，十二、毛上向相，十三、一一孔一毛生相，十四、金色相，十五、丈光相，十六、細薄皮相，十七、七處（兩手、兩足、兩肩、頸項）隆滿相，十八、兩腋下隆滿相，十九、上身如獅子相，二十、大直身相，二十一、肩圓好相，二十二、四十齒相，二十三、齒齊相，二十四、牙白相，二十五、師子頰相，二十六、味中得上味相，二十七、大舌相，二十八、梵聲相，二十九、眞青眼相，三十、牛眼睫相，三十一、頂髻相，三十二、白毛相。

❸**好**：即八十隨好，又稱爲八十隨形好、八十種好、八十微妙種好、八十種小相等。佛生來容貌超越凡俗，顯著特點稱三十二相，微細隱密難見之處稱八十種好。

❹**圓鏡**：即大圓鏡智，第八識阿賴耶識轉無漏時得大圓鏡智，如大圓鏡一樣光明，能遍映萬象，絲毫不遺。

❺**平等**：即平等性智，第七識末那識轉無漏時得平等性智，能平等普度一切衆生。

❻**觀察**：即妙觀察智，轉第六識意識而成妙觀察智，能根據衆生的根機，自在說法，教化衆生。

❼**成所作智**：轉前五識而成成所作智，能於十方以身、口、意三業爲衆生行善。

❽證，《磧砂藏》本原作「種」，《藏要》本根據藏文本和《高麗藏》本改。

譯文

應當知道，法身由幾種佛法之所攝持呢？簡略來說由六種：一、由清淨，即轉阿賴耶識而得法身；二、由異熟，即轉有色根而得異熟智；三、由安住，轉五欲行等住，而得無量智住；四、由自在，即轉種種攝受業自在，而得一切世界無礙神通智自在；五、由言說，轉一切見聞覺知的言說戲論，而得使一切有情心喜的辯說智自在；六、由拔濟，即轉拔濟一切災難橫禍的過失，轉得拔濟一切有情一切災橫過失智。應當知道，法身是由所說的六種佛法之所攝持。

諸佛的法身應當說有異呢？應當說無異呢？因爲依止、意樂、業沒有區別，應當說無異。因爲無量依身現等正覺，應當說有異。如說佛的法身一樣，受用身也是這樣，因爲意樂和業沒有差別，應當說無異。並不由依止身的無差別，而有無量依止差別而轉。應當知道，變化身如受用身所說。

原典

應知法身由幾佛法之所攝持？略由六種：一、由清淨❶，謂轉阿賴耶識得法身故；二、由異熟，謂轉色根得異熟智故；三、由安住，謂轉欲行等住得無量智住故；四、由自在，謂轉種種攝受業自在，得一切世界無礙神通智自在故；五、由言說，謂轉一切見聞覺知言說戲論，得令一切有情心喜辯說智自在故；六、由拔濟，謂轉拔濟一切災橫過失，得拔濟一切有情一切災橫過失智故。應知法身由此所說六種佛法之所攝持。

諸佛法身當言有異？當言無異？依止、意樂、業無別故，當言無異。無量依身現等覺故，當言有異。如說佛法身，受用身亦爾，意樂及業無差別故，當言無異。不由依止無差別故，無量依止差別轉故，應知變化身如受用身說。

注釋

❶清淨，《藏要》本校注稱：「藏本此語作清淨佛法，陳本同，與二釋合。」

譯文

應當知道，法身有幾德相應呢？即最清淨的四無量、八解脫、八勝處、十遍處、無諍、願智、四無礙解、六神通、三十二大士相、八十種好、四一切相清淨、十力、四無畏、三不護、三念住、拔除習氣、無忘失法、大悲、十八不共佛法、一切相妙智等功德相應。這裏有多個偈頌：

憐愍諸有情衆生，起和合意樂，起遠離意樂，常不捨意樂，利樂意樂。對於具有這憐憫有情的四意樂者，我要歸依敬禮。

解脫一切障礙，牟尼勝於世間，智慧周遍存在於一切所知的對象，對於這樣的心解脫者——佛陀，我要歸依敬禮。

能夠滅除諸有情衆生的一切惑而無餘，害滅有情衆生的煩惱，對有染汚煩惱的有情衆生常起憐愍者——佛陀，我要歸依敬禮。

無功用（自然能知一切境界）、無執著、無障礙，常在寂滅定中，對於一切問難都能解釋，對於這樣的智者——佛陀，我要歸依敬禮。

對於所依（契經等教法）、能依（所表達的義）的所說，言及智的能說，對於具有這無礙慧常常善說妙法者——佛陀，我要歸依敬禮。

爲了教化有情衆生，而現神通；知其言，知其心行，知其往昔過去生中因緣，知其未來世的因果，知其出離煩惱，對於這樣的善教者——佛陀，我要歸依敬禮。

諸有情衆生見到世尊，都能審知他是善士，雖然是暫時一見，便產生深刻的淨信，對於這樣的開導者——佛陀，我要歸依敬禮。

攝受住持壽命，捨棄壽命，現化並變易，等持清淨，智清淨，通達自在，對於隨順證得這四清淨者——佛陀，我要歸依敬禮。

方便、歸依、淸淨，及大乘法出離，魔王於此誑惑衆生，對於這摧魔者——佛陀，我要歸依敬禮。

能說智、能說斷、能說出離、能說能障礙法，佛以這自利、利他的四無所畏說一切法，對於這非其餘外道所能制伏的佛陀，我要歸依敬禮。

如來處於大衆中說法，能伏他人的譏說，遠離愛、恚二種雜染，無護無忘失，對於這攝御徒衆的佛陀，我要歸依敬禮。

佛普遍於一切行住中，無非是大圓鏡智之事，對於一切時中普遍知道眞實意義者——佛陀，我要歸依敬禮。

佛使諸有情衆生得到利益和安樂，所作不會錯過時機，所作的一切，永遠沒有虛勞，對於這位無忘失者——佛陀，我要歸依敬禮。

佛於晝三時夜三時中，常六返觀察一切世間，心與大悲相應，對於佛這種利益安樂有情衆生的意樂，我要歸依敬禮。

佛由行並由證，由智並由業，在一切大、小二乘當中，佛是最勝者，我要向他歸依敬禮。

佛由妙智，三身圓滿至得，具足功德相的大菩提果，於一切處的世間中，對於其他人的疑惑，佛都能斷除，我要向他歸依敬禮。

諸佛的法身與此等功德相應，又與所餘的自性、因、果、業、相應、轉等六種功德相應，所以應當知道，諸佛的法身有無上功德。這裏有二個偈頌：

世尊成就眞實不虛的勝義，修一切地中的因行，都能超出的時候，就成爲法身，一直到諸有情衆生的最上首，解脫諸有情衆生。

佛身與無盡無等的功德相應，如來現起變化身，世間及大集衆會中的菩薩，都可以見到，佛的自性身，不是人、天等所能知見的。

原典

應知法身幾德相應？謂最清淨四無量❶、解脫❷、勝處❸、徧處❹、無諍、願智、四無礙解❺、六神通、三十二大士相、八十隨好、四一切相清淨、十力、四無畏、三不護、三念住❻、拔除習氣、無忘失法、大悲、十八不共佛法、一切相妙智等功德相應。此中有多頌：

憐愍諸有情，起和合遠離，常不捨利樂，四意樂歸禮。

解脫一切障，牟尼❼勝世間，智周徧所知，心解脫歸禮。

能滅諸有情，一切惑無餘，害煩惱有染，常哀愍歸禮。

無功用無著，無礙常寂定，於一切問難，能解釋歸禮。

於所依能依，所說言及智，能說無礙慧，常善說歸禮。

為彼諸有情，故現知言行，往來及出離，善教者歸禮。

諸衆生見尊，皆審知善士，暫見便深信，開導者歸禮。

攝受住持捨，現化及變易，等持智自在，隨證得歸禮。

方便歸依淨，及大乘出離，於此誑衆生，摧魔者歸禮。

能說智及斷，出離能障礙，自他利非餘，外道伏歸禮。

處衆能伏說，遠離二雜染，無護無忘失，攝御衆歸禮。

徧一切行住，無非圓智事，一切時徧知，實義者歸禮。

諸有情利樂，所作不過時，所作常無虛，無忘失歸禮。

晝夜常六返，觀一切世間，與大悲相應，利樂意歸禮。
由行及由證，由智及由業，於一切二乘，最勝者歸禮。
由三身至得，具相大菩提，一切處他疑，皆能斷歸禮。

諸佛法身與如是等功德相應，復與所餘自性、因、果、業、相應、轉功德相應，是故應知諸佛法身無上功德。此中有二頌：

尊成實勝義，一切地皆出，至諸衆生上，解脫諸有情，
無盡無等德，相應現世間，及衆會可見，非見人天等。

注釋

❶**四無量**：全稱四無量心、四等心、四梵住、四梵堂等。佛、菩薩爲普度無量衆生而應具有的四種精神：慈無量心、悲無量心、喜無量心、捨無量心。

❷**解脫**：即八解脫，又稱爲八背捨。內有色，外亦觀色，是初背捨。內無色，外觀色，是第二背捨。淨背捨，身作證，是第三背捨。空無邊處背捨，相當於四無色定的空無邊處定，這是第四背捨。識無邊處背捨，相當於識無邊處定，這是第五背捨。

第六無所有處背捨，相當於無所有處定。第七非想非非想處背捨，相當於非想非非想處定。第八滅受想定背捨，受、想皆滅，相當於滅盡定。

❸**勝處**：即八勝處，又稱爲八除入、八除處。是通過對欲界色的觀想而斷除貪心的八種禪定。「勝處」意謂制勝煩惱以引起佛教認識的所依處。一、內有色相觀外色少勝處，二、內有色相觀外色多勝處，三、內無色相觀外色少勝處，四、內無色想觀外色多勝處，五、內無色想觀外色青勝處，六、內無色想觀外色黃勝處，七、內無色想觀外色赤勝處，八、內無色想觀外色白勝處。後四勝處，指內身的色想均已捨離，各自通過觀外界的青、黃、赤、白四色，以斷滅對淨色的貪愛。

❹**偏處**：即十遍處，青、黃、赤、白、地、水、火、風、空、識。

❺**四無礙解**：又稱爲四無礙智、四無礙辯，菩薩說法的智辯。一、法無礙，對於名、句、文身所詮教法無礙；二、義無礙，知教法所詮義理無礙；三、辭無礙，對諸方言辭無礙；四、樂說無礙，又稱爲辯說無礙，由於前三種智慧，爲衆生樂說自在。

❻**三念住**：佛之大悲，攝化衆生，常住於三種念：第一念住，衆生信佛，佛也不生喜心，常安住於正念正智；第二念住，衆生不信佛，佛也不生憂惱，常安住於正念正

智；第三念住，同時一類信、一類不信，佛知之亦不生歡喜與憂慼，常安住於正念正智。

❼**牟尼**：梵文Muni的音譯，釋迦牟尼佛之略，意謂聖人。

譯文

而且，諸佛的法身，甚深最甚深，這種甚深相云何可見呢？這裏有多個偈頌：佛以無生為生，又以無住為住；佛不以功用而作一切利樂有情之事，以第四食為食。

一切諸佛，都無別異，法身無量，無數無量諸佛，同做一種利樂有情的事業；諸佛變化身所作事業，是不堅業，而受用身的業是堅住的業，諸佛都具三身。能現等覺的人、所現等覺的法，都是非有，一切覺者，又是非無。一一念中有無量世界，從有清淨法界非有一切染污上顯現。

佛是非染非離染的，由於染欲而得出離，了知欲而無欲，悟入欲就是法性眞如。諸佛超過有漏的各種取蘊，安住於各蘊之中；與那涅槃非一非異，不捨五蘊而常住於善寂的涅槃。

各種佛事相雜，猶如大海水一樣；我已作、我現作、我當作利他之事，佛沒有這樣的思念。

衆生有罪業障，所以不現見於佛，如破器不能現起月影一樣。佛的法身普遍充滿各種世間，是由於法光如日一般。

或者有時現等正覺，或者有時涅槃，如火一樣有時燃燒有時熄滅。這種入涅槃的佛，未曾非有，因諸佛的法身是永恆的。

佛於非聖法中安住於聖法中，於人趣及惡趣中，在非梵行法中，佛於最勝自體住。

佛的後得智遍一切處行，無分別智也不是行於一處，於一切身中示現受生，佛身非俗人六根所行。

菩薩對於煩惱來說，只是伏而不滅，如毒蛇害人而被咒力所害，從留惑至斷盡惑，證得佛的一切智。

通達煩惱而成覺分，生死即涅槃。因爲具有偉大的方便，諸佛的妙用，是不可思議的。

應當知道，上文所說甚深有十二種：生住業住甚深、安立數業甚深、現等覺甚深、離欲甚深、斷蘊甚深、成熟甚深、顯現甚深、示現等覺涅槃甚深、住甚深、顯示自體甚深、斷煩惱甚深、不可思議甚深。

原典

復次，諸佛法身甚深最甚深，此甚深相云何可見？此中有多頌：

佛無生為生，亦無住為住，諸事無功用，第四食❶為食。
無異亦無量，無數量一業，不堅業堅業，諸佛具三身。
現等覺非有，一切覺非無，一一念無量，有非有所顯。
非染非離染，由欲得出離，了知欲無欲，悟入欲法性。
諸佛過諸蘊，安住諸蘊中，與彼非一異，不捨而善寂。
諸佛事相雜，猶如大海水，我已現當作，他利無是思。
衆生罪不現，如月於破器。徧滿諸世間，由法光如日。

或現等正覺，或涅槃如火。此未曾非有，諸佛身常故。

佛於非聖法，人趣及惡趣，非梵行法中，最勝自體住。

佛一切處行，亦不行一處，於一切身現，非六根所行。

煩惱伏不滅，如毒呪所害，留惑至惑盡，證佛一切智。

煩惱成覺分，生死為涅槃，具大方便故，諸佛不思議。

應知如是所說甚深有十二種：謂生住業住甚深、安立數業甚深、現等覺甚深、離欲甚深、斷蘊甚深、成熟甚深、顯現甚深、示現等覺涅槃甚深、住甚深、顯示自體甚深、斷煩惱甚深、不可思議甚深。

注釋

❶**第四食**：因飲食而維持生命稱爲住。食有四種：一、不清淨依止住食，欲界的有情衆生，以段、思、觸、識四食維持生命，因爲受欲界繫縛，所以稱爲不清淨；二、淨不淨依止住食，通過修禪定而離欲界升上界的有情衆生，以思、觸、識爲食，因爲已離欲界欲，所以是淨；還沒有脫離上界欲，所以又是不淨；三、一向清淨依止

食，此指已得聲聞、緣覺的聖者；四、唯示現依止食，此指佛。在這四食中，法身是第四食。

譯文

假若諸菩薩念佛法身，由幾種念應修此念佛三昧呢？簡略來說，菩薩念佛法身，由七種念應修此念：

一者、諸佛對於一切事物都得自在，菩薩應當修行此念，佛於一切世界神通無礙。這裏有如下偈頌：

周遍於有情衆生的原因，是具有業障或缺少見佛聞法的善根因緣，業障、異熟障二種決定而生起，諸佛對於有此二障的衆生，沒有自在。

二者、如來的法身常住，菩薩應當這樣修念佛觀，眞如法界在金剛喻定的無間道，解脫一切障垢。三者、如來最爲殊勝而無罪，因爲佛的一切煩惱障和所知障都已經解脫離繫了。四者、如來無有功用，菩薩應當修行此念，佛不作功用而做一切利樂有情的佛事，無所休息。五者、如來受大富樂，菩薩應當修行此念，因爲在清淨佛土能夠得到偉大的富樂。六者、如來遠離各種染污，菩薩應當修行此念，佛生於世間，但是一切世間法都不能使之受染。七者、如來能夠成就大事業，菩薩應當修行此念，佛示現受生，成等正覺、般涅槃等，能夠使一切沒有成熟起來的有情眾生成熟起來，使已經成熟的有情眾生得到解脫。這裏有二個偈頌：

念佛法身無不圓滿，念如來隨屬自心，具足常住圓滿、清淨圓滿、無功用圓滿、能施有情眾生偉大法樂圓滿，

遍行無依止圓滿、平等利多眾生圓滿。具有這一切圓滿的無上佛陀，有智慧的菩薩應當修行一切念。

原典

若諸菩薩念佛法身，由幾種念應修此念？略說菩薩念佛法身，由七種念應修此念：

一者、諸佛於一切法得自在轉，應修此念，於一切世界得無礙通故。此中有頌：

有情界周徧，具障而闕因，二種決定轉，諸佛無自在。

二者、如來其身常住，應修此念，眞如無間解脫垢故；三者、如來最勝無罪，應修此念，一切煩惱及所知障並離繫故；四者、如來無有功用，應修此念，不作功用一切佛事無休息故；五者、如來受大富樂，應修此念，清淨佛土大富樂故；六者、如來離諸染汙，應修此念，生在世間，一切世法不能染故；七者、如來能成大事，應修此念，示現等覺、般涅槃❶等，一切有情未成熟者，能令成熟；已成熟者，令解脫故。此中有二頌：

圓滿屬自心，具常住清淨，無功用能施，有情大法樂，
徧行無依止，平等利多生。一切佛智者，應修一切念。

注釋

❶**般涅槃**：即大般涅槃，梵文Mahāparinirvāṇa的意譯，音譯摩訶般涅槃那。又譯爲大入滅息、大滅度、大圓寂入等。「大」是讚美滅德，「滅」意謂滅煩惱滅身心，「息」意謂安息，「度」意謂超度生死，「圓寂」意謂功德圓滿，外相寂滅。

譯文

而且，諸佛的清淨佛土相，云何應知呢？如《菩薩藏百千契經・序品》中所說，即薄伽梵的住處，是以最爲殊勝而具光曜的七寶所莊嚴的大宮殿，放大光明，普遍照耀一切無邊世界。這大宮殿有無量方所，如美妙的文飾，參差間列。這大宮殿的周圍，無邊無際，其分量難以測度。這大宮殿的地點，超過了三界所行之處。是以勝於世間的出世善根爲因生起的，這大宮殿以最極自在佛果位上清淨無漏識爲體相。這大宮殿以如來爲主，諸大菩薩徒衆所雲集，又有無量天、龍、藥叉、健達縛、阿素洛、揭路荼、緊捺洛、莫呼洛伽、人、非人等常所翼從，佛以廣大的大乘法味喜樂，使他們任持安住。佛作化度諸有情衆生的一切義利的事業。在這大宮殿中，蠲除了一切煩惱和各種各樣的天災橫禍，遠離衆魔，超過了各種莊嚴，只以如來自己的功德莊嚴爲所依處，以大念、大慧、大行以爲所遊路，以大止妙觀爲所乘，以大空、無相、無願三解脫門爲所入門。佛的大宮殿，以無量淨妙功德、七寶衆所莊嚴，由大寶華王所建立。這就顯示了清淨佛土顯色圓滿、形色圓滿、分量圓滿、方所圓滿、因圓滿、果圓滿、主圓滿、輔翼圓滿、眷屬圓滿、任持圓滿、事業圓滿、攝益圓滿、無畏圓滿、住處圓滿、路圓滿、乘圓滿、門圓滿、依持圓滿。

原典

復次，諸佛清淨佛土相云何應知？如《菩薩藏百千契經❶・序品》中說，謂薄伽梵住最勝光曜七寶莊嚴，放大光明，普照一切無邊世界，無量方所妙飾間列，周圓無際，其量難測，超過三界所行之處，勝出世間善根所起，最極自在淨識爲相，如來所都，諸大菩薩衆所雲集，無量天、龍❷、藥叉❸、健達縛❹、阿素洛❺、揭路荼❻、緊捺洛❼、莫呼洛伽❽、人、非人❾等常所翼從，廣大法味喜樂所持，作諸衆生一切義利，蠲除一切煩惱災橫，遠離衆魔，過諸莊嚴如來莊嚴之所依處，大念、慧、行以爲遊路，大止妙觀以爲所乘，大空、無相、無願解脫爲所入門，無量功德衆所莊嚴，大寶華王❿之所建立大宮殿中。如是現示清淨佛土顯色圓滿、形色圓滿、分量圓滿、方所圓滿、因圓滿、果圓滿、主圓滿、輔翼圓滿、眷屬圓滿、住持圓滿、事業圓滿、攝益圓滿、無畏圓滿、住處圓滿、路圓滿、乘圓滿、門圓滿、依持圓滿。

注釋

❶**菩薩藏百千契經**：「百千」是十萬，十萬頌的契經，是指《華嚴經》。

❷**龍**：梵文Nāga的意譯，音譯那伽。長身無足，蛇屬之長，八部衆之一，有神力，變化雲雨。

❸**藥叉**：梵文Yakṣa的音譯，另譯夜叉、閱叉、夜乞叉等，意譯能噉鬼、捷疾鬼、勇健、輕捷、秘密等。吃人的鬼，天龍八部之一。有三種：一在地，二在虛空，三在天。

❹**健達縛**：梵文Gandnarva的音譯，另譯乾闥婆，天龍八部之一，靠嗅香味以資樂神，專爲帝釋司奏樂器。

❺**阿素洛**：梵文Asura的音譯，另譯阿蘇羅，天龍八部之一，六道之一，一種惡神，常與天神打仗。

❻**揭路荼**：梵文Garuḍa的音譯，另譯迦樓羅，意譯金翅鳥、妙翅鳥、頂癭鳥等，食吐悲苦聲，居四天下之大樹，取龍爲食，八部衆之一。

❼**緊捺洛**：梵文Kimnara的音譯，另譯緊那羅，意譯疑神、非人等，似人而生一角，八部衆之一，天帝釋的法樂神。

❽**莫呼洛伽**：梵文Mahoraga的音譯，八部衆之一，大蟒神。

❾**非人**：對於人所說的天龍八部、夜叉、惡鬼等，總稱爲非人。

❿**大寶華王**：大寶華是由珠寶而成的大蓮華。大寶華於花中名列第一，所以稱爲王。

譯文

而且，受用這樣清淨的佛土，一向淨妙，一向安樂，一向無罪，一向自在。

而且，應當知道，如諸佛的清淨法界，於一切時能作五業：一者、以救濟一切有情衆生天災、橫禍爲業。因爲他們暫見佛時，便能救濟他們的盲、聾、狂等各種天災橫禍；二者、以救濟惡趣衆生爲業。救拔一切有情衆生，使他們出離不善三惡趣處，把他們安置在人天善處；三者、以救濟非方便爲業。佛使外道捨非方便而求解脫行，把他們安置在如來的聖教當中；四者、以救濟薩迦耶見爲業。佛授與能超三界的無我正道；五者、以救濟乘爲業。有的菩薩想從菩薩道退回去，趣入其餘的小乘，還有不定種姓各種聲聞等，佛要安處他們，使他們修行大乘法門。對於這五業，應當知道，諸佛的業用平等。這裏有如下偈頌：

因力、所依、事業、根性、加行，因其有別，所以業有異。世間的有情衆生，由於因等力別，所以有異，佛沒有這種差別，所以，事業之別非導師——佛所有。

假若與這種功德圓滿相應的諸佛的法身，不與聲聞、獨覺乘共同而有，佛以什麼意趣說一乘呢？這裏有二個偈頌：

爲了引攝一類不定姓的二乘回小向大，及任持所餘一般欲退小乘的菩薩，由於這兩種不定種姓，所以，諸佛都說一乘。

因爲法平等、無我平等、解脫平等，根性不同，得二意樂，變化、究竟，所以佛說一乘。

原典

復次，受用如是清淨佛土，一向淨妙，一向安樂，一向無罪，一向自在❶。

復次，應知如是諸佛法界，於一切時能作五業：一者、救濟一切有情災橫爲業，

於暫見時便能救濟盲、聾、狂等諸災橫故；二者、救濟惡趣為業，拔諸有情出不善處，置善處故；三者、救濟非方便為業，令諸外道捨非方便求解脫行，置於如來聖教中故；四者、救濟薩迦耶見為業，授與能超三界道故；五者、救濟乘為業，拯拔欲趣餘乘菩薩，及不定種姓❷諸聲聞等，安處令修大乘行故。於此五業，應知諸佛業用平等。此中有頌：

因依事性行，別故許業異，世間此力別，無故非導師。

若此功德圓滿相應諸佛法身，不與聲聞、獨覺乘共，以何意趣佛說一乘❸？此中有二頌：

為引攝一類，及任持所餘，由不定種姓，諸佛說一乘。

法無我解脫，等故性不同，得二意樂❹化，究竟說一乘。

注釋

❶上述四個「一向」是常、樂、我、淨涅槃四德，淨妙是淨德，安樂是樂德，無罪是常德，自在是我德。

❷**不定種姓**：五姓（菩薩定姓、獨覺定姓、聲聞定姓、三乘不定姓、無姓有情）之一，具有三乘本有種子，但究竟達到什麼果位，還不一定。

❸**一乘**：即大乘或佛乘，這是成佛的唯一教法。「乘」意謂車乘，譬喻佛的教法，教法能使人到達涅槃彼岸。

❹**二意樂**：據印順著《攝大乘論講記》，一、就人說，攝他爲自，自他平等；二、就法說，諸法無差別，法法平等。

譯文

既然諸佛都是同一法身，但是佛有很多，由於什麼因緣可見得呢？這裏有如下偈頌：

小乘佛教認爲：一個世界中沒有二佛。大乘反駁說：同時有無量衆生圓滿成佛，假若認爲一時只有一佛，按照次第展轉相續成佛，是不合乎道理的，所以有多佛同時成立。

應當知道，如何於佛法身中，佛並不是畢竟入於涅槃，也不是畢竟不入涅槃呢？

這裏有如下偈頌：

因爲脫離一切障礙，所作利樂衆生的事業沒有竟期，佛畢竟入於涅槃，又畢竟不在涅槃。

爲什麼說受用身不是自性身呢？由於六種原因：一、因爲受用身有色身可見；二、因爲受用身有無量佛，彼此衆會差別可見；三、因爲各大菩薩隨各人勝解所見不同，受用身的自性不定；四、因爲一一衆生，別別而見自性變動；五、因爲菩薩、聲聞，以及諸天等，各種各樣的有情衆生，衆會間雜可見；六、因爲阿賴耶識與各種轉識轉依非一的道理，可以知見。假若說佛的受用身就是自性身，是不合乎道理的。

原典

如是諸佛同一法身，而佛有多，何緣可見？此中有頌：

一界中無二，同時無量圓，次第轉非理，故成有多佛。

云何應知於法身中，佛非畢竟入於涅槃❶，亦非畢竟不入涅槃❷？此中有頌：

一切障脫故，所作無竟故，佛畢竟涅槃，畢竟不涅槃。

何故受用身非即自性身?由六因故：一、色身可見故；二、無量佛衆會差別可見故；三、隨勝解見自性不定可見故；四、別別而見自性變動可見故；五、菩薩、聲聞及諸天等，種種衆會間雜可見故；六、阿賴耶識與諸轉識轉依非理可見故。佛受用身即自性身，不應道理。

注釋

❶**佛非畢竟入於涅槃**：這是小乘佛教的觀點。

❷**非畢竟不入涅槃**：這是大乘佛教觀點，因爲佛要留在世間救度衆生，所以並不是畢竟入於涅槃。

譯文

由於什麼原因，變化身不就是自性身呢?由於八種原因，即諸菩薩從久遠以來，修得不退定，現在又說佛於覩史多天退沒，在人趣中受異熟生，是不合乎道理的。而且，諸菩薩從久遠以來，常常能夠憶宿住，如方書、算數、印刻、工巧論等一切技能，並於受用欲塵行中，也知道自己的過失，現在又說菩薩不能正知，這是不合乎道理的。而且，諸菩薩從久遠以來，已經知道惡說、善說法教，往外道所出家是不合乎道理的。而且，諸菩薩從久遠以來，已經能夠很好地知道三乘正道，修邪苦行是不合乎道理的。而且，假若說諸菩薩捨百拘胝贍部洲，只是於一贍部洲處成等正覺，轉正法輪，是不合乎道理的。假若認爲在贍部洲的佛是自性身，其他地方不是示現等正覺的眞佛，只不過是此處的眞佛以化身於所餘處所施作佛事罷了。如果這樣說，就應當是只於覩史多天成等正覺。爲什麼不以化身施設遍於一切贍部洲中，同時佛出呢？既然不是施設，無教也無理。雖然是一佛土中有多化佛，而不違背那所說沒有二佛出現於世間的教誨。因爲經說一四洲稱爲一世界，如二輪王不能同時出現於世。這裏有如下偈頌：

佛的微細化身，同時多處入胎，平等平等，這是爲了顯示一切種覺最尊最勝，所以顯如來成等覺而轉。

爲了利樂一切有情衆生，所以發願修行證大菩提，說佛畢竟涅槃是不合乎道理的，願行無果會造成過失。

原典

何因變化身非即自性身?由八因故，謂諸菩薩從久遠來，得不退定，於覩史多及人中生，不應道理。又諸菩薩從久遠來，常憶宿住，書、算數、印、工巧論中，及於受用欲塵行中，不能正知，不應道理。又諸菩薩從久遠來，已知惡說、善說法教，往外道所不應道理。又諸菩薩從久遠來，已能善知三乘正道，修邪苦行，不應道理。又諸菩薩捨百拘胝❶諸贍部洲❷，但於一處成等正覺，轉正法輪，不應道理。若離示現成等正覺，唯以化身於所餘處施作佛事，即應但於覩史多天成等正覺，何不施設徧於一切贍部洲中同時佛出?既不施設，無教無理。雖有多化，而不違彼無二如來出現世言。由一四洲攝世界故，如二輪王❸不同出世。此中有頌：

佛微細化身，多處胎平等，為顯一切種，成等覺而轉。

爲欲利樂一切有情，發願修行證大菩提，畢竟涅槃不應道理，願行無果成過失故。

注釋

❶**拘胝**：梵文Koṭi的音譯，意譯為億。

❷**贍部洲**：四洲（東勝身洲、南贍部洲、西牛貨洲、北俱盧洲）之一。

❸**輪王**：即轉輪聖王，手持輪寶，轉動輪寶，降伏四方。

譯文

佛的受用身和變化身，既然是無常的，佛經為什麼說如來身是常的呢？因為受用、變化二身所依的法身是常住的。而且，因為等流身和變化身，永恆受用法樂而無休廢，又因為變化身數數現起，教化有情，相續而不永絕。如世人常受樂，常施食，如來身常，應當知道，也是這樣。

由於六種原因，諸佛世尊所現化身不能畢竟常住：一、所作究竟，使有情眾生成熟以後得到解脫；二、為了使有情眾生知道身命是無常的，捨離不樂涅槃的世間心，求如來的常住法身；三、佛為了使有情眾生捨離輕毀諸佛，勤求悟解甚深的正法教；

四、爲了使有情衆生對於佛深生渴仰，恐怕他們常見而生厭怠之心；五、佛使有情衆生於自身發勤精進，知道說正法的佛陀，是難得可見的；六、爲了使諸有情衆生極快成熟善根，使自己精進努力，不捨法軛。這裏有二個偈頌：

由於所作究竟，捨不樂涅槃，離輕毀諸佛，深生於渴仰。

內自發正勤，爲了極速成熟。所以應當認許佛的化身，不是畢竟常住。

諸佛的法身，從無始時以來，沒有差別，沒有數量，有情衆生不應當爲了證得佛果而更作功用嗎？這裏有如下偈頌：

佛證得無別無量的法身，作爲有情勤求佛果的精進因，假若有情衆生捨除精勤的功用，所證得的永遠不成衆生成佛的原因，所以，斷除這樣的證得之因，是不合乎道理的。

對於《阿毗達磨大乘經》的〈攝大乘品〉，我無著就簡略解釋這麼多。

原典

佛受用身及變化身既是無常，云何經說如來身常？此二所依法身常故。又等流身

❶及變化身，以恆受用無休廢故，數數現化不永絕故。如常受樂，如常施食，如來身常應知亦爾。

由六因故❷，諸佛世尊所現化身非畢竟住：一、所作究竟，成熟有情已解脫故；二、爲令捨離不樂涅槃，爲求如來常住身故；三、爲令捨離輕毀諸佛，令悟甚深正法教故；四、爲令於佛深生渴仰，恐數見者生厭怠故；五、令於自身發勤精進，知正說者難可得故；六、爲諸有情極速成熟，令自精進不捨軛故。此中有二頌：

由所作究竟，捨不樂涅槃，離輕毀諸佛，深生於渴仰。
內自發正勤，為極速成熟，故許佛化身，而非畢竟住。

諸佛法身，無始時來無別無量，不應爲得更作功用？此中有頌：

佛得無別無量因，有情若捨勤功用，證得恆時不成因，斷如是因不應理。

《阿毗達磨大乘經》中〈攝大乘品〉我阿僧伽❸略釋究竟。

注釋

❶**等流身**：即受用身，因爲受用身是從自性身流出，所以稱爲等流身。

❷由六因故，魏本缺此一段及下頌。

❸**阿僧伽**：梵文Asaṅga的音譯，意譯無著。古印度大乘佛教瑜伽行派的創始人之一，生活年代大約是四、五世紀，北印度富婁沙富羅國人。先於小乘佛教說一切有部出家，後改學大乘。主要著作有《攝大乘論》、《順中論》、《顯揚聖教論》等。

源流

《攝大乘論》，追其源應當是《阿毘達磨大乘經》的〈攝大乘品〉，《攝大乘論》之名即由此而來。本論的基本內容是十殊勝，這不是無著的獨創，而是繼承〈攝大乘品〉的基本體例。

《攝大乘論》在進行論述的過程中，多次引用《阿毘達磨大乘經》的偈頌，如〈所知依〉的「無始時來界，一切法等依，由此有諸趣，及涅槃證得。」「由攝藏諸法，一切種子識，故名阿賴耶，勝者我開示。」除此之外還引用過《華嚴經》、《般若經》、《解深密經》、《方等大莊嚴經》、《思益梵天所問經》等大乘經，還引用過《瑜伽師地論》、《大乘莊嚴經論》、《辨中邊論》、《分別瑜伽論》等大乘論。所以，《攝大乘論》是尊《阿毘達磨大乘經》爲主經，概略論述大乘佛教要義，成立大乘佛教是佛說。

《攝大乘論》的主要特點之一，是把識分爲十一類：㈠身識，即五色根：眼、耳、鼻、舌、身；㈡身者識，即第七識末那識，也就是眞諦系統的攝論師所說的阿陀那識；㈢受者識，即阿賴耶識，因爲阿賴耶識被阿陀那識執爲我體；㈣彼所受識，就是前六識所緣取的六塵：色、聲、香、味、觸、法；㈤彼能受識，就是能取的六識：眼識、耳識、鼻識、舌識、身識、意識；㈥世識，即過去、現在、未來三世，因爲生死相續不斷，故名世識；㈦數識，即數目；㈧處識，《顯識論》稱爲器識，係指地、水、火、風四大，和色、聲、香、味、觸五塵。從廣義來講，包括十方、三界，十方即東、西、南、北、上、下、東南、東北、西南、西北。三界即欲界、色界、無色界；㈨言說識，《顯識論》稱爲四種言說識，是依見、聞、覺、知而起的語言；㈩自他差別識，即一切有情衆生自己本身和其他的種種差別；⑾善趣惡趣死生識，即有情衆生在人、天、阿修羅三善趣和地獄、餓鬼、畜生三惡趣的生死流轉。

這理論來源於陳・眞諦翻譯的《顯識論》，該論把識分爲二類：顯識和分別識。再進一步把顯識區分爲九種：一、身識，二、塵識，三、用識，四、世識，五、器識，六、數識，七、四種言說識，八、自他異識，九、善惡生死識。又將分別識區分爲二種：一、有身者識，二、受者識。總共十一識。《攝論》的十一識與此基本相同。

以上講的是源，要說流，應當首推攝論師。攝論師是中國陳隋之際專門弘揚《攝論》的一派學者。如上所述，在中國首先傳譯《攝大乘論》的是佛陀扇多，他只翻譯了本論，沒譯《釋論》，所以他翻譯的《攝論》沒有傳播開來。陳・眞諦不僅翻譯了本論，又翻譯了世親的《釋論》，使該論迅速傳播開來，形成一派師說，這就是攝論師。儘管當代學者重視唐・玄奘譯本，但陳・眞諦譯本具有不可忽視的重要影響，攝論師依據的就是這個譯本。

攝論師的主要哲學特點是九識論，他們認爲第八識阿賴耶識是妄識，是一切事物的所依。儘管阿賴耶識基本上是染污的，但有一部分是淸淨的，近似於地論師北道派的眞妄和合。攝論師把阿賴耶識中這部分淸淨因素稱爲第九識阿摩羅識。《攝大乘論》並沒有明確提出九識主張，首先提出九識的是陳・眞諦翻譯的《決定藏論》，由此推論，《決定藏論》肯定晚於《攝大乘論》。三卷本的《決定藏論》是《瑜伽師地論・決擇分》中五識身相應地和意地的異譯本。《瑜伽師地論》的作者彌勒肯定早於《攝論》作者無著，這個矛盾如何解決呢？現代佛教學者的研究成果已經解決了這個問題，印順法師的《攝大乘論講記》指出：《瑜伽師地論》的「〈本地分〉是彌勒說的，〈決擇分〉是無著造的」。看來，無著的唯識思想有個發展過程，他的《大乘莊嚴經論》明顯繼承了《瑜伽師地論・本地分》菩薩地的某些觀點，《攝大乘論》又發揚了《莊嚴論》的思想，《決定藏論》又發展了《攝論》思想。

攝論師的第九識阿摩羅識是清淨無垢識，即眞如佛性，人們學佛修行的目的就是對治染污的阿賴耶識，證悟阿摩羅識而成佛。因爲每個衆生都有第九識阿摩羅識，所以每個衆生都有佛性，都可成佛。這種觀點不同於以護法爲主的《成唯識論》，該論提出五種姓論：一、菩薩種姓，通過修行可以成爲菩薩；二、緣覺種姓，通過修行，可以成爲辟支佛；三、聲聞種姓，通過修行，可以成爲阿羅漢；四、不定種姓，究竟成爲菩薩、辟支佛還是阿羅漢，不肯定；五、無姓有情，此類衆生，永遠沈淪於生死苦海，永不成佛。

攝論師認爲所緣境是眞如，能緣心也是眞如。從這個意義上講，眞如佛性就是第九識阿摩羅識，也就是《大乘起信論》所說的本覺。

關於以上觀點，圓測《解深密經疏》卷三說明如下：「眞諦三藏依《決定藏論》立九識義，如〈九識品〉說。言九識者：眼等六識，大同識論。第七阿陀那，此云執持，執持第八爲我、我所，唯煩惱障，而無法執，定不成佛。第八阿梨耶識，自有三種：一、解性梨耶，有成佛義；二、果報梨耶，緣十八界。故《中邊分別》偈云：『根、塵、我及識，本識生似彼。』依彼論等說，第八識緣十八界；三、染污阿梨耶，緣眞如境，起四種謗，即是法執，而非人執。依安慧宗，作如是說。第九阿摩羅識，此云無垢識，眞如爲體，於一眞如有其二義：一、所緣境，名爲眞如及實際等；二、能緣義，名無垢識，亦名本覺。具如《九識章》引《決定藏論・九識品》中說。」❶

圓測的這段話說明了攝論師哲學理論的基本特點，攝論師主張九識，前六識即眼識、耳識、鼻識、舌識、身識、意識，依眼、耳、鼻、舌、身、意六根所設，分別緣取色、聲、香、味、觸、法六塵。六識、六根、六塵合爲十八界。第七識是阿陀那識，以第八識阿賴耶識爲「我」。第八阿賴耶識有三種：一、解脫性的阿賴耶識，有成佛的因素；二、果報阿賴耶識，緣取十八界；三、染污性的阿賴耶識，把世間萬物區分爲四類：有、無、亦有亦無、非有非無。第九識阿摩羅識，另譯阿末羅識，意譯清淨識、無垢識等。第九識以眞如爲其本體。圓測指出攝論師是「依安慧立宗，作如是說」。這就指出了攝論師的觀點主張不同於玄奘創立的唯識宗。攝論師依安慧立宗，唯識宗多依護法義。

攝論師提出第九識的佛經根據是《金光明經》卷四所講的如如。什麼叫如如呢？眞諦翻譯的《三無性論》稱：「明此亂識即是分別依他，似塵識所顯，由分別性永無故，依他性亦不有，此二無所有，即是阿摩羅識。唯有此識獨無變異，故稱如如。」

❷意思是說：沒有錯誤認識的遍計所執性（分別性），也沒有依他起性，只有圓成實性才是阿摩羅識。第八識阿賴耶識是亂識，是一切虛妄境界（即客觀事物）的所依。斷除阿賴耶識，就是阿摩羅識。阿摩羅識是永恆的，無變易的，故稱如如。如如就是眞如、法性、佛性等，是事物的理體。

注釋：

❶《續藏經》卷三十四，第七一九——七二〇頁。

❷《大正藏》卷三十一，第八七二頁。

解說

《攝大乘論》是唯識十一論❶之一，唯識哲學理論的突出特點是阿賴耶緣起論，儘管《攝論》把識分爲十一類，但最根本的是所知依阿賴耶識，其他識都是由阿賴耶識轉生的。

阿賴耶緣起論的基本含義是：阿賴耶識是萬事萬物的本源，它爲什麼有這樣大的功能呢？就是因爲阿賴耶識中含藏著各式各樣的種子。什麼是種子呢？就是阿賴耶識中變現各種事物的功能。種子具有六個條件，這就是種子六義：㈠刹那滅，種子剛生，很快就滅，滅了又生，持續不斷；㈡果俱有，種子具有產生現行的功能，種子與現行俱時顯現，由現行推知種子，在衆生身上種子與現行和合相應；㈢恆隨轉，種子生現行，現行生種子，種子自類相生，持續不斷，一直達到成佛的究竟位，才能終了；㈣性決定，善、惡、無記性的種子，只能產生相應的現行，其功能是固定的；㈤待衆緣，種子要變成現行，還需要其他條件的配合；㈥引自果，色法種子只能引生色法之果，心法種子只能引生心法之果。

正因爲阿賴耶識含藏著具備這六個條件的種子，它就變現出宇宙萬有。由於攝藏一切種子阿賴耶識的變現，由種子變爲現行，又由現行變爲種子，宇宙間的一切事物就這樣變現出來了。

種子有各種分類，按其變現的事物來分，種子分爲共相種子和不共相種子兩類。如高山、大河等，人人共同變現，故稱共相種子。眼、耳等根，只能由自己的阿賴耶識變現，故稱不共相種子。

共相種子又分爲兩種：共中共和共中不共。《成唯識論述記》卷三對此解釋如下：「一、共中共，如山、河等，非唯一趣用，他趣不能用；二、共中不共，如己田宅，及鬼等所見猛火等物，人見爲水，餘趣餘人不能用故，餘房、衣等准此可知。」（《大正藏》卷四十三，第三二一頁）此中「趣」字，即六趣，亦稱六道，是有情衆生輪迴的六種途徑：天、人、阿修羅、畜生、餓鬼、地獄。

不共相種子也分爲二種：不共中不共和不共中共。如自己的眼等淨色根，只能由自己的種子變現，故稱不共中不共。如自己的扶塵根，只屬個人所有，從這個意義上來講是「不共」，又由他人和自己的種子共同變現，故稱「共」。所以變現自己扶塵根的種子稱爲「不共中共」。

按其性質來分，種子分爲有漏和無漏兩種。有漏種子由阿賴耶識之識體所攝，故稱所緣。無漏種子雖然依附於阿賴耶識，並非阿賴耶識之識性所攝，故稱非所緣。

種子又稱爲習氣，即煩惱現行熏習所成的餘氣。遍計所執性在阿賴耶識中留下的習氣就是種子。有三種習氣：

㈠名言習氣，這是親生有爲法的種子，由名相概念熏習而生成。這些種子儲存在第八識阿賴耶識之中，是變現宇宙萬有的原因。

㈡我執習氣，這是虛妄執著有「我」和爲我所有的種子。「我執」分爲兩種：一者俱生我執，即第七識妄執第八識爲「我」，這種我執修道可斷；二者分別我執，由第六識意識的分別作用所起的「我執」，這種我執見道可斷。這兩種「我執」熏習形成的種子，使有情衆生感到自己與他人有區別。

㈢有支習氣，這是感招欲界、色界、無色界三界果報的業種子。有支習氣分爲二種：一、有漏善，能招感善報的業種子；二、各種不善，能夠招感惡報的業種子。這兩種有支習氣所形成的種子，使有情衆生的轉生，或得善趣，或得惡趣。

三自性之一的依他起自性，實際上就是阿賴耶識的種子，遇到所需要的各種條件而生起的事物，一般人不懂得這種佛教道理，自以爲是眞實的，這就是遍計所執性。

佛教聖人認爲這些事物是虛假的，是假有，是幻有，是空，這就是圓成實性。《攝大乘論》把這些事物比喻爲夢中物：「謂如夢中卻無其義，獨唯有識，雖種種色、聲、香、味、觸，舍、林、地、山，似義顯現，而於此中卻無其義。由此喻顯，應隨了知一切時處皆唯有識。」意思是說：夢中的事物都是不存在的，世界上除識之外，什麼也沒有，前五識的所緣對象色、聲、香、味、觸，以及房舍、森林、大地、高山等等，好像是有，實際上不過是影像而已，並沒有實在的東西。用夢作爲比喻可以說明：一切時候一切處所，除識之外，所有的一切都沒有。

人在睡夢之時，總覺得夢中事物是眞實的，而且爲之動情，或喜或憂。醒來方知夢中事物是假有，並爲自己的動情感到可笑。世間芸芸衆生不懂得佛教眞理，猶如作夢，由於自己的虛妄分別，誤認世間事物實有，醒來之後才恍然大悟。這正如《莊子．齊物論》所說的：「夢飲酒者，旦而哭泣。夢哭泣者，旦而田獵。方其夢也，不知其夢也，夢之中又占其夢焉，覺而後知其夢也。且有大覺而後知其大夢也，而愚者自以爲覺，竊竊然知之。」意思是說：人作夢時不知道是在作夢，醒後才知道是在作夢。人生如夢，愚人自以爲清醒。

莊子所說的「愚人」，正是不懂得佛教道理的凡夫俗子，只有懂得了佛教眞理，懂得了唯識的種子論，才能知曉人生如夢。

注釋：

❶唯識十一論：即《瑜伽師地論》、《顯揚聖教論》、《大乘莊嚴經論》、《攝大乘論》、《集量論》、《十地經論》、《分別瑜伽論》（未傳譯）、《觀所緣緣論》、《二十唯識論》、《辨中邊論》、《阿毘達磨集論》。

參考書目

1《解深密經》五卷　唐・玄奘譯

2《般若經》

3《思益梵天所問經》四卷　姚秦・鳩摩羅什譯

4《華嚴經》

5《瑜伽師地論》　彌勒菩薩說、唐・玄奘譯

6《大乘莊嚴經論》　無著菩薩造、唐・波羅頗蜜多羅譯

7《分別瑜伽論》

8《辨中邊論》　世親菩薩造、唐・玄奘譯

9《金剛仙論》十卷　世親菩薩造、金剛仙論師釋、元魏・菩薩流支譯

10《攝大乘論》三卷　無著菩薩造、陳・眞諦譯

11《攝大乘論》二卷　阿僧伽作、北魏・佛陀扇多譯

12《攝大乘論釋論》十卷　世親菩薩造、隋・達摩笈多共行矩等譯

13《攝大乘論釋》十五卷　世親菩薩釋、陳・眞諦譯

14《攝大乘論釋》十卷　世親菩薩造、唐・玄奘譯

15《攝大乘論釋》十卷 無性菩薩造、唐・玄奘譯

16《攝大乘論釋講記》 釋印順講 慧日講堂出版

17《唯識學概論》 韓廷傑著

中國佛教高僧全集

本書以創新的小說體裁，具體呈現歷代高僧的道範佛心：
現代、白話、忠於原典，
引領讀者身歷其境，
去感受其至情至性的生命情境。
全套100冊，陸續出版中。

已出版：

- 玄奘大師傳　圓香居士　著　(平)350元
- 鳩摩羅什大師傳　宣建人　著　(平)250元
- 法顯大師傳　陳白夜　著　(平)250元
- 惠能大師傳　陳南燕　著　(平)250元
- 蓮池大師傳　項冰如　著　(平)250元
- 鑑眞大師傳　傅傑　著　(平)250元
- 曼殊大師傳　陳星　著　(平)250元
- 寒山大師傳　薛家柱　著　(平)250元
- 佛圖澄大師傳　葉斌　著　(平)250元
- 智者大師傳　王仲堯　著　(平)250元
- 寄禪大師傳　周維強　著　(平)250元
- 憨山大師傳　項東　著　(平)250元
- 懷海大師傳　華鳳蘭　著　(平)250元
- 法藏大師傳　王仲堯　著　(平)250元
- 僧肇大師傳　張強　著　(平)250元
- 慧遠大師傳　傅紹良　著　(平)250元
- 道安大師傳　龔雋　著　(平)250元
- 紫柏大師傳　張國紅　著　(平)250元
- 圜悟克勤大師傳　吳言生　著　(平)250元
- 安世高大師傳　趙福蓮　著　(平)250元
- 義淨大師傳　王亞榮　著　(平)250元
- 眞諦大師傳　李利安　著　(平)250元
- 道生大師傳　楊維中　著　(平)250元
- 弘一大師傳　陳星　著　(平)250元
- 讀體見月大師傳　溫金玉　著　(平)250元
- 僧祐大師傳　章義和　著　(平)250元
- 雲門大師傳　李安綱　著　(平)250元
- 達摩大師傳　程世和　著　(平)250元
- 懷素大師傳　劉明立　著　(平)250元
- 世親大師傳　李利安　著　(平)250元
- 印光大師傳　李向平　著　(平)250元
- 慧可大師傳　李修松　著　(平)250元
- 臨濟大師傳　吳言生　著　(平)250元
- 道宣大師傳　王亞榮　著　(平)250元
- 趙州從諗大師傳　陳白夜　著　(平)250元
- 清涼澄觀大師傳　李恕豪　著　(平)250元
- 佛陀耶舍大師傳　張新科　著　(平)250元
- 馬鳴大師傳　侯傳文　著　(平)250元
- 馬祖道一大師傳　李　浩　著　(平)250元
- 圭峰宗密大師傳　徐湘靈　著　(平)250元
- 曇鸞大師傳　傅紹良　著　(平)250元
- 石頭希遷大師傳　劉眞倫　著　(平)250元
- 來果大師傳　姚　華　著　(平)250元
- 湛然大師傳　姜光斗　著　(平)250元
- 道信大師傳　劉　蕆　著　(平)250元

佛光文化事業有限公司
劃撥帳號：18889448・TEL：(02)29800260・FAX：(02)29883534
◎南區聯絡處　TEL：(07)6564038・FAX：(07)6563605
http://www.foguang-culture.com.tw/　E-mail:fgce@ms25.hinet.net

02000	佛光大辭典光碟版　佛光山宗務委員	600	03401	回歸佛陀的時代弘法大會	100
梵唄錄音帶		定價	03402	三寶頌（合唱）	100
03000	佛光山梵唄	500	03403	梵唄音樂弘法大會（上）	100
03001	早課普佛	100	03404	梵唄音樂弘法大會（下）	100
03002	佛說阿彌陀經	100	03405	爐香讚	100
03003	觀世音菩薩普門品	100	03406	美滿姻緣	100
03004	彌陀普佛	100	03407	大慈大悲大願力	100
03005	藥師普佛	100	03408	慈佑眾生	100
03006	上佛供	100	03409	佛光山之歌	100
03007	自由念佛號	100	03410	三寶頌（獨唱）呂麗莉演唱	100
03008	七音佛號	100	03411	浴佛偈	100
03009	懺悔文	100	03412	梵樂集（一）電子琴合成篇	200
03010	觀世音菩薩普門品　（台語）	100	03413	聖歌偈語	100
03011	七音佛號　（台語）	100	03414	梵音海潮音	200
03012	觀世音菩薩聖號　（心定法師敬誦）	100	03415	禪語空人心（兒童唱）	200
03013	六字大明咒　（心定法師敬誦）	100	03416	禪語空人心（成人唱）　陳麗麗演唱	200
03014	大悲咒　（梵文）（心定法師敬誦）	100	03417	禮讚十方佛　叢林學院等演出	100
03015	大悲咒　（心定法師敬誦）	100	03418	般若波羅蜜多心經（國語修心版）	120
03016	金剛般若波羅蜜經　（台語）	100	03419	般若波羅蜜多心經（梵音修行版）	120
03017	佛說阿彌陀經　（台語）	100	03420	誰念南無——佛教梵唄之美	120
03018	彌陀聖號　四字佛號（心定法師敬誦）	100	梵樂CD		定價
03019	南無阿彌陀佛聖號　六字佛號（心定法師敬誦）	100	04400	浴佛偈CD	300
03020	觀世音菩薩聖號　（海潮音）	100	04401	禮讚十方佛CD	300
03021	六字大明頌	100	04402	般若波羅蜜多心經（國語修心版）	300
03022	給人方便　（心定法師敬誦）	200	04403	般若波羅蜜多心經（梵音修行版）	300
03023	給人歡喜　（心定法師敬誦）	200	04404	誰念南無——佛教梵唄之美	300
廣播劇錄音帶		定價	弘法錄影帶		定價
03800	禪的妙用（一）　（台語）	100	05000	（一）金剛經的般若生活（大帶）星雲大師 講	300
03801	禪的妙用（二）　（台語）	100	05001	（二）金剛經的價值觀（大帶）星雲大師 講	300
03802	禪的妙用（三）　（台語）	100	05002	（三）金剛經的四句偈（大帶）星雲大師 講	300
03803	禪的妙用（四）　（台語）	100	05003	（四）金剛經的發心與修持（大帶）星雲大師 講	300
03804	童話集（一）	100	05004	（五）金剛經的無住生心（大帶）星雲大師 講	300
03805	兒童的百喻經　（有聲書）	1200	05005	禮讚十方佛　叢林學院等演出	300
梵樂錄音帶		定價	05006	佛光山開山三十週年紀錄影片　佛光山宗務委員會	1500（特價1200）
03400	佛教聖歌曲	100			

訂購辦法：
- 請向全省各大書局、佛光書局選購。
- 利用郵政劃撥訂購：郵劃帳號18889448　戶名：佛光文化事業有限公司
- 國內讀者郵購800元以下者，加付掛號郵資30元。
- 價格如有更動，以版權頁爲準。國外讀者，郵資請自付。
- 團體訂購，另有優惠：100本以上　8折
  100本～500本　7折
  501本以上　6折

佛光文化有聲出版品目錄

星雲大師佛學講座有聲叢書		定價
00001	觀音法門	100
00003	般若波羅蜜多心經	16卷800
00004	金剛般若波羅蜜經	26卷1300
00005	六祖壇經1～6卷	300
00006	六祖壇經7～12卷	300
00007	六祖壇經13～18卷	300
00008	六祖壇經19～24卷	300
00009	六祖壇經25～30卷	300
00010	星雲禪話1～6卷	300
00011	星雲禪話7～12卷	300
00012	星雲禪話13～18卷	300
00013	星雲禪話19～24卷	300
00014	星雲禪話25～30卷	300
00015	星雲禪話31～36卷	300
00016	金剛經的般若生活（國、台語）	100
00017	金剛經的四句偈（國、台語）	100
00018	金剛經的價值觀（國、台語）	100
00019	金剛經的發心與修持（國、台語）	100
00020	金剛經的無住生心（國、台語）	100
00040	淨化心靈之道（國、台語）	100
00041	偉大的佛陀（一）（國、台語）	100
00042	偉大的佛陀（二）（國、台語）	100
00043	偉大的佛陀（三）（國、台語）	100
00044	佛教的致富之道	100
00045	佛教的人我之道	100
00046	佛教的福壽之道	100
00047	維摩其人及不可思議（國、台語）	100
00048	菩薩的病和聖者的心（國、台語）	100
00049	天女散花與香積佛飯（國、台語）	100
00050	不二法門的座談會（國、台語）	100
00051	人間淨土的內容（國、台語）	100
00052	禪淨律三修法門（禪修法門）（國、台語）	100
00053	禪淨律三修法門（淨修法門）（國、台語）	100
00054	禪淨律三修法門（律修法門）（國、台語）	100
00055	廿一世紀的訊息（國、台語）	100
00057	佛教的眞理是什麼（國、台語）	100
00058	法華經大意（國、台語）	6卷300
00059	八大人覺經（國、台語）	100
00060	四十二章經（國、台語）	100
00061	佛遺教經（國、台語）	100
00062	八大人覺經十講（一書四卡）	350
00063	心甘情願	6卷450
00064	佛門親屬談（國、台語）	100
心定法師主講		**定價**
01014	佛教的神通與靈異	6卷450
01015	談業力（台語）	100
01019	人生與業力（台語）	200
01021	如何照見五蘊皆空（國、台語）	200
01032	禪定與智慧	6卷450
慈惠法師主講		**定價**
01000	佛經概說（台語）	6卷450
01006	佛教入門（國、台語）	200
01011	人生行旅道如何（台語）	200
01012	人生所負重多少（台語）	200
01016	我與他（台語）	200
依空法師主講		**定價**
01001	法華經的經題與譯者（台語）	200
01002	法華經的譬喻與教理（台語）	200
01003	法華經的開宗立派（台語）	200
01004	法華經普門品與觀世音信仰（台語）	200
01005	法華經的實踐與感應（台語）	200
01007	禪在中國（一）	200
01008	禪在中國（二）	200
01009	禪在中國（三）	200
01010	普賢十大願	450
01013	幸福人生之道（國、台語）	200
01017	空慧自在	6卷500
01020	尋找智慧的活水	200
01029	如何過淨行品的一天	100
01030	涅槃經	6卷500
依昱法師主講		**定價**
01018	楞嚴經大義	6卷500
其　他		**定價**
01022	如何過無悔的一天：廖輝英	100
01023	如何過如意的一天：鄭石岩	100
01024	如何過自在圓滿的一天：林谷芳	100
01025	如何過看似無味的一天：吳念眞	100
01026	如何過法喜充滿的一天：蕭武桐	100
01027	如何過有禪意的一天：游乾桂	100
01028	如何過光明的一天：林清玄	100
CD — ROM		**定價**

攝大乘論

中國佛教經典寶藏 精選白話版・攝大乘論

□總監修□星雲大師
□發行人□佛光山宗務委員會
心定和尚　慈莊法師　慈惠法師　慈容法師　慈嘉法師
依嚴法師　依恒法師　依空法師　依淳法師
□□一九九七年九月初版
二〇〇〇年一月初版三刷

□總編輯□慈惠法師　依空法師(台灣)；王志遠　賴永海(大陸)
□總連絡□吉廣輿　王淑慧
□釋譯者□王健
□美術編輯□陳婉玲
□法律顧問□蘇盈貴　舒建中　毛英富律師
□出版者□佛光文化事業有限公司
台北縣三重市三和路三段一一七號　☎(〇二)二九八〇〇二六〇
E-mail:fgce@ms25.hinet.net
網址：http://www.foguang-culture.com.tw/
高雄縣大樹鄉佛光山寺(高雄辦事處)　☎(〇七)六五六四〇三八—九
□流通處□佛光山寺
高雄縣大樹鄉佛光山寺　☎(〇七)六五六一九二一—八
佛光書局
高雄市前金區賢中街二七號　☎(〇七)二七二八六四九
台北市忠孝西路一段七二號九樓之十四　☎(〇二)二三一四四六五九
台北市汀州路三段一八八號二樓之四　☎(〇二)二三六五一八二六
台北縣三重市三和路三段一一七號　☎(〇二)二九八四九五二三
□定價□二〇〇元
□印刷□沈氏藝術印刷股份有限公司　☎(〇二)二二七〇六一六一
□郵政劃撥第一八八八九四四八號　帳戶：佛光文化事業有限公司
□行政院新聞局出版事業登記證局版台省業字第八六二一號
□如有缺頁或裝訂錯誤，請寄回更換

國家圖書館出版品預行編目資料

攝大乘論／王健釋譯. --初版. --臺北市：
佛光, 1997〔民86〕
面；　公分. --（佛光經典叢書；1174）
《中國佛教經典寶藏精選白話版；74》
參考書目：面
ISBN 957-543-609-1（精裝典藏版）
ISBN 957-543-610-5（平裝）

1.論藏

222.5　　86006831